ANNIE WAYE

Painting

FLOWERS

ZUSAMMEN
ERBLÜHT

Roman

Impressum

Annie Waye
c/o JCG Media
Freiherr-von-Twickel-Str. 11
48329 Havixbeck

Umschlaggestaltung: Emily Bähr
Lektorat: Lektorat Tintenglanz
Korrektorat: Monika Schulze
Buchsatz: Kaja Raff
Dieser Buchsatz wurde mit Ressourcen von
Freepik.com erstellt.

Druck: Booksfactory, PRINT GROUP, Sp. z o.o., Polska

ISBN (Taschenbuch): 978-3-911068-04-8

Am Ende dieses Buchs findest du ein Glossar.

Bisher erschienen:
Dancing Snowflakes: Zusammen eingeschneit (Winterroman)
Painting Flowers: Zusammen erblüht (Frühlingsroman)
Craving Sunlight: Zusammen erstrahlt (Sommerroman)
Falling Leaves: Zusammen geträumt (Herbstroman)
Chasing Snowfall: Zusammen verloren (Winterroman)

Für alle, die den Frühling nicht nur auf ihrer Haut spüren, sondern im Herzen tragen wollen.

1. Valentijnsdag

»Bist du dir auch ganz sicher, Liebes?«, fragte meine Großmutter nun schon zum vierten Mal, seit sie den Laden betreten hatte. Und das war erst vor zehn Minuten gewesen. »Du musst das wirklich nicht tun, weißt du?«

Seufzend lehnte ich mich gegen die Theke. »Natürlich weiß ich das. War schließlich meine Idee.« Es war vielleicht keine gute Metapher, aber der Blumenladen um uns herum blühte an Tagen wie diesen förmlich auf. An Tagen, an denen wir unseren Bestand kräftig aufgestockt hatten, weil wir mehr Kunden haben würden als manchmal in mehreren Wochen zusammen: Es war Valentinstag.

Meine Großmutter schürzte die Lippen. Sie sah nicht aus wie die typische Floristin: Mit ihren hochtoupierten, rot gefärbten Haaren, dem vielen Make-Up im Gesicht und ihrer allzeit glattgestrichenen Kleidung, die immer perfekt auf die Farbe ihrer Handtasche abgestimmt war, hätte man sie eher für eine pensionierte Unternehmerin oder eine Modedesignerin halten können. Wobei Letzteres von unserem Beruf gar nicht so weit entfernt war, wie man meinen könnte.

Der Blick, mit dem sie mich bedachte, beinhaltete einen Mix aus Skepsis und Sorge. »Es ist wirklich nicht notwendig, Marie«, bekräftigte sie nochmal. »Wenn du dich nicht völlig verrechnet hast,
haben wir unsere Umsatzerwartungen für heute
schon übertroffen.« Es war seltsam, jemanden wie
sie über etwas so Wirtschaftliches reden zu hören.
Genau wie ich war sie Floristin geworden, weil sie
die Schönheit der Natur mehr liebte als alles andere. Das war auch der Grund gewesen, weshalb sie
mich dringend gebraucht hatte, um den Laden zu
schmeißen – manchmal reichte die reine Liebe eben
nicht aus.

»Ist schon gut.« Ich rieb mir die Hände an meiner
dunkelgrünen Schürze ab, auf der das Logo unseres
Ladens eingestickt war: *Schneeweißchen und Rosenrot*. Welche Blumen dieses zierten, erklärte sich von
selbst. »Ich hab doch sonst nichts mehr vor heute.«

»Und genau das ist das Problem.« Meine Oma
unterdrückte einen Seufzer, ehe sie ihrem Namen
alle Ehre machte: »Es ist Valentinstag, Marie! Du
bist vierundzwanzig Jahre alt und solltest verabredet sein. Ins Kino gehen oder tanzen –« Sie stockte – aber wahrscheinlich nicht, weil ihr auffiel, dass
es Donnerstag war und man in Bad Halldorf heute
ganz sicher nirgends *tanzen gehen* konnte. »Was ist
eigentlich mit dem jungen Mann, den ich neulich
hier gesehen habe? Wie sieht es mit dem aus?«

Ich riss die Augen auf und schüttelte so heftig den
Kopf, dass sich eine dunkle Haarsträhne aus mei-

nem Dutt löste. »Das war doch nur Michi!«, beteuerte ich. »Mit dem bin ich zur Schule gegangen, und er war zufällig in der Gegend.« Ich schnaubte belustigt. »Absolut kein Valentinstagsmaterial.«

Gerlind, wie ich sie vor anderen Kunden nennen musste, rümpfte die Nase. »Na, hier drin wirst du heute definitiv auch keines finden, so viel steht fest.«

Wo sie recht hatte: So ziemlich jeder Mann, der diesen Laden betrat, war auf der Suche nach einem Geschenk für die Frau, die er liebte. Oder den Mann.

Allerdings nicht nur heute – die Tatsache, dass Blumen *das* Geschenk für Jahrestage, Jubiläen, Hochzeiten oder Entschuldigungen war, machte es ziemlich schwierig, hier jemanden kennenzulernen. Aber ich hatte mir diesen Job schließlich nicht zum Flirten ausgesucht. Ich, Marie Heinrich, die jeden Valentinstag in der Schule tief in ihrem Sitz versunken war, weil sie genau wusste, dass sie bei der großen Rosen-Verschenkaktion keine einzige abbekommen würde. Und tatsächlich, ganz egal, wie viele Rosen verteilt worden waren, es war nie eine für mich dabei gewesen. Mit Ausnahme von einem Jahr, in der mein Vater unseren Klassenlehrer bestochen hatte und ich vor versammelter Mannschaft mit einem ganzen Rosenstrauß beschenkt worden war. Peinlichste Aktion überhaupt.

Das war ein Jahr gewesen, bevor er gestorben war. Bevor meine Mutter mit einem viel jüngeren Kerl nach Mallorca ausgewandert war, um ein Restaurant, ein Café oder was weiß ich zu eröffnen. Ich hatte schon seit einigen Monaten keinen Kontakt mehr zu ihr gehabt – und in den letzten Jahren war es nicht darüber hinausgegangen, dass sie mich um Geld gebeten hatte.

Jetzt gab es nur noch meine Oma und mich.

»Es ist okay«, entschied ich, bevor sich diese ein neues Argument einfallen lassen konnte. »Sieh dich doch mal um.« Unauffällig nickte ich in Richtung der drei, vier Kunden, die in verschiedenen Ecken des Ladens stehengeblieben waren und so taten, als würden sie sich intensiv mit dem Angebot beschäftigen, obwohl es jeder von uns im Raum besser wusste: Sie hatten nicht den blassesten Schimmer, was sie wollten, und warteten nur darauf, dass ich das Gespräch mit meiner Großmutter beendete, um ihnen weiterzuhelfen.

Gerlind atmete tief durch, und ich konnte förmlich heraushören, wie ihr letzter Mut, mich noch dazu überreden zu können, den Laden für heute zu schließen, mit der Luft aus ihren Lungen gestoßen wurde. »Ich mache mir doch nur Sorgen um dich«, sagte sie sanft. »Andere Frauen in deinem Alter ziehen in eine andere Stadt, gehen studieren, feiern, reisen ins Ausland … und du?« Ihr Lächeln hatte etwas beinahe Wehmütiges an sich. »Du sitzt hier schon dein Leben lang fest. Ich habe Angst, dass es nicht mehr lange dauert, bis du wortwörtlich Wurzeln schlägst.«

Ich nagte an meiner Unterlippe. »Ich habe eben schon das gefunden, was ich machen will«, entgegnete ich. »Andere schaffen das ihr Leben lang nicht.«

Gerlind nickte langsam, ein Zeichen dafür, dass sie sich geschlagen gab – vorerst. Bis wir eine ähnliche Diskussion aufs Neue führten. Wahrscheinlich würde es bis dahin nicht einmal zwei Tage dauern. »Also gut. Aber überarbeite dich nicht, ja?« Sanft rieb sie mir mit einer Hand über den Oberarm. »Wenn dein Körper oder dein Geist sagt, es ist genug, dann ist es genug. Hörst du mich? Dann wirfst du alle raus, die hier noch herumlungern!« Sie kniff die Augen zusammen. »Das gilt natürlich jetzt schon für alle, die nur reinkommen, um sich aufzuwärmen.«

Ich kicherte. »Ist gut, Oma. Mach dir keinen Kopf.« Ich stieß mich von der Theke ab und führte sie durch den Blumenladen zur Tür. »Ich krieg das schon hin.«

»Vergiss nicht, zwischendrin was zu essen! Und mach keine Minute länger als zwölf!«, ermahnte sie mich. »Ich rufe dich so lange an, bis du abschließt, wenn es sein muss!«

Ich grinste. »Ich werde mich hüten.« Am Ausgang angekommen, hauchte ich ihr einen Kuss auf die Wange. »Gute Nacht.«

»Gute Nacht, Marie.«

Als sie mich verließ, fühlte sich ein Teil von mir seltsam erleichtert. Seit drei Jahren arbeitete ich nun schon hier – nachdem ich nochmal drei Jahre meine Berufsausbildung in einem anderen Blumenladen hatte absolvieren müssen, weil Oma fest davon ausgegangen war, dass ich sowieso nach vier Wochen hinschmeißen würde.

Sogar nachdem ich mein Ausbildungszeugnis in Händen gehalten hatte, hatte es sie einiges an Überwindung gekostet, mich hier arbeiten zu lassen: An ihrem Baby, den letzten Überresten von etwas, das man heutzutage wohl als Blumenmonopol in Emsland bezeichnet hätte. Doch wie so viele Branchen hatte die Floristik vom wirtschaftlichen, technologischen und gesellschaftlichen Wandel nicht nur profitiert.

Das Monopol war zersplittert, und meine Großmutter hatte sich und ihre Filiale gerettet und seit Jahrzehnten gerade so über Wasser gehalten. Irgendetwas an ihrem Laden in fremde Hände zu geben, hatte sie viel Überwindung gekostet, vor allem, seit mein Vater gestorben war. Sie fürchtete sich davor, auch den letzten Rest ihres Vermächtnisses zu verlieren. Aber ich hatte mir fest vorgenommen, sie nicht zu enttäuschen – und dafür kämpfte ich jeden Tag. So auch heute, am Valentinstag, an dem ich den Laden bis Mitternacht geöffnet lassen würde, um all den Menschen, die last-minute auf der Suche nach dem perfekten Geschenk waren, zu geben, was sie brauchten.

Und davon gab es einige. Während ich mich dem Verkaufsbereich zuwandte, band ich mir meine Haare schnell zu einem frischen, wenn auch immer noch unordentlichen Dutt, und ließ den Blick durch den Raum schweifen.

Unser Laden sah wahrscheinlich nicht anders aus, als man es sich typischerweise vorstellte: Einfach alles war voll mit Blumen. Normalerweise boten wir größere Variationen von Topfpflanzen über Gestecke und Kränze bis hin zu Saatgut und Blumenerde an. Aber jetzt, in der Valentinstagswoche, hatten wir deutlich umgestellt und uns vor allem auf Steckrosen und Bouquets konzentriert. Die ganze Woche über hatten Gerlind, ich und ein paar Aushilfskräfte damit zugebracht, Blumen und Dekoration einzukaufen und sie zu den schönsten Sträußen zu binden. Einen Großteil des Ladens machten Rosen in allen erdenklichen Farben des Regenbogens aus: Sie nahmen ein ganzes Regal für sich ein, das sich über die vom Tresen aus rechte Seite des Verkaufsraums erstreckte.

An der gegenüberliegenden Wand und auf den kleinen Blumeninseln, die wir auf niedrigen Regalen und in den Ecken und Enden des Geschäfts aufgebaut hatten, fanden sich wiederum Kombinationen mit und ohne Rosen. Für jeden Geschmack war etwas dabei – auch für diejenigen, die ihren Geschmack selbst nicht kannten. Dann war es an uns, ihnen dabei zu helfen, sich festzulegen.

Wie jedes Jahr hatte ich heute Morgen Sorge gehabt, dass wir auf zu vielen der Sträuße sitzenbleiben würden – aber im Laufe des Tages war es zu einer meiner Hauptaufgaben geworden, die vielen Lücken, die sich in unseren Aufbauten bildeten, zu schließen, damit die Blumenregale nicht wie Schweizer Käse aussahen. Vor allem die beiden Aufsteller, die wir vor der Tür platziert hatten und auf die ich durch die gläsernen Außenwände stets einen guten Blick hatte, wurden mit der Zeit immer karger. Das war eben so eine Sache an Blumen: Jeder wollte welche haben, aber die meisten wollten sich so wenig Umstände wie möglich machen, wenn sie welche kauften. Sie kamen zufällig hier vorbei, schnappten sich einen der Sträuße, der sie gerade anlachte, und im besten Fall kamen sie dann sogar kurz rein, um zu bezahlen.

Auch wenn wir einen vergleichsweise warmen Februar hatten, lief hier drinnen die Heizung, damit die Blumen und Kunden nicht froren. Dafür erfüllten sie die Luft im Geschäft zu jeder Zeit mit ihrem Duft – die Blumen, nicht die Kunden. Zum Glück nicht die Kunden.

Der Geruch der Blumen war nicht aggressiv wie in einer Parfümerie, und man konnte sich nie daran sattriechen. Je nachdem, was wir verkauften, roch ich andere Nuancen aus der Gesamtkomposition heraus, die vor allem eine Sache an meinem Job unterstrichen: Dass kein Tag wie der andere war.

Ich ließ den Blick über die Kunden schweifen. Ich hatte nicht mitbekommen, welcher der vier den Laden zuerst betreten hatte, weshalb ich nach einem anderen Maßstab vorging und zu demjenigen trat, der den verzweifeltsten Eindruck machte.

»Guten Abend«, begrüßte ich ihn überschwänglich und mit einem breiten Lächeln, weil ich mit den Jahren gelernt hatte, dass man mit guter Laune oft auch Leute anstecken konnte, die beim Betreten des Ladens keine gehabt hatten.

»Oh, h-hallo.« Mein Gegenüber wandte sich mir zu und entpuppte sich als etwa mittefünfzigjähriger Mann mit kreisrundem Haarausfall und einer Brille genauso rundlich wie seine Statur. Er trug einen Anzug mit Krawatte, und während ich so vor ihm stand, stieg mir der Anflug einer Schweißnote in die Nase. »Ich schau mich nur um«, wehrte er schon ab, bevor ich auch nur fragen konnte, ob er Hilfe benötigte.

Es war interessant zu sehen, welche Menschen – insbesondere Männer – es noch zu dieser späten Stunde in den Laden verschlug. Es war Viertel nach acht, zwei Stunden nach unserem üblichen Ladenschluss. Schon an den letzten Valentinstagen hatte ich es mir angewöhnt, zu raten, welchen Gast es aus welchem Grund hierher zog.

Schon klar, man lief dabei nur zu leicht Gefahr, in Vorurteile zu verfallen – aber viele der Menschen hier sah ich ohnehin nie wieder. Was auch bedeutete, dass ich selten herausfand, ob ich richtiggelegen hatte. Leider.

Ich wich nicht von der Seite meines Kunden, sondern ließ den Blick über die Schnittblumen schweifen, die sich vor uns erstreckten. Bei ihm tippte ich ganz stark auf einen vielbeschäftigten Geschäftsmann, der zwar Unmengen an Geld mit nach Hause brachte, dafür aber kaum Zeit. Er wirkte etwas blass um die Nase. Ich konnte ihm das schlechte Gewissen ansehen. Wahrscheinlich hatten sich seine Frau und er schon oft darüber gestritten, dass er so spät von der Arbeit zurückkam – und dann schaffte er es nicht einmal heute rechtzeitig. Vielleicht hatte ein Meeting länger gedauert oder ein Problem in der Firma ihn aufgehalten, aber jetzt war er hier und suchte verzweifelt nach einer Aufmerksamkeit für die Frau, die er doch so sehr liebte.

»Was ist ihre Lieblingsfarbe?«, hob ich an.

Erstaunt blickte der Mann in meine Richtung. »M-meine?«

Zweifelnd drehte ich den Kopf zu ihm. »Nein, die von ihrer –«

Er blinzelte hektisch. »O-oh.« Er räusperte sich. »Seine Lieblingsfarbe ist grün«, nahm er mir dann jeglichen Wind aus den Segeln. »Aber das ist wahrscheinlich keine Farbe für Blumen.«

Meine Augen wurden groß. *Er?* Da hatte ich ja mal so was von danebengelegen. »Im Gegenteil«, widersprach ich. »Die meisten Pflanzen haben doch etwas Grünes an sich. Wir müssen nur welche finden, die das Grün gut komplementieren.« Suchend blickte ich mich um und wurde schnell fündig. »Was spricht gegen die guten, alten roten Rosen?« Während ich sprach, wich ich von seiner Seite und schritt zum Tresen hinüber, neben dem ich ein paar hochwertigere Sträuße aufgereiht hatte: Nicht die einfachen schnittblumenbasierten Zusammenstellungen, sondern welche, die mehr zu bieten hatten.

»Ach, rote Rosen«, antwortete mein Kunde abfällig, schlurfte aber trotzdem hinter mir her. »Er sagt immer, ich soll ihm bloß nicht mit roten Rosen kommen. Das ist ihm zu viel Klischee.«

Ich schmunzelte in mich hinein. »Scheint ja jemand mit Charakterstärke zu sein.«

»Und wie!«, seufzte der Geschäftsmann. »Vor allem, wenn ich es wage, am Valentinstag ohne ein Geschenk aufzukreuzen. Das ist dann wieder nicht zu viel Klischee«, fügte er murmelnd hinzu.

»Na ja ...« Ich blieb neben dem Tresen stehen und hob zielgerichtet einen fertigen Strauß aus seiner Halterung. »Zum Glück kann man mit Klischees spielen.« Ich wandte mich zu ihm um und präsentierte ihm den Strauß mit zwölf violetten Rosen, perfektioniert durch ein Beiwerk aus saftig grünem Eukalyptus.

Die Augen des Mannes wurden hinter seiner Brille groß. »Was ... ist das?«, fragte er verwundert, aber dem Tonfall nach auch nicht ganz abgeneigt.

»Ich glaube«, antwortete ich leichthin, »das ist Ihr perfekter Strauß.« Sanft drehte ich ihn in den Händen. »Die charakterstarken Rosen für ihn, und der weiche Eukalyptus für Sie.« Ich hielt ihm den Strauß hin. »Passt perfekt zusammen, oder etwa nicht?«

Behutsam, fast schon ehrfürchtig, nahm er mir den Strauß ab. »Und er ist grün!«

Ich unterdrückte ein Seufzen. »Und er ist grün.«

Der Mann riss den Blick nicht von dem Strauß, und mit jedem Augenblick, der verstrich, schien er etwas mehr in ihm zu versinken. Ich wusste genau, wie sich dieser Moment für ihn anfühlte. Ein Moment, dem ich schon so oft beigewohnt hatte, der mich aber immer wieder aufs Neue mit einer ungeahnten Wärme erfüllte: Es war der Moment, in dem man aufhörte, die Blumen zu sehen, und stattdessen denjenigen darin erblickte, den man aufrichtig liebte.

Seine Lippen teilten sich kaum, als er sich schließlich dazu zwang, mich wieder anzusehen, und sagte: »D-den würde ich gerne nehmen.« Nur wenige Minuten später verließ er den Laden mit dem Strauß in der einen und seinem Handy in der anderen Hand. Das Letzte, was ich von ihm hörte, ehe er nach draußen trat, war: »Schatz? Ich komme jetzt nach Hause.«

Dieser eine Satz beflügelte mich so sehr, dass die nächste Stunde wie im Flug verging. Zwei der anderen drei Kunden schafften es auch ohne meine Hilfe, den perfekten Strauß für sich auszuwählen, und der vierte schlich sich aus dem Laden, bevor ich mich um ihn kümmern konnte. Wenn gerade niemand da war, fegte ich kurz durch – es war unglaublich, wie schnell sich in einem Blumenladen Dreck aller Art ansammeln konnte!

Gerlind schickte mir regelmäßig Kontrollnachrichten, in denen sie mir einzureden versuchte, dass es für heute genug war. Aber ich machte mir lieber noch einen Kaffee mit unserer 1A-Kaffeemaschine im Hinterzimmer und genoss ihn in vollen Zügen, während ich neue und immer neue Leute beobachtete, die es ins *Schneeweißchen* verschlug.

So viele unterschiedliche Menschen fanden hier zusammen. Mann und Frau, Jung und Alt, manche in Jogginghosen, andere in Uniform – Angestellte in unflexiblen Berufen, die es an diesem besonderen Tag einfach nicht früher nach Hause geschafft hatten, aber auch nicht mit leeren Händen ankommen wollten.

Ich konnte den Herrn verstehen, dem ich violette Rosen für seinen Freund oder Mann verkauft hatte. Obwohl wir heute viel Geld verdienten, war ich kein Fan vom Valentinstag – nicht zuletzt aufgrund meiner Erfahrungen in der Schule. Aus der Ferne betrachtet war dieser Tag unglaublich romantisch, aber oft auch zu abgehoben. Ein Anlass, zu dem man seinen Partner mit genau der Liebe überschüttete, die er doch eigentlich jeden Tag verdient hätte.

Wenn ich mal nicht aufpasste, ertappte ich mich dabei, wie ich Menschen mit Blumen verglich – nicht nur mit charakterstarken Rosen und weichem Eukalyptus. In einer Frau, die am Laden vorbeilief, glaubte ich eine Lilie zu sehen, in einem älteren Mann eine kraftvolle Orchidee – und dann betrat ein Kunde den Raum, der sofort meine volle Aufmerksamkeit hatte.

Er erinnerte mich an eine Hyazinthe. Großgewachsen, lebhaft, facettenreich. Während er durch den Verkaufsraum trat, ließ er den Blick über das Angebot schweifen, was aber nichts daran änderte, dass er sich unentwegt auf mich zubewegte. Zielstrebig. Er hatte blonde, gegelte Haare und trug trotz der kalten Februartemperaturen nur ein Shirt mit Jeansjacke darüber. Auf den ersten Blick konnte ich ihn nicht einordnen. Eine Hyazinthe, ja, ganz eindeutig, aber abgesehen davon war ich mir nicht sicher, was jemand wie er heute Nacht hier wollen könnte. Seine Geschichte breitete sich nicht wie von selbst vor mir aus – und das machte mich neugierig.

»Hey.« Er schenkte mir ein zuvorkommendes Lächeln, noch bevor ich meines aufsetzen konnte.

»Hallo.« Ich stand hinter dem Tresen, ein halbfertiges Blumengesteck neben mir, das ich zuletzt vor einer Stunde angerührt hatte und zu dem ich seitdem nicht mehr gekommen war. Es war schon kurz nach zehn, aber es kamen immer noch mehr Leute rein als an anderen Tagen zu den normalen Öffnungszeiten. Ich konnte mich nicht beschweren. »Sind Sie auf der Suche nach etwas Bestimmtem?«

»Ja, ich glaube schon.« Mein Gegenüber steckte beide Hände in die Jackentaschen und blickte sich um. »Ich suche nach … Blumen, schätze ich.«

Ich lächelte. »Wer hätte das gedacht?«

»Sie sind für meine Mutter«, stellte er gleich klar. »Sie wurde gestern aus dem Krankenhaus entlassen und erholt sich gerade. Ich wollte ihr eine Freude machen.«

»Ich verstehe.« Sofort begann es in meinem Kopf zu rattern. »Hat sie eine Lieblingsblume? Oder Farbe?«

Das Lächeln des Mannes nahm etwas Gequältes an. »Nicht wirklich. Sie ist schon seit ein paar Jahren blind und erinnert sich nicht mehr so gut daran, wie es war, Dinge zu sehen.« Er zog die Schultern hoch. »Deshalb bin ich etwas aufgeschmissen.«

Meine Augen weiteten sich leicht. Das war eine Herausforderung. Aber gleichzeitig auch eine ganz neue Freiheit. »Hyazinthen«, murmelte ich und blickte mich hilfesuchend im Raum um.

Der Mann blinzelte. »Wie bitte?« Er konnte nicht viel älter sein als ich, mit einer ausgeprägten Kieferpartie und ebenso braunen Augen wie ich.

Ich bemerkte, dass ich einen Tunnelblick bekam. Hyazinthen waren natürlich keine klassischen Straußblumen, aber dafür ein umso schöneres Beiwerk. Am allerbesten ergänzten sie Tulpen. Tulpen – ungefähr die einzigen Blumen, von denen ich heute absolut keine da hatte. Wohin ich auch blickte, waren da nichts als Rosen.

Ich biss mir auf die Unterlippe und fixierte meinen Kunden. »Sie haben jetzt zwei Möglichkeiten«, klärte ich ihn auf. »Entweder wir suchen uns etwas aus unserem Angebot für Sie aus, oder ich binde Ihnen einen individuellen Strauß, der wirklich zu Ihnen passt. Dafür muss ich allerdings noch was besorgen – das bedeutet, Sie könnten ihn erst morgen abholen.«

Mein Gegenüber schenkte mir ein tiefes, warmes Lächeln. »Das klingt gut. Wenn ich es mir recht überlege«, fügte er gedehnt hinzu, »lässt sich der Anlass doch bestimmt mit einem gemeinsamen Kaffee …«

Ich hörte nicht mehr, was er sagte, da in diesem Moment ein weiterer Kunde den Laden betrat und sofort meine Aufmerksamkeit auf sich zog. Es brauchte nicht mehr als einen Blick, um zu wissen, dass er Ärger bedeutete.

2. Bloemen

Ich wusste nicht, ob es an seinen wallend roten Haaren lag, an dem leichten, strubbeligen Bartwuchs, der ihm etwas Löwenähnliches verlieh, oder daran, wie er sich bewegte – aber ich vergaß auf einen Schlag alles, was ich gerade hatte tun wollen.

Der Mann schritt nicht ins Geschäft, er stolperte regelrecht hinein. Er musste Mitte zwanzig sein, trug eine Lederjacke und dazu ein überlanges T-Shirt. Seine Jeans lagen eng an seinen langen, dünnen Beinen an und wirkten abgewetzt, allerdings nicht so, als hätte er sie in diesem Zustand gekauft.

Noch während er über die Schwelle trat, drehte er sich bereits im Kreis, gehetzt, suchend, als hätte er etwas verloren. Da er dabei aber nicht den Boden, sondern unsere Sträuße fixierte, schloss ich diese Option sofort aus.

Eine seltsame Unruhe machte sich in mir breit. »Guten Abend!«, sagte ich laut und deutlich, konnte seine Aufmerksamkeit jedoch nicht auf mich ziehen. Meine Güte, war der Kerl etwa high? »Kann ich Ihnen irgendwie helfen?«

Der blonde Kunde neben mir sah von mir zu ihm und wieder zurück. Dann räusperte er sich. »Also, was den Strauß angeht ...«

Ich konnte den Blick nicht von dem Mann mit der Löwenmähne reißen. Dieser fing sich endlich wieder, schritt zielstrebig auf einen der Rosensträuße zu, die unmittelbar neben der Tür aufgebaut waren, und streckte eine Hand danach aus. Aber nicht, um ihn an sich zu nehmen.

Stattdessen ergriff er nur eine einzige, violette Rose und zog sie schwungvoll heraus.

Ich riss die Augen auf. »Entschuldigung!« Kurzentschlossen joggte ich um den Tresen herum und ließ den anderen einfach stehen. »Die sind nicht für den Einzelverkauf gedacht!«

»Oh!« Erst jetzt schien der Mann zu registrieren, dass ich existierte. Was nichts daran änderte, dass er mir nur einen kurzen Blick schenkte. »Ich kaufe sie auch nicht einzeln.«

Sofort wurde ich langsamer, vielleicht auch etwas beruhigter, weil er weder betrunken noch betäubt klang. »Okay?«

Ich ging fest davon aus, dass der Mann den restlichen Strauß nachträglich an sich nehmen würde – Fehlanzeige. Stattdessen zupfte er einfach zwei weitere Rosen heraus.

Meine Schultern sackten herab. »So geht das aber nicht!«

Wieder sah er sich mit demselben bestimmten, wenn auch suchenden Ausdruck in den Augen um, beschrieb dann eine Hundertachtziggraddrehung und machte sich daran, ein zweites, gemischtes Bouquet zu ruinieren. In dem Moment, in dem ich ihn erreichte, hatte er sich schon wieder abgewandt und stolzierte davon.

Meine Schultern sackten herab. »Wenn Sie mir sagen, was Sie brauchen, kann ich Ihnen vielleicht weiterhelfen.«

»Nein, danke«, wehrte er ab. »Ich komme klar.«

Mein Mund öffnete sich zu einer Erwiderung, doch mir blieb die Spucke weg. Hilflos heftete ich mich an seine Fersen, hielt mich die ganze Zeit in seiner unmittelbaren Nähe, wusste aber gleichzeitig nicht, was ich tun sollte. Er war einen Kopf größer als ich, und ich könnte ihn sicher nicht mit roher Körpergewalt aufhalten. Nicht, dass ich das andernfalls in Erwägung gezogen hätte. Doch warum in aller Welt hörte er mir nicht zu?

»Hey!«, bellte der blonde Kunde vom Tresen aus. »Benehmen Sie sich gefälligst!«

Ich wollte erleichtert sein, dass mir jemand zu Hilfe kam, aber die Einmischung ließ mich nur noch angespannter werden. Nicht zuletzt, weil der Mann nicht reagierte. Vor einer kleinen Pyramide aus Wintersträußen zupfte er sich aus jedem einzelnen Bouquet genau eine Blume heraus, während das Blut in meinen Ohren zu rauschen und die Verzweiflung überhandzunehmen begann.

»Bitte!«, flehte ich seinen Rücken an. »Sagen Sie mir einfach, was Sie –«

Er wandte sich so abrupt zu mir um, dass ich zusammenzuckte – und hielt mir zwölf verschiedene Blumen aus mindestens acht, neun Sträußen unter die Nase. »Die hier.«

Ein Zucken ging durch meine Augenbraue. »Was?«

»Die hier würde ich gerne kaufen«, teilte er mir mit und marschierte damit auch schon in Richtung Tresen.

Verdattert sah ich ihm nach, ehe mir einfiel, dass niemand außer mir auf dessen andere Seite treten konnte. Ich fühlte mich, als würde ich schlafwandeln, als ich ihm folgte und meinen Platz einnahm. Was in aller Welt passierte hier? Und war das allein meine Schuld, weil ich mir eingebildet hatte, es wäre eine gute Idee gewesen, den Laden noch bis mitten in der Nacht geöffnet zu lassen?

Ruhig bleiben, Marie, bläute ich mir selbst ein. Das hier war nur ein einziger Kunde – und es sah ganz so aus, als hätte er sich beruhigt. In ein paar Augenblicken würde er nach draußen spazieren, und der Spuk wäre vorbei. Und dann wären es keine zwei Stunden mehr, bis ich abschließen konnte. Wobei ich gerade große Lust darauf hatte, jenen Teil des Abends vorzuziehen …

Behutsam legte der Rothaarige die einzelnen Blumen vor mir auf dem Tisch ab. »Was macht das?«

Unbewegt starrte ich erst seinen individualisierten Strauß an, dann wieder ihn. »Und alles, was ich hier schon zusammengestellt habe, hat Ihnen nicht gefallen?«, fragte ich mit einer ausschweifenden Handbewegung.

Er blickte sich noch einmal um, als wollte er sich vergewissern, dass er nichts übersehen hatte. »Nein«, antwortete er gedehnt. »Manche haben Potenzial, aber auch da fehlt mir das gewisse Etwas.«

Ich biss die Zähne zusammen. Was tat er hier, wenn er unsere Bouquets so furchtbar fand? Wir waren nicht der einzige Blumenladen in der Gegend. Sollte er doch woanders hingehen. Oder sich seine Sträuße online zusammenstellen!

Am liebsten hätte ich ihm genau das an den Kopf geworfen, aber leider gehörte ich zum Typ Mensch, der in entscheidenden Momenten nicht den Mund aufbekam und sich im Nachhinein wochenlang darüber ärgerte.

Ich rang um Fassung. Ich musste Gerlind beweisen, dass ich das hier packte. Und dazu gehörte auch, solche Situationen sang- und klanglos hinter mich zu bringen. Bloß kein Drama. Keine Katastrophen. Keine Niederlagen.

»Und dieses *Etwas*«, fragte ich skeptisch, »ist das hier?« Das, was er da auf den Tresen gelegt hatte, sah geradezu kümmerlich aus.

»O ja!« Völlig von sich überzeugt nahm er die Blumen wieder in die Hände und drehte seine Konstruktion so, dass ich die Blüten frontal zu sehen bekam.

Und damit überraschte er mich. Meine Augen weiteten sich leicht. Er hatte mehrere violette Rosen, rosa Germini und fliederfarbene Santini kombiniert, dazu etwas Schleierkraut, das in den Bouquets, aus denen er es gerissen hatte, nur als Beiwerk gedient hatte, jetzt aber seine ganz eigene Rolle in dem Stück spielte, das die Blumen vor meinen Augen aufführten.

Die Farben harmonierten. Die Formen harmonierten. Und obwohl ich schier jeden Tag damit verbrachte, Sträuße zu binden, kam es mir plötzlich so vor, als hätte ich noch nie zuvor so etwas gesehen.

»Wie viel macht das?«

Ratlos sah ich mich um, betrachtete die vielen Ecken und Enden des Geschäfts, aus denen er die unterschiedlich bepreisten Blumen gezogen hatte, und schüttelte völlig überfordert den Kopf. »Ich weiß nicht. Aber Sie haben gerade mindestens neun meiner Sträuße ruiniert.«

Mein Gegenüber schenkte mir ein freundliches Lächeln. »Sie zu ruinieren, würde bedeuten, dass sie vorher perfekt waren.«

Meine Kinnlade klappte herunter. »Wie bitte?«

»Reicht das?« Anstelle eines Geldbeutels zog er drei einzelne Scheine aus seiner Hosentasche und legte zwei davon zwischen uns auf den Tresen.

Mein Blick zuckte nach unten und wieder zu ihm. Es waren fünfzehn Euro. Für neun ruinierte Sträuße.

Ich biss mir auf die Unterlippe, während mein Ärger von etwas ganz anderem abgelöst zu werden drohte. Einem unbändigen Drang, den ich schon lange vor meinem ersten Tag in der Lehre verspürt hatte und auch nach all den Jahren, in denen ich versucht hatte, die perfekte Geschäftsfrau zu werden, immer noch nicht hatte bezwingen können.

Ich stieß die Luft aus meinen Lungen. »So geht das nicht.« Entschieden lehnte ich mich vor und nahm ihm den Strauß mit beiden Händen ab. »Den können Sie doch niemandem schenken. Da fehlt noch –« Ich stockte. »Einfach alles!«

Verwundert sah er mich an. »Soll heißen?«

»Bitte fassen Sie nichts an!«, fügte ich sofort hinzu, während ich mich zur linken Seite des Tresens zurückzog und vorsichtig das halbfertige Gesteck, an dem ich gearbeitet hatte, wegschob, um Platz für die Ware zu machen.

»Ein paar Blumen machen noch lange keinen Strauß!«, erklärte ich und wusste gar nicht, warum ich diesem Typen überhaupt Nachhilfe in Sachen Floristik gab. Geschweige denn, warum ich mir jetzt sogar Extraarbeit für ihn machte. »Es geht um die Komposition aus Farben und Formen. In dieser Hinsicht sieht es schon ganz gut aus. Aber es braucht auch das richtige Beiwerk, die passende Dekoration.«

Mir fielen ein paar kleine Silberkugeln ein, die von einem Gesteck übriggeblieben waren und im Hinterzimmer auf mich warteten. Einem Energieschub nach wollte ich mich dorthin begeben und sie holen, riss mich dann aber am Riemen. Das hier war sowieso schon viel zu viel Aufwand.

Ich hielt genau fünf Sekunden durch, bevor ich doch ins Hinterzimmer stürmte. Von dort besorgte ich nicht nur die Kugeln, sondern auch ein paar üppige, hellgrüne Blätter, die den Rahmen für den neuen Strauß bilden sollten. Zurück im Verkaufsraum spürte ich sofort den Blick des Mannes auf mir, aber ich erwiderte ihn nicht. Keine Zeit. Zu viel Stress.

Mit geschickten, wenn auch hastigen Bewegungen stellte ich den restlichen Strauß zusammen, während sich ein blonder Haarschopf in mein Sichtfeld schob. Der andere Kunde räusperte sich – den hatte ich ganz vergessen. »Wissen Sie, vielleicht wäre es ja möglich, dass ich Sie morgen früh einfach anrufe. Dann können wir abstimmen, wann ich den Strauß holen kommen kann –«

Gehetzt blickte ich zu ihm auf. »Morgen Mittag ist er fertig. Kommen Sie einfach vorbei«, speiste ich ihn ab und wandte mich wieder der blumenförmigen Extrawurst zu, die ich für einen Kerl bearbeitete, der sie so was von nicht verdient hatte.

Einerseits wollte ich sorgfältig sein, so wie ich es in jedem anderen Fall auch gewesen wäre, aber dieser Mensch brachte mich völlig aus der Fassung. Vielleicht hätte ich mir das mit den verlängerten Öffnungszeiten doch anders überlegen sollen.

Als ich einigermaßen zufrieden war, begann ich, den Strauß in Papier einzuwickeln. Während die eine Hand damit noch zugange war, griff ich mit der anderen schon in Richtung Faden.

Abwehrend hob der Kunde die Hände. »Das ist wirklich nicht …« Er brach ab, wahrscheinlich, weil ihm dämmerte, dass sein Einwand nichts zur Sache tat.

Als ich mich ihm endlich wieder zuwandte, schlug mein Herz so schnell in meiner Brust, als wäre ich einen Marathon gelaufen. Mein Kopf musste rot angelaufen sein, und ich fühlte mich matt und ausgelaugt.

»Warum arbeitest du überhaupt noch so spät?«, fragte der Rothaarige beiläufig. Ich bildete mir inzwischen ein, einen leichten Akzent aus seiner Stimme herauszuhören. Das war für diese Gegend nichts Ungewöhnliches: Wir lebten nah an der holländischen Grenze.

»Na, weil Valentinstag ist«, antwortete ich und zupfte das Papier rund um den Strauß zurecht. Da er mich duzte, beschloss ich, es ihm gleichzutun. »Also für Leute wie dich, schätze ich.« Damit wandte ich mich zu ihm um. »*Jetzt* ist es ein Strauß.«

»Das war nicht meine Frage.«

Erstaunt sah ich zu ihm auf. »Ob es ein Strauß ist?«

Sein grüner Blick traf auf meinen, und auf einmal fragte ich mich, ob es genau so einer gewesen war, der dafür gesorgt hatte, dass sich der Geschäftsmann von vorhin in seinen Partner verliebt hatte. Als dieser Mann den Laden betreten hatte, hatte er wild, chaotisch, unkontrollierbar gewirkt, aber jetzt strahlte er eine Ruhe aus, die nahtlos auf mich überging und meinen Puls beruhigte. Ich fühlte mich ausgeglichen.

»Warum arbeitest du noch so spät?«, wiederholte er. »Am Valentinstag?«

Ich unterdrückte ein Seufzen. Warum musste mich das jeder fragen? Ich hielt mich selbst davon ab, meine »Ich hab sonst nichts vor«-Karte auszuspielen, weil ich mich allmählich minderwertig fühlte. »Ich helfe eben gerne«, wehrte ich ab, denn jemandem für Last-Minute-Blumenkäufe zur Verfügung zu stehen, zählte definitiv zu dieser Kategorie. »Und es ist interessant, zu sehen, wie viele unterschiedliche Menschen um diese Zeit hier reinkommen«, fügte ich hinzu und hoffte, dass er sich zumindest ein bisschen angepflaumt fühlte. »Menschen mit ihren ganz eigenen Geschichten.«

Ein paar Sekunden lang betrachtete der Rothaarige meine Gabe an ihn, dann nickte er bedächtig und nahm sie mir behutsam ab. »Ich verstehe, was du gemeint hast. Damit, dass es kein Strauß war.« Ein leichtes Lächeln umspielte seine Lippen. »Jetzt sehe ich es.«

Im selben Augenblick konnte ich auch etwas sehen – den Gesichtsausdruck eines Menschen, der in den Blumen die Person wiedererkannte, für die sie bestimmt waren.

Mein letzter angestauter Ärger flaute jäh ab und ließ mich mit einem Gefühl der Glückseligkeit zurück, für das ich so etwas immer wieder tun würde – wenngleich mich ein Teil von mir dafür ohrfeigen wollte.

Ich zog die beiden Scheine über den Tresen zu mir, auch wenn die vorne und hinten nicht reichten. Ich wurde das Gefühl nicht los, dass das, was dieser Mann in seiner Hosentasche aufbewahrte, sein allerletztes Geld war. »Das passt so.« Ich hob den Blick. »Ich wünsche dir –«

»Was ist meine Geschichte?«

Verblüfft musterte ich ihn, seine markanten Gesichtszüge und seine undurchdringliche Miene, und beäugte dann den Strauß in seinen Händen. »Deine ... Geschichte?«

Er nickte und machte einen halben Schritt rückwärts, als würde mir das irgendwie dabei helfen, ihn einzuschätzen. »Ich will sie hören.«

Ein Anflug der Schüchternheit stieg in mir auf. Die letzten Jahre hatte ich damit verbracht, Menschen zu analysieren – aber ich hatte ihnen doch nie davon erzählt! Ich konnte nur in ein Fettnäpfchen treten.

Der Blick meines Gegenübers war wach und neugierig. Mir dämmerte, dass er nicht gehen würde, bis er meine Antwort gehört hatte. Also begann ich: »Du wolltest nicht irgendeinen Strauß von der Stange, sondern etwas ganz Eigenes. Etwas Persönliches. Etwas, in dem viel von dir selbst steckt. Wahrscheinlich willst du ihn jemandem schenken, der dir sehr viel bedeutet.« Ich lächelte leicht. »Es ist eine Liebeserklärung der besonderen Art.«

Die Floristin in mir wollte immer noch sauer auf ihn sein dafür, meine Bouquets zerstört zu haben. Aber ein anderer Teil von mir konnte nicht anders, als sich für die Frau zu freuen, die damit beschenkt werden würde. Oder den Mann. Man wusste ja nie so genau.

Mein Gegenüber nickte bedächtig. »Mit diesem Strauß möchte ich sagen: *Tut mir leid, dass ich so selten da war.*«

Ich legte den Kopf schief und musterte ihn. »Dann würde ich entweder auf eine Ehefrau tippen, oder auf die Jugendliebe, die du aus den Augen verloren hast.«

Er lächelte leicht. »Knapp daneben.«

Meine Brauen schossen in die Höhe, und ein Anflug der Neugierde stieg in mir auf. »Erfahre ich auch die Auflösung?«

Ein paar Sekunden lang betrachtete er mich nur. Dann antwortete er: »Es ist eine *zukünftige* Ehefrau.«

Meine Augen weiteten sich leicht, und ein warmes Gefühl erfasste mein Inneres. Das würde ein wundervoller Antrag werden. »Dann drücke ich dir die Daumen, dass er ihr gefällt.«

»Das hoffe ich auch.« Langsam machte der Mann einen Schritt rückwärts und schenkte mir einmal mehr dieses verräterische Lächeln, bei dem ein seltsames Kribbeln in meiner Magengrube aufstieg. »Gute Nacht.«

Ich hatte gar keine andere Wahl, als es zu erwidern. »Gute Nacht.«

Ich konnte den Blick nicht von ihm reißen, bis er durch die elektrischen Schiebetüren des Ladens getreten war – und nicht einmal dann. Stattdessen sah ich ihm nach, bis er an der gläsernen Außenwand vorbeigegangen und endgültig aus meinem Sichtfeld verschwunden war.

Erst nach und nach begann ich, meine Umgebung wieder richtig wahrzunehmen, angefangen mit der Tatsache, dass der blonde Kunde fort war. Hatte er mich nicht vorhin nochmal angesprochen? Was hatte er gewollt? Keine Ahnung. War wahrscheinlich nicht so wichtig gewesen.

Woran ich mich allerdings die nächsten Stunden über lebhaft erinnerte, war die Begegnung mit dem Rothaarigen gewesen. Mir war, als hätte ich einen Funken mehr über ihn erfahren als über andere Kunden – und doch blieben meine Gedanken stets an ihm haften. Weil ich *mehr* wissen wollte. Es war, als hätte man als Verdurstender einen einzigen Tropfen Wasser auf die Zungenspitze bekommen, während einem die restliche Flasche verwehrt wurde.

Ich konnte mir nicht erklären, warum sich das so anfühlte. Der Kerl war hier reingestolpert, hatte meine Bouquets malträtiert, meine Arbeit beleidigt und viel zu wenig gezahlt. Und was tat ich? Gab ihm eine Sonderbehandlung und konnte einfach nicht aufhören, an ihn zu denken.

Vielleicht lag es ja an der Tatsache, dass ich – obwohl wir einige Minuten miteinander verbracht hatten – immer noch keine Ahnung hatte, um welche Art Gewächs es sich bei ihm handelte. Ich arbeitete schon seit vielen Jahren mit Menschen und behauptete von mir selbst, sie schnell einschätzen zu können. Aber bei diesem Mann war es anders, das hatte ich innerhalb dieser kurzen Zeit mehrmals einsehen müssen. Er war wie ein Wirbelsturm gewesen, der das ganze Geschäft durcheinandergebracht hatte, und damit auch gleichzeitig das Aufregendste, was mir seit langem passiert war.

Die Zeit verging, die Kundschaft fiel immer spärlicher aus, und nachdem ich mir um dreiundzwanzig Uhr meinen letzten Kaffee gemacht hatte, beschloss ich um halb zwölf, allmählich mit dem Aufräumen anzufangen. Ich kehrte einmal durch, rollte die Aufsteller von draußen rein und machte einen Kassensturz. Es war nur noch wenige Minuten vor Mitternacht, als ich meine Arbeitsschürze auszog und meine Tasche aus dem Hinterzimmer holte.

Ich steuerte gerade so auf die Tür zu, als sich diese plötzlich öffnete. Aber es war kein Kunde, der eintrat, sondern der rothaarige Mann von vorhin. Und diesmal sah ich in seinem Blick, dass er nicht gekommen war, um noch einen Strauß zu kaufen.

3. Betekenis

Ich versteifte mich etwas und blieb auf halber Strecke zum Ausgang stehen. »Hallo«, hob ich zögerlich an. »Kann ich Ihnen helfen?«

Der Mann hatte das Bouquet, das er vorhin gekauft hatte, nicht mehr bei sich. Während sein Blick beim letzten Mal einzig und allein dem Angebot gegolten hatte, richtete er ihn jetzt auf mich, und das mit einem Ausdruck in den Augen, der mir einen leichten Schauer über den Rücken jagte. »Ich suche nach einem Strauß«, sagte er zu meiner Überraschung.

Schon wieder hatte ich mich in ihm geirrt. »Noch einen?« Ich stockte. »Ehrlich gesagt wollte ich gerade abschließen –«

»Ich suche einen Strauß«, wiederholte er lauter und überbrückte langsam die Distanz zu mir, »der aussagt: *Jemand wie du sollte den Valentinstag nicht allein verbringen.*«

Kein Ton drang zwischen meinen geteilten Lippen hervor. Ich brauchte mehrere Versuche, bis ich zumindest ein verwirrtes »Was?« zustande bekam. Und schließlich ein: »Für wen ist dieser Strauß gedacht?«

Er schnaubte belustigt. »Was glaubst du denn?«

Meine Augen wurden groß. Ein seltsames Kribbeln stieg in meiner Magengrube auf, mischte sich jedoch zu der grenzenlosen Verwirrung, die sich wie eine Blase in meinem Hinterkopf ausdehnte. »Für … mich?« Ich fühlte mich affig, es auch nur auszusprechen, weil alles in mir danach schrie, dass ich unmöglich gemeint sein konnte. »Deshalb sind Sie wiedergekommen? Um mir einen Strauß zu kaufen – in meinem eigenen Laden?«

»Nein, ehrlich gesagt war das nur so ein Spruch.« Er räusperte sich. »Ist wohl nicht so gut rübergekommen, wie ich es mir vorgestellt hatte.« Der Mann legte leicht den Kopf schief, sodass seine roten Haarspitzen auf seine Schulter trafen. »Worauf ich hinauswollte: Du hast so lange gearbeitet – für andere Menschen, die diesen Tag in vollen Zügen genießen konnten. Nur dank dir. Du hast anderen gedient. Ich finde, jetzt bist du an der Reihe.«

Ratlos musterte ich ihn. »An der Reihe damit, dass man mir dient?« Das wäre ja noch schöner.

»An der Reihe, den Tag zu genießen!« Er sah sich um. »Oder die Nacht, wenn man's genau nimmt.«

Ich schlang die Arme um meinen Oberkörper, was gar nicht mal so einfach war angesichts der dicken Winterjacke, die ich trug. Ich konnte mir immer noch keinen Reim darauf machen, worauf er hinauswollte. »Ich wollte gerade abschließen und nach Hause gehen, also …«

»Mit dem ersten Teil bin ich einverstanden«, entgegnete er und blieb vor mir stehen. »Mit dem zweiten nicht.«

Ich grunzte. »Und ich brauche Ihr Einverständnis wofür?« Erst jetzt fiel mir wieder ein, dass ich bei ihm schon längst zum Du übergegangen war. Alte Gewohnheiten bekam man so schwer raus.

»Du brauchst es nicht.« Er reckte das Kinn. »Aber du würdest was verpassen, wenn du Nein sagst. Und wer will schon von sich behaupten, den ganzen Valentinstag mit Arbeiten verbracht zu haben?«

Ratlos warf ich einen Blick auf meine Armbanduhr, die ich immer an der Innenseite meines Handgelenks trug. »Aber ... Es ist nur noch fünf Minuten lang Valentinstag.«

Als ich ihn wieder ansah, schenkte mir der Mann ein Lächeln. »Dann haben wir ja noch ganze fünf Minuten übrig.« Er hielt mir eine Hand hin. »Ich bin übrigens Daan.«

Zaghaft drückte ich sie, seine große, warme Hand, von der ich nicht genau sagen konnte, ob sie sich besonders rau oder weich anfühlte. »Marie.« Meine Stimme war so hauchdünn, dass es an ein Wunder grenzen würde, würde er mich verstehen.

»Marie.« *Ein Wunder!* »Stehst du auf Wein?«

Ich kam gar nicht mehr mit. »Ich trinke gerne Wein. Aber –«

»Na, dann lass uns keine Zeit verlieren.« Damit war er herumgewirbelt und marschierte geradewegs aus dem Laden.

»W-was?« Verdattert stolperte ich hinter ihm her, spürte aber bereits jetzt, wie sich mein gesunder Menschenverstand zu verabschieden drohte. Durch seine bloße Anwesenheit hatte Daan es geschafft, mich schon wieder in seinen Bann zu ziehen. »Wohin gehen wir denn?«

»Nur zu meinem fahrbaren Untersatz«, antwortete er gelassen, während er mich nach draußen führte. Ich war so durch den Wind, dass mir erst in letzter Sekunde einfiel, dass ich den Laden abschließen musste. Die kühle Luft umschloss mich, hatte aber nichts damit zu tun, dass meine Hände zitterten, als ich den Schlüssel umdrehte.

Ich wandte mich zu Daan um in dem festen Glauben, dass er irgendwo am Straßenrand geparkt hatte – und wurde eines Besseren belehrt. Sein *fahrbarer Untersatz* stand nämlich mitten auf dem Gehweg. Und es war kein Auto, sondern etwas, das wie eine schräge Kreuzung aus Fahrrad und Schubkarre aussah.

Ich stutzte. »Was ist *das* denn?«

»Ein Lastenfahrrad«, antwortete Daan und beschrieb eine ausschweifende Handbewegung in Richtung der Wanne, die sich vorne am Fahrrad befand – unmittelbar hinter dem Vorderrad, das viel weiter vom Grundgestell abstand als bei normalen Rädern. »Oder *Bakfiets,* bei uns drüben. Normalerweise eher für den Transport von Waren oder Kindern gedacht, aber für dich wird es sicher auch reichen.«

Meine Schultern sackten herab. »War das schon wieder eine versteckte Beleidigung?«

»Nur, wenn du eine daraus machst.« Er griff in das Bakfiets und zog etwas daraus hervor, das die ganze Zeit darin herumgelegen hatte. Ich erhaschte keinen Blick darauf, weil mir Daan im selben Moment die andere Hand hinhielt. »Darf ich dir helfen, werte Dame?«

Unschlüssig blieb ich stehen, wo ich war. »Das ist jetzt aber nicht dein Ernst, oder?«

»Mein voller Ernst«, erwiderte er gelassen. »Es ist tausendmal bequemer als auf dem Gepäckträger. Und hunderttausendmal sicherer als auf dem Lenker.« Er zuckte die Achseln. »Du darfst auch gerne erst mal testsitzen.«

Ich musste schmunzeln, als er von dem Teil sprach wie von einem Luxus-Sportwagen. Wie schaffte es dieser Kerl, innerhalb weniger Sekundenbruchteile von vorlaut zu charmant und wieder zurück zu wechseln? »Ich warne dich«, sagte ich, während ich die Distanz zu dem Gefährt überbrückte. »Das ist nicht das beste Verkehrsmittel, um eine erwachsene Frau zu entführen.«

Ein leichtes Lächeln umspielte Daans Lippen. »Da gebe ich dir recht. Ich müsste dich wahrscheinlich betäuben, um auf Nummer sicherzugehen.«

Abrupt blieb ich stehen und starrte ihn prüfend an. Meine Stimme der Vernunft klopfte zaghaft an die Pforte meines Unterbewusstseins – und schrie dann einfach drauf los: *Was zur Hölle tust du da,*

Marie? Du kennst den Kerl doch gar nicht! Der könnte jeder sein! Sieh dir mal seine ungekämmten Haare an. Und seinen Bart! Wahrscheinlich schläft er unter einer Brücke und ertränkt dich im Fluss vor seinem Zelt!

Hab dich nicht so, Gänseblümchen, übertönte meine Oma diese Stimme mühelos. *Ich weiß, dass du den Laden liebst. Aber wenn du dein ganzes Leben nur unter Blumen verbringst, gehst du noch ein. Komm mal ein bisschen raus an die frische Luft! Das würde dir guttun. Und wenn dann sogar ein hübsches Kerlchen zugegen ist –*

Schnell schlug ich mir meine Großmutter aus dem Kopf und schüttelte meine Zweifel ab. Daan war ein Wirbelsturm. Er brachte einfach alles durcheinander. Aber seltsamerweise hatte dieser Sturm nichts Bösartiges oder Zerstörerisches an sich. Das machte mich umso neugieriger.

Und mit dieser seltsamen Kiste könnte er mich sowieso nirgendwohin entführen.

»Du darfst«, sagte ich förmlich und nahm seine Hand. Vorsichtig, aber bestimmt half mir Daan in die Wanne, und Augenblicke später saß ich auf einem kleinen Sitzkissen, das er darin postiert hatte. Ich musste kurz meine Gliedmaßen sortieren, doch als ich schließlich die Beine etwas anzog, saß ich wirklich bequemer, als ich erwartet hätte.

»Und?« Lässig blickte Daan auf mich herab. Die Straßenlaternen erhellten sein Gesicht und den verschmitzten Ausdruck darin. »Wie findest du's?«

Nachdenklich wog ich den Kopf hin und her. »Ich bin schon besser gesessen«, antwortete ich. »Aber auch schon schlechter.«

»Das ist für mich Erfolg genug«, lenkte er ein. »Dann kann es ja gleich losgehen. Den hier müsstest du allerdings so lange halten.« Damit reichte er mir einen quadratischen Karton mit einem Tragegriff an dessen Oberseite.

Ich musste nur einen kurzen Blick darauf werfen, um zu erkennen, was sich darin befand – nicht zuletzt aufgrund des plätschernden Geräuschs, das von dort an meine Ohren drang. »Tetra-Pak-Wein?«, fragte ich skeptisch. »Das ist also dein großes Aufgebot für den Valentinstag?«

Daan ließ sich nicht beirren. »Er ist handlich, schmeckt hervorragend und lässt sich sehr leicht abfüllen, ohne dass etwas verschüttet wird.« Er machte eine Pause. »Und er war alles, was ich auf die Schnelle bekommen habe.« Leichthin zuckte er die Achseln. »Wenn du keinen möchtest, trinke ich ihn allein.«

Hastig schlang ich die Arme um den Karton. »Das lass ich mir nochmal durch den Kopf gehen.« Plötzlich machte es Klick, und ich realisierte, was eigentlich gerade vor sich ging. Genauer gesagt: Was Daan nun vorhatte. »Hey, glaubst du wirklich, dass du mein ganzes Gewicht … *ertreten* kannst?«

»Also bitte.« Daan rieb sich in die Hände, als hätten die irgendetwas mit der Aufgabe zu tun, die vor ihm lag. »Ich bin schon mal mit einem Bakfiets durch ganz Thailand gefahren.«

»Wirklich?« Ich betrachtete das Gefährt unter mir und stellte mir vor, was dieses Teil schon alles erlebt hatte. »Etwa mit diesem?«

»Nein, das ist damals zwei Wochen später in Bangkok auseinandergefallen, als ich gerade beim Essen war«, antwortete er ausweichend, während er den doppelten Fahrradständer einklappte.

Ich blies mir eine lose Haarsträhne aus der Stirn. »Und wahrscheinlich saß in Thailand nicht die ganze Zeit über eine Frau auf deiner Ladefläche, was?«

Daan grinste schief. »Es war zumindest nicht immer dieselbe.«

Ich prustete. »Woooow«, sagte ich langgezogen. »Ich glaube, ich überlege mir das nochmal –«

»Zu spät!«, unterbrach er mich hastig und schwang auch schon sein Bein über das Fahrrad. Sekundenbruchteile später setzten wir uns mit einem Ruck in Bewegung.

Ich quietschte leise und klammerte mich am Tetra-Pak-Wein fest, obwohl mich der auch nicht davor bewahren könnte, aus der Wanne zu purzeln.

»O mein Gott!«, stieß ich hervor, während mein Puls sofort ins Unermessliche schoss. »Wohin fahren wir überhaupt?«

»Irgendwohin, wo wir gutes Licht haben«, war alles, was mir Daan verriet, während er die Straße hinabradelte – und die Ungewissheit störte mich seltsamerweise kein bisschen.

4. De toren

Ich brauchte etwa eine Minute, um den ersten Schock zu verdauen. Um mir darüber klar zu werden, dass ich nichts zu befürchten hatte.

Daan war entgegen meinem ersten Eindruck weder betrunken noch high, und er hatte einen hervorragenden Gleichgewichtssinn. Er würde uns nicht mitsamt dem Rad umwerfen, und da ich am Rande mitbekam, dass das Bakfiets einen elektrischen Antrieb hatte, ging ich auch davon aus, dass er nicht vorhatte, frontal in den nächsten Bus zu fahren und sein zweites teures Lastenrad zu schrotten. Ich hatte absolut nichts zu befürchten – abgesehen von dem Punkt mit der Brücke und dem Fluss, der immer noch offen war.

Ich konnte kaum glauben, was ich gerade tat. Seit ich meine Ausbildung zur Floristin begonnen hatte, hatte ich schier mein ganzes Leben in Blumenläden verbracht. Ja, ich verabredete mich immer noch manchmal mit Freunden oder Ex-Kolleginnen, aber solche Treffen waren ein so kleiner Teil des großen Ganzen, dass sie beinahe in einem Blumenmeer unterzugehen drohten. Und Männer? Meine letzten Dates hatte ich allein deshalb gehabt, weil meine Freundinnen, meine Nachbarin und zuletzt meine Oma (frag nicht!) sie für mich arrangiert hatten. Dass sich daraus nichts Ernsthafteres ergeben hatte, erkannte man wahrscheinlich spätestens daran, dass ich heute den ganzen Valentinstag im Laden verbracht hatte.

Und jetzt? Jetzt saß ich in der Fahrradwanne eines wildfremden Niederländers, der noch vor ein paar Stunden Blumen für die Liebe seines Lebens gekauft hatte.

Ich unterdrückte ein Seufzen. Was in aller Welt war nur los mit mir?

Das hier war kein Date – eindeutig nicht. Aber vielleicht war genau das der Grund, warum ich mir so schwerelos vorkam. Es war absolut ungezwungen. Unverbindlich. Spontan. So viele Dinge, die ich eigentlich nicht war. Und es fühlte sich unglaublich gut an, plötzlich nicht mehr in meiner eigenen Haut zu stecken. Was diesen Abend einfach nur perfekt machte, war allerdings eine Sache: Dass es nicht einmal mehr Valentinstag war.

»Und?«, fragte ich über die Schulter hinweg, kurz nachdem wir auf die Hauptstraße eingebogen waren. »Schwitzt du schon?«

»Da müsste schon viel mehr passieren!«, gab Daan zurück und klang tatsächlich noch kein bisschen außer Atem. Wahrscheinlich lag die Messlatte aus Thailand wirklich weit oben.

Auch wenn es schon länger nicht mehr geschneit hatte, war es heute Nacht ziemlich kühl, und ich zog umständlich den Reißverschluss meiner Jacke etwas höher. »Was hast du überhaupt in Thailand gemacht?«, fragte ich und hoffte, dass er mich über den Fahrtwind hinweg hören konnte. »Außer Radfahren, natürlich?«

»Ich habe das Land bereist«, gab er zurück. Er trat so gleichmäßig in die Pedale, dass ich mir mit geschlossenen Augen hätte einbilden können, auf einer Wolke zu schweben. »Leute kennengelernt. Die Kultur in mich aufgesogen ...«

Meine Mundwinkel hoben sich leicht. »Also das, was andere Menschen als *Urlaub* bezeichnen würden?«

Er schnaubte fast schon verächtlich. »Andere Menschen haben keine Ahnung, wie unrecht sie diesem Erlebnis mit so einem Wort tun.«

»Oder sie wollen die Umschreibung einfach abkürzen«, beharrte ich und sah mich um. Daan fuhr mit mir die ganze Hauptstraße hinab, und es würde nicht mehr lange dauern, bis wir das Ortszentrum hinter uns gelassen hätten. »Ich bin mir immer noch nicht sicher, ob du einen Plan hast, wo wir hinfahren, oder ob du dich überraschen lässt, wo wir landen.«

»Kann es nicht eine Mischung aus beidem sein?« Der Weg fiel etwas ab, und Daan trat langsamer, ohne dass es unserem Tempo einen Abbruch tat. »Wie war dein Tag?«, fragte er beiläufig. »Erfolgreich?«

Erstaunt sah ich mich nach ihm um. Sein Tonfall war so aufrichtig, so ehrlich interessiert, als würden wir uns schon seit Jahren kennen. »Es war ziemlich anstrengend. Aber auf jeden Fall erfolgreich. Jeder Tag im Laden ist erfolgreich. Zufriedene Kunden, zufriedene Floristin.« Ich lehnte mich etwas zurück. »Auch wenn es an ein Wunder grenzt, dass ich *dich* zufriedenstellen konnte. Wo ist der Strauß überhaupt?«, fragte ich. »Du hast ihn nicht dabei.« Wahrscheinlich hatte er ihn in der nächsten Biotonne entsorgt, weil er seinen Ansprüchen nicht genügt hatte.

»In meinem Hotelzimmer«, antwortete Daan geradezu artig. »Wo er sicher sein wird, bis seine Zeit gekommen ist.«

»Vorbildlich.«

Ehe ich mich versah, ging es wieder bergauf, was Daan aber nach wie vor nicht ins Schnaufen brachte. Die Häuser, die unseren Weg flankierten, wurden immer spärlicher, bis wir um eine Ecke bogen(, was Daan gekonnter hinbekam als gedacht,) und eine durch und durch ländliche Gegend erreichten. Der Gehweg verschwand, sodass wir keine andere Wahl hatten, als auf der Straße zu fahren. Glücklicherweise waren weit und breit keine Autos unterwegs. Der Nachteil: Auch die Straßenbeleuchtung in dieser Gegend war eher willkürlich platziert. Und Daans Fahrradlampe reichte kaum weiter als ein paar Schritte.

»Siehst du überhaupt, wo du hinfährst?« Ich verspannte mich etwas in der festen Erwartung, dass wir gleich über einen Stein fahren würden und ich kopfüber aus der Wanne fiel.

»O ja. Und wie.« Aus dem Augenwinkel erkannte ich, wie er einen Arm hob und nach vorn deutete.

Ich folgte seinem Zeig mit dem Blick und erspähte den alten Wachturm Bad Halldorfs, den ich in der Finsternis überhaupt nicht hier verortet hatte. Ich rümpfte die Nase. »Was soll damit sein?« Als Kind hatte ich häufiger in dieser Gegend gespielt, bis ein Haufen rauchender und trinkender Jugendlicher hier aufgetaucht waren und das Revier für sich beansprucht hatten. Inzwischen fand ich diesen Ort sogar tagsüber gruselig.

»Weißt du, was das ist?«, fragte Daan wie ein interessierter Tourist. »Weshalb es erbaut wurde?«

Gelangweilt blickte ich dem Turm entgegen. »Das weiß heutzutage niemand mehr so genau.« Es war kein schöner, mittelalterlicher Wachturm, kein Relikt aus einer anderen Zeit, das ein Stück Geschichte in sich trug. Zumindest keine, die man gern hörte. »Dem Baustil nach muss er irgendwann zur Zeit des NS-Regimes errichtet worden sein.« Hier, in Bad Halldorf, zwar nahe an der niederländischen Grenze, aber definitiv nicht nahe genug, als dass man von da oben aus auch nur annähernd bis dorthin hätte sehen können. »Die einen sagen, dass damit der Ort ausspioniert werden sollte. Andere behaupten, das hässliche Ding war als Wahrzeichen oder sogar als Kunstwerk gedacht.« Ich schnaubte. »Wenn du mich fragst, wäre der Schuss ganz schön nach hinten losgegangen.«

Ich war froh, dass es dunkel war, weil ich mir dann die Details des Anblicks ersparen konnte. Tagsüber hätte sich uns eine abgenutzte, gräuliche Fassade geboten, die vor allem im unteren Bereich von grässlichen grünen und braunen Graffitis übersät war.

»Interessant«, kommentierte Daan meine spärlichen Infos und klang beinahe so, als meinte er das ernst. »Ich frage mich, welche Geschichte er zu erzählen hat.« Zu meiner Überraschung trat er auf die Bremse und rollte die letzten paar Schritte von der Straße herunter, ehe wir unmittelbar vor dem Turm anhielten.

Umständlich sah ich mich in der Wanne nach ihm um. »Was machen wir hier?«

Daan stieg auch schon vom Rad und klappte den Ständer herunter. »Das wird sich zeigen.«

»Warte, was?« Ich versuchte, mich aufzurappeln, schaffte es aber erst mit seiner Hilfe, von meinem Platz aufzustehen. »Worauf willst du hinaus?«

»Nicht hinaus«, entgegnete er. »*Hinauf.*« Ehe ich mich an der angenehmen Wärme seiner Handfläche laben konnte, ließ er mich los. »Als ich heute Nachmittag hier war, war die Tür offen.«

Entgeistert riss ich die Augen auf. »Und?!«

Daan gab mir keine weitere Vorwarnung. Stattdessen wandte er sich ab und schritt geradewegs auf den unscheinbaren, verlotterten Eingang des Turms zu. »Vergiss den Wein nicht«, wies er mich über die Schulter hinweg an.

Mir blieb der Mund offen stehen. »Du glaubst doch nicht ernsthaft, dass ich da reingehe, oder?«

Seelenruhig zog Daan ein unglaublich kleines Handy aus der Jackentasche und schaltete dessen Taschenlampe an. »Du kannst gerne draußen warten. Ich weiß aber nicht, wie lange ich brauchen werde.«

Sagte der Mann, der nicht mal sein Rad abgesperrt hatte. Nicht, dass ich auch nur im Traum auf die Idee gekommen wäre, mich damit davonzustehlen. Ich war von Kopf bis Fuß eine Schisserin. Und deshalb konnte ich es nicht glauben, als Daan die Tür aufstieß, welche sich mit einem durchdringenden Quietschen darüber beklagte.

»Ich bin mir nicht sicher, ob das –« Ich krächzte eher, als dass ich sprach, und räusperte mich, ehe ich mit festerer Stimme fortfuhr: »Ich bin mir nicht sicher, ob das legal ist!«

»Wie sagt man so schön?«, fragte Daan an der Türschwelle. »Wo *kein Kläger, da kein Richter?*« Damit verschwand er im Inneren des Turms.

Mein Herz verkrampfte sich in meiner Brust, und es lief mir eiskalt den Rücken runter. Hatte ich wirklich erwartet, dass eine Nacht mit dem Typen, der meinen Laden für ein Do-it-yourself-Studio gehalten hatte, anders hätte laufen können? Der Kerl hatte eindeutig einen an der Waffel! Doch so tief ich auch in mich hineinhorchte, waren da keinerlei Fluchtinstinkte. Stattdessen fand ich nur eine unverhohlene Neugierde, die ich nicht bekämpfen konnte.

Zumindest in einer Angelegenheit hatte Daan wahrscheinlich recht gehabt: Wenn ich nicht mit ihm kam, verpasste ich wirklich etwas. Und sei es ein Polizeieinsatz aufgrund von Hausfriedensbruch.

Ein Knacken ertönte irgendwo hinter mir, und ich zuckte zusammen. Hastig sah ich mich um, konnte aber weit und breit keine Menschenseele entdecken. Aus irgendeinem Grund beunruhigte mich das umso mehr.

Ich wusste kaum, was ich tat, als ich den Tetra-Pak-Wein fester packte und hinter Daan nach drinnen stolperte. »Warte auf mich!«

Ich betrat das Erdgeschoss des Turms, von dem ich aber rein gar nichts erkennen konnte. Daan war schon auf der Treppe, und sein Handylicht war in etwa genauso hilfreich wie seine Fahrradleuchte. Während ich die Distanz zu ihm überbrückte, stolperte ich zweimal: Einmal über einen Stein und einmal über etwas anderes, das sich in meiner Horrorvorstellung wie ein abgetrennter Arm anfühlte. Schnell sprang ich auf die unterste Treppenstufe und beeilte mich, Daan einzuholen, der nicht mal daran dachte, langsamer zu gehen. Hier drinnen kam es mir noch kühler vor als draußen, und überall dort, wo das Licht seines Handys nicht hinreichte, bildete ich mir ein, Bewegungen aus dem Augenwinkel zu erkennen.

»Wirklich!«, zischte ich. »Was suchst du hier?«

»Ich habe die Erfahrung gemacht, dass man am meisten findet, wenn man nichts sucht«, antwortete er ruhig, während wir immer mehr Stufen erklommen. Wir bewegten uns auf einer Wendeltreppe, die ringförmig nach oben führte – mit einem Geländer, das ich gerade so mit der Hand ertasten konnte und das immer wieder von einem Hauch von Nichts unterbrochen wurde. Als wäre ein Teil davon mit den Jahren weggebröckelt. Nicht besonders vertrauenserregend.

Ein seltsam modriger Geruch lag in der Luft und spielte das wildeste Kopfkino vor meinem inneren Auge ab: Eines über all die Dinge, die ich hier hätte erblicken können, wäre es heller gewesen. Müll? Exkremente? Obdachlose, die ein windstilles Plätzchen gesucht hatten und jetzt in ihrer Nachtruhe gestört wurden? Leichen?

Meine Anspannung wuchs ins Unermessliche, als wir einen Treppenabsatz erreichten und Daan uns den Weg bis zu einer Tür leuchtete, die um einiges solider aussah als der Eingang. Ohne zu zögern, drückte er die Klinke herunter – und nichts tat sich.

Ich unterdrückte den Drang, erleichtert aufzuatmen. »Die Tür ist zu!«, zischte ich. »Rätsel gelöst. Lass uns verschwinden.«

»Aber wir sind doch noch gar nicht am Ziel.« Er drehte sich halb zu mir um – und richtete den Strahl seiner Handytaschenlampe auf eine zweite Treppe, die neben uns begann und nur noch ein kleines Stück nach oben führen konnte. Bis nach *ganz* oben.

Ich biss mir auf die Unterlippe. »Ist das wirklich nöt- Daan!«, stöhnte ich, als er schon wieder losmarschierte. »Was auch immer du glaubst, da oben zu finden, da ist ganz bestimmt –« Ich brach ab, als Daan wenige Stufen über mir stehenblieb und die

Decke beleuchtete, an der sich leichte Ränder abzeichneten. Wie von einer …

Daan drückte gegen die Luke, die sich – ebenfalls mit einem wütenden Quietschen – öffnete. »Na, geht doch!«, tönte er über den lauten Knall hinweg, den der Aufprall der Luke auf dem Dach verursachte.

»Bitte nicht«, murmelte ich gleichzeitig, folgte ihm aber, weil ich auf dem Dach wenigstens die Hand vor Augen sehen könnte. Ich versuchte, mich im sanften Mondlicht, das nun ins Innere des Turms fiel, nicht zu genau in dessen Innenbereich umzusehen, aus Angst, was ich dann entdecken würde, und stieg hinter Daan nach draußen.

»Sehr gut«, sagte dieser und sah sich interessiert um. »Besser, als ich es mir vorgestellt habe!«

Zuerst wusste ich nicht, worauf er hinauswollte. Wir befanden uns auf dem nackten, abgenutzten Dach des Turms, das wahrscheinlich schon seit zig Jahren kein Mensch ohne Farbspraydose betreten hatte. An einem Ende lag etwas, das aussah wie die Überreste eines McDonald's-Picknicks, und auf der anderen Seite …

Meine Augen wurden groß, und meine Lippen teilten sich leicht. Ich hatte schon während der Fahrt gemerkt, dass sich der Turm auf einem leichten Hügel befand. Er war mir allerdings nicht so hoch vorgekommen, als dass man von hier aus besonders weit hätte sehen können.

Wie ich mich doch geirrt hatte! »Wow«, entwich es mir, obwohl mich ein Teil von mir davor warnte, Daan zu bestärken. Langsam trat ich ans Ende des Turms, wobei ich einen gebührenden Abstand zu dessen niedrigem Geländer bewahrte, und blickte auf meinen Heimatort herab. Während in unserer unmittelbaren Umgebung die Welt in tiefster Finsternis lag, war es, als wäre Bad Halldorf die Oase aus Licht, die die Dunkelheit durchbrach. Wohin ich auch sah, leuchtete es hinter Fenstern, aus Straßenlaternen oder in kitschiger Valentinstagsdekoration. Am Ortsrand glaubte ich sogar noch Weihnachtsbeleuchtung zu erkennen. Ohne Mühe machte ich auch die Hauptstraße ausfindig – dort, wo das *Schneeweißchen* sehnsüchtig auf meine Rückkehr wartete.

»Ich würde sagen, hier ist das Licht gut genug.« Daan nahm mir den Wein ab, kaum dass er neben mich getreten war, und ließ sich an Ort und Stelle in den Schneidersitz sinken.

Erst jetzt fiel mir etwas auf, das ich schon von Anfang an hätte bemerken müssen. »Hast du denn gar keine Gläser dabei?«

Verwundert sah er zu mir hoch. »Ich hatte Pappbecher in den Bakfiets gelegt. Hast du sie nicht dabei?«

Mein Magen verkrampfte sich. Wahrscheinlich waren sie mir nicht aufgefallen, als ich mich ohne Rücksicht auf Verluste draufgesetzt hatte. »Sorry. Ich kann sie gerne …« Mein Blick wanderte zu der Luke, hinter der die ultimative Schwärze lauerte. Ich schluckte. »Ähm, weißt du was? Ich steh eigentlich gar nicht so auf Tetra-Pak-Wein.«

Daan lachte leise. »Hab dich nicht so. Direkt aus der Quelle schmeckt er sowieso besser.« Ehe ich mich versah, hatte er aus dem unteren Ende des Kartons eine Art Zapfhahn hervorgepfriemelt und dessen Plastikverschluss geöffnet. »Willst du zuerst?«

Betreten starrte ich ihn an. »Nein, danke.«

Er zuckte die Achseln, ehe er den Kopf in den Nacken legte, das Tetra Pak, das bestimmt drei Liter umfasste, über sich hinweg wuchtete – und sich frischen Wein aus der Packung zapfte, der geradewegs in seinen Mund floss.

Ich räusperte mich und ließ mich zögerlich neben ihn sinken – erneut, ohne den Boden allzu sehr zu begutachten. Ich hatte keine Angst vor Dreck, schließlich arbeitete ich in einem Blumenladen. Aber ich wollte nicht wissen, welche *Art* von Dreck sich hier über die Jahre angesammelt hatte. Hätte ich es mitbekommen, wenn der ganze Turm asbestbefallen wäre?

»Was genau machen wir hier?«, fragte ich ratlos, während ich den Blick über den Ort schweifen ließ.

»Wir lassen das Bild auf uns wirken«, antwortete Daan mit einer Selbstverständlichkeit, die mich einmal mehr entwaffnete. »Und genießen das Leben.«

»Und um das Leben zu genießen, muss man mitten in der Nacht auf einen verlassenen Turm klettern?«, fragte ich schnippisch und entlockte ihm ein Lächeln.

»Man weiß die einfachsten Dinge viel mehr zu schätzen, wenn man dem Alltag entfliehen kann.« Mit diesen Worten hielt er mir das Tetra Pak hin.

Ich zögerte. Sträubte mich dagegen … und fand die Vorstellung, mir Wein in den Mund zu schießen, auf einmal gar nicht mehr so schlimm. Mehr Alltagsflucht ging schließlich nicht. Und war das nicht genau das, was meine Oma heute von mir erwartete?

Daan half mir dabei, den Karton über meinen Kopf zu halten, ehe ich den Hahn mit einer Mischung aus Ziehen und Drücken betätigte. Als die erste Flüssigkeit auf meine Zunge traf, zuckte ich zusammen, rückte aber zum Glück nicht ab und riskierte somit nicht, meine Jacke mit Weißwein zu besudeln. Insgesamt füllte ich mich selbst mit einem großen Schluck ab, ehe ich kichernd die Packung vor uns abstellte.

Tischmanieren gehen anders, Marie. Andererseits gab es hier auch weit und breit keinen Tisch, der sie uns hätte abverlangen können.

»Gar nicht so schlimm, oder?«, fragte Daan amüsiert, und ich zuckte die Achseln.

»Zumindest reichen meine feinmotorischen Fähigkeiten noch, um nicht aus Versehen im Wein zu duschen. Okay«, schloss ich. »Wir haben darüber gesprochen, was ich hier mache.« Ich schenkte Daan einen Seitenblick. »Aber was ist mit dir?«

»Das hatten wir doch auch schon«, entgegnete er. »Ich genieße das Leben.«

»Das stelle ich auch nicht infrage.« Ich schob mir eine lose Haarsträhne hinters Ohr. »Aber irgendwo da draußen wartet doch eine Frau darauf, einen Strauß von dir zu bekommen.«

Daan lachte leise. »Glaub mir. Sie wartet nicht darauf. Und selbst wenn doch«, ergänzte er, »wird sie sicher nichts dagegen haben, einen Tag länger zu warten.«

Ich musterte ihn. Er wirkte so gelassen, so unbeschwert, obwohl doch jeder Mann vor einem Antrag unglaublich nervös sein musste. War er sich seiner Sache so sicher? Oder ließ er sich wirklich von nichts und niemandem aus der Ruhe bringen?

»Du bist aus den Niederlanden, richtig?«, fragte ich zaghaft.

»Was hat mich verraten?«, gab er zurück. »Der Akzent, mein Fahrrad oder die roten Haare?«

»Eine Mischung aus allem wahrscheinlich.« Ich lächelte. »Wo genau kommst du her?«

Daan streckte sich etwas. »Aus dem Norden. Aus einem Dorf in der Provinz Groningen.«

»Oh.« Meine Miene erhellte sich. »Das ist nicht so weit weg von Deutschland, oder?«

Er schenkte mir ein freches, schiefes Lächeln. »Weit genug.«

Ich schnaubte. »Entschuldige mal!« Ich drehte den Oberkörper, um ihn besser ansehen zu können. »Was hast du gegen Deutschland?«

Daan stützte sich mit beiden Händen hinter sich ab und lehnte sich zurück. »Nichts gegen Deutschland«, entgegnete er. »Es sind nur … die Menschen.« Etwas Verschmitztes mischte sich in seine Miene, als könnte er es kaum erwarten, mich auf die Palme zu bringen. »Ihr seid so unglaublich unentspannt.«

Ich ließ die Schultern hängen und konnte nicht verhindern, mich persönlich angesprochen zu fühlen. »Ich wünschte wirklich, ich könnte dir da widersprechen.« Ich legte den Kopf schief. »Wenn es nicht wegen der Menschen ist, weshalb bist du dann hier? Auch wegen dieses *Erlebnisses,* das auf keinen Fall Urlaub genannt werden darf?«

Daan hob eine Braue. »Machst du dich über mich lustig?«

Ich grinste. »Sag schon.« Neugierig musterte ich ihn. »Bist du beruflich oder privat unterwegs?«

Nachdenklich blickte er in die Ferne. »Wenn man selbstständig ist, verschwimmen die Grenzen zwischen beruflich und privat gerne.«

»Oh, du bist selbstständig.« Ich betrachtete ihn von Kopf bis Fuß. »Als was?« Von jetzt auf gleich kam mir ein Dutzend Ideen, was jemand wie er als Hauptberuf machen könnte: Gärtner, Architekt, vielleicht sogar Anwalt …

Er schenkte mir einen nachdenklichen Blick, als überlegte er, ob ich es wert wäre, die Wahrheit zu erfahren. »Ich bin Künstler.«

Meine Brauen schossen in die Höhe, aber aufgrund der Art und Weise, wie er mich ansah, verbat ich es mir, zum nächstbesten Schluss zu springen. »Künstler ist ein dehnbarer Begriff«, gab ich zu bedenken.

»Da hast du recht.« Er nickte langsam. »Das ist mir heute auch aufgefallen, als ich gesehen habe, wie du arbeitest.«

Verwundert schob ich mir eine lose Haarsträhne hinters Ohr. Der Kerl konnte ja doch nett sein. Auf sehr abstrakte Weise. »Und ich nehme an, dass du kein Florist bist. Denn ich habe gesehen, wie *du* arbeitest.«

Daan lachte leise. »Nein, ich bin … Fotograf. Und Maler. *Mixed Media Art* nennt man das.«

Sofort wurde ich hellhörig. »Beides? Nicht beides getrennt voneinander, sondern beides gleichzeitig?«

»Es ist eher eine Mischung aus allem«, antwortete er gedehnt. »Das Motiv und die Intention entscheiden darüber, wie ich das Gesamtwerk festhalte. Mal ist es mittels Fotografie, mal als Gemälde, häufig beides. Erst wenn beide Kunstformen aufeinandertreffen, kann ich wirklich das ausdrücken, was mir auf der Seele brennt.« Er machte eine Pause. »Das ist meistens nicht besonders einfach – obwohl es so viele Möglichkeiten gibt. Eine weitere hat sich mir heute eröffnet.« Er sah mich wieder an. »Du hast es geschafft, Gedanken und Gefühle in Blumen auszudrücken. Und das fasziniert mich.«

Ich spürte, wie ich rot wurde, und wandte den Blick ab. »Na ja, ich gebe mein Bestes …«

»Deshalb musste ich nochmal zurückkommen. Weil ich von dir lernen möchte.«

Meine Augen weiteten sich. »L-lernen?« Abwehrend hob ich die Hände. »Ich bin wirklich keine Lehrerin! Ich habe eine Berufsausbildung gemacht wie jede andere Floristin auch. Aber das bedeutet nicht, dass ich anderen einen Crashkurs –«

»Ich will keine Erklärungen«, wehrte Daan ab. »Keine Lektionen. Wir müssen uns nicht einmal über Kunst unterhalten. Auch Inspiration findet man meistens dort, wo man sie nicht sucht.«

Ich nickte langsam. Das setzte mich schon ein kleines bisschen weniger unter Druck. »Apropos Suche«, hob ich an. »Wenn du Fotograf bist, wo hast du dann deine Kamera gelassen?« Ich deutete in Richtung Dorf. »Du hast doch das Licht gefunden, das du wolltest.«

Der Blick, den Daan auf meine Heimat richtete, war unglaublich voll – ich wusste nur nicht, womit. Aber es war, als würden seine Augen im wahrsten Sinne des Wortes zu Portalen seiner Seele werden, in der in so wenigen Sekundenbruchteilen so viel passierte. Mehr, als jemand wie ich erfassen könnte. »Bei der Fotografie geht es nicht darum, jedes Motiv abzulichten, das sich einem bietet. Es geht darum, zu entscheiden, welche besser dazu geeignet sind, für die Ewigkeit physisch festgehalten zu werden ...« Langsam drehte er den Kopf und fixierte mich. »... und welche man besser in seinem Herzen festhält.«

Ich konnte nicht anders, als unentwegt an seinen Lippen zu hängen. Daan *sprach* nicht einfach: Die Worte, die er formte, klangen wie Musik in meinen Ohren. Es war die reinste Poesie. »Klingt einleuchtend«, fiel mir hingegen nur eine unfassbar plumpe Antwort ein.

Daan nutzte die Stille, um einen weiteren großen Schluck Wein zu trinken, und ich konnte nicht anders, als zu schmunzeln, weil ich kaum glaubte, dass der Mund, aus dem gerade noch die reinste Weisheit gedrungen war, jetzt bis oben hin mit Wein aus einem Hahn gefüllt wurde. »Was ist mit dir?«, fragte er, als er den Karton wieder abstellte. »Warum hast du dich für die Floristik entschieden?«

»Es war nie wirklich eine Entscheidung«, antwortete ich nachdenklich. »Ich bin als Kind schon ständig im Blumenladen meiner Großmutter gewesen. So was prägt einen. Ich hab mir nie etwas anderes vorstellen können als das.« Ich schnaubte. »Meine Eltern haben mich für verrückt gehalten. Ich habe ein gutes Abi hingelegt und gar nicht erst daran gedacht, zu studieren. Ich wollte die Ausbildung zur Floristin machen, damit ich so früh wie möglich im Laden anfangen kann.« Ich zuckte die Achseln. »Und das hab ich geschafft.«

»Und jetzt?«

Ich blinzelte. »Was, und jetzt?«

»Du hast dein Ziel erreicht«, half er mir auf die Sprünge. »Was ist dein neues Ziel?«

Damit brachte er mich jäh aus dem Konzept. »Mein ... neues Ziel?« Ich rang nach Worten, aber da waren keine. »Na ja ... Den Laden eines Tages zu übernehmen, schätze ich.«

Daan hob eine Braue. »Das ist kein Ziel. Das wird von selbst passieren, ohne dass du etwas dafür tun musst.«

»Du hast keine Vorstellung davon, wie meine Großmutter drauf ist!«, warf ich ein, blieb aber ungehört.

»Was ist ein Ziel, das du *aus eigener Kraft* erreichen kannst und willst?«

Ich zog die Stirn in Falten und wandte den Blick ab. »Keine Ahnung.« Fieberhaft suchte ich nach einer Antwort auf seine Frage, fand jedoch keine. Und das frustrierte mich. »Muss denn jeder immer ein Ziel haben? Was ist dein Ziel?«, schob ich sofort hinterher, befürchtete aber, dass er eine deutlich bessere Antwort parat hatte als ich.

Doch wieder überraschte er mich: Zum ersten Mal, seit wir uns begegnet waren, wirkte Daan ehrlich aus dem Konzept gebracht. »Mein Ziel?«, fragte er ebenso verdattert wie ich. »Ich …« Er wandte den Blick von mir und starrte in Richtung Dorf. »Das versuche ich noch herauszufinden. Manchmal«, wurde er etwas leiser, »bilde ich mir ein, dass ich es endlich weiß. Aber kein Tag ist wie der andere. Und oft kommt es mir so vor, als würde ich den Wald vor lauter Bäumen nicht mehr sehen.«

Ich musste lächeln. »Kenne ich. Nur dass ich ihn wahrscheinlich vor lauter Blumen nicht mehr sehe«, witzelte ich. »Ist doch nicht so schlimm! Wer braucht schon Ziele, wenn er zufrieden ist mit dem, was er hat?« Und das war ich. Das war ich so was von. »Wie ist das eigentlich so?«, versuchte ich, die Stimmung etwas aufzulockern. »Hauptberuflich Künstler zu sein?«

Als wäre das seine Antwort, nahm Daan einmal mehr das Tetra Pak in die Hände und füllte sich wortwörtlich damit ab.

»Bist du viel unterwegs?«, schob ich hinterher, um die Stille zwischen uns zu überbrücken.

»Sehr viel.« Er reichte ihn mir, und ich ließ mich dazu hinreißen, noch mehr von dem Weißwein zu trinken. Auch wenn es kein Glühwein war, wärmte er mich spätestens dann von innen auf, als er meinen Magen erreichte und meine Körperfunktionen in Schwung brachte. »Meistens ohne Vorwarnung. Ich gehe da hin, wo es mich hinzieht. Manchmal für Projekte oder für Kooperationen, aber oft ist es auch nur ein Impuls, der mich leitet.«

»Ein Impuls?«, wiederholte ich erstaunt. »Wie zum Beispiel …?«

Er zögerte. »Ein Bild«, antwortete er langsam. »Ein Ton. Ein Geruch. Eine Zahl.« Er fixierte mich wieder. »Ein Gefühl.«

Ich konnte seinem Blick kaum standhalten. »Und welcher Impuls hat dich hierhergeführt?«

Seine Augen verengten sich leicht, nur ein kleines bisschen, als würde er in diesem Moment bis in mein tiefstes Inneres sehen. »Ein Mensch.«

Mein Herz verkrampfte sich, als eine seltsame Anspannung in mir aufstieg. Und ich sollte dieser Mensch sein? Ich hatte doch einfach nur meine Arbeit gemacht. Ich wünschte, ich könnte verstehen, was Daan in diesen wenigen Sekunden in mir erkannt hatte. Was er ganz offensichtlich immer noch in mir erkannte.

Ich räusperte mich. »Und diese Selbstständigkeit … funktioniert?«, wechselte ich schnell das Thema.

Er hob eine Braue. »Definiere *funktioniert*.«

Zaghaft zog ich die Schultern hoch. »Reicht es aus, um ein anständiges Einkommen zu erzielen?«

Er schnaubte leise. »Kunst funktioniert für dich also nur, wenn sie einen reich macht?«

Meine Kinnlade klappte herunter. »D-das wollte ich damit nicht sagen! Ich verdiene ja auch kein Vermögen.« Eine kalte Böe fegte über uns hinweg, und ich fröstelte leicht. »Und wie wir vorhin festgestellt haben, bin ich ebenfalls Künstlerin.«

Daan warnte mich nicht vor, noch fragte er um Erlaubnis. Stattdessen legte er einfach einen Arm um meine Schultern, als wäre es die normalste Sache der Welt, dass er mich wärmen wollte. »Das bist du«, bestätigte er sanft. »Und wenn du mich fragst, haben wir beide unser volles Potenzial noch nicht ausgeschöpft.«

Ich hätte diese Worte einmal mehr als Stichelei auffassen können, tat es aber nicht. Denn obwohl wir bisher nicht viel Zeit miteinander verbracht hatten, hatte ich das Gefühl, ihn schon jetzt besser zu verstehen. Sein Wesen zu durchschauen. Daan glaubte nicht daran, dass ich schlecht war – sondern dass noch mehr in mir steckte, als ich selbst für möglich hielt.

Er war ein Fremder, und nach dieser Nacht würde ich ihn nie wieder sehen. Und doch spürte ich schon jetzt, dass er mich mehr zu beeinflussen drohte als andere Menschen in meinem ganzen bisherigen Leben.

Es war ein Einfluss, den ich nicht wollte, gegen den ich mich aber nicht wehren konnte. Weil er alles, was mich ausmachte, in seinen Grundfesten zu erschüttern drohte. Allen voran mit dieser einen verräterischen Frage, die ich mir niemals stellen wollte: Was, wenn es da draußen noch so viel mehr für mich gab?

5. Leven en laten leven

Ich würde im Nachhinein keine Ahnung mehr haben, wie lange wir dort oben auf dem Turm saßen. Die Zeit schien wie im Flug zu vergehen, doch gleichzeitig fühlte es sich so an, als würden wir dort viele gemeinsame Jahre verbringen.

Wir sprachen nicht immer. Nein, manchmal verfielen wir für mehrere Minuten in Schweigen, bei dem sogar die Nacht um uns herum miteinstimmte. Es war keine peinliche, betretene Stille. Sondern eine durch und durch vollkommene.

Wenn wir nicht im Augenblick versanken, erzählte ich Daan von meiner Ausbildung – er selbst hatte nie eine gemacht und schien es spätestens in dem Moment zu bereuen, in dem ich mich daran erinnerte, wie wichtig die Farb- und Formenlehre während meiner Zeit in der Berufsschule gewesen war. Das unterstellte ich ihm zumindest, auch wenn er sein Bestes tat, das abzustreiten. »Zum Künstler wird man nicht geschult«, behauptete er. »Man wird dazu berufen.« Auf meine Frage, von welchem Gott er auf welchem Berg dazu berufen worden war, wollte er mir nicht antworten. So ein Jammer aber auch.

Daan berichtete mir von seinen Reisen – und obwohl er erst sechsundzwanzig war, hatte er schon einige hinter sich. Das Faszinierende daran war, dass er nicht (wie jeder andere Mensch) von Sehenswürdigkeiten und kulinarischen Köstlichkeiten erzählte, sondern von etwas, das andere *Details* genannt hätten, über das er aber wahrscheinlich stundenlang reden könnte, wenn er wollte. Er sprach von der Art und Weise, wie sich das Sonnenlicht auf der Meeresoberfläche vor einem thailändischen Strand gespiegelt hatte. Von der Anmut, welche die in die Türen buddhistischer Tempel eingearbeiteten Bilder und Formen besessen hatten. Von den strahlend blauen Augen eines Mädchens, an dem er auf einem indischen Markt vorbeigelaufen war und dessen Anblick sich in sein Herz eingebrannt hatte. Von seinen ersten Unterwasseraufnahmen eines Korallenriffs am Great Barrier Reef. Und von dem einen Mal, als er in Mexiko in ein falsches Taxi gestiegen und mit gezogener Waffe um sein ganzes Hab und Gut, seine Kamera und seine Jacke erpresst worden war. Nein, er sprach nicht wirklich *davon:* Sondern von der Frauenskulptur auf irgendeinem Marktplatz, die er während der Fahrt gesehen hatte und die ihm seither nicht mehr aus dem Kopf ging. Alles andere waren für *ihn* nur Details. Sogar das Gesicht seines asozialen Taxifahrers hatte er darüber längst vergessen.

Wir leerten den Tetra-Pak-Wein nicht annähernd. Zumindest schwappte noch einiges an Flüssigkeit in dem Karton, als wir irgendwann die Stufen des Turms hinabstiegen. Obwohl dieser mindestens so düster aussah wie zuvor, fürchtete ich mich kein bisschen mehr vor dem, was darin lauern könnte. Stattdessen freute ich mich umso mehr auf die Rückfahrt.

Ich hob die eingepackten Pappbecher aus der Wanne, die ich vorhin plattgesessen hatte, und ließ mich auf meinen Platz sinken. Den Wein beschützte ich einmal mehr mit meinem Leben, während Daan in die Pedale trat.

Ich hatte immer noch keine Ahnung, was es mit diesem spontanen Ausflug auf sich hatte. Welchen Titel ich ihm verleihen sollte. Aber vielleicht brauchte er auch überhaupt keinen. Vielleicht konnte ich ihn einfach als das akzeptieren, was er war, ohne erst eine Bezeichnung dafür finden zu müssen.

Den Weg bis zum Blumenladen fand Daan von selbst, und ab da waren es nur noch drei Straßen, die wir zurücklegen mussten, bis wir vor dem Gebäude ankamen, in dem meine Großmutter und ich zu Hause waren. Wir lebten nicht in derselben Wohnung – dafür waren die Apartments in diesem Haus einfach zu klein –, sondern in zwei verschiedenen Stockwerken. War wahrscheinlich auch besser so.

Ich lotste Daan bis vor meine Haustür: Er hatte mich auf seinem Lastenrad auf einen verlassenen Turm entführt und wieder zurückgebracht, daher hatte ich rein gar nichts mehr vor ihm zu befürchten. Ganz der Gentleman, half er mir von seinem

Rad und nahm mir sofort den Wein ab, damit ich ja nicht auf die Idee kam, die Reste bei mir zu bunkern.

»Und?«, fragte ich gedehnt, während er sein Gepäck feinsäuberlich verstaute. »Hast du heute was von mir gelernt?«

»Und wie.« Sein Mundwinkel hob sich leicht. »Wenn auch nicht das, weshalb ich gekommen bin.«

Ich verengte die Augen. »Sondern?«, fragte ich drohend, wohl wissend, welche Art Antwort mich erwarten würde.

»Dass es viele Wege ans Ziel gibt«, antwortete er sanft. »Auch wenn man das Ziel nicht kennt.« Ehe ich mich versah, hatte er eine große Hand auf meine Schulter gelegt. »Danke dir.«

Ich schenkte ihm ein verlegenes Lächeln. »Bitte?«

Ein paar Sekunden lang sah er mich an, und in seinen Blick legte sich etwas so Zärtliches, dass es mir die Sprache verschlug. »Du bist ...« Er stockte. Dann hob er von Neuem an: »Ich hoffe, dass du jemanden findest, mit dem du die nächsten Valentinstage verbringen kannst. Und alle anderen Tage auch.«

Seine Worte ließen eine seltsame Rührung in mir aufsteigen, gepaart mit einem Gefühl, das ich nur mit der Frage »Warum nicht mit dir?« umschreiben konnte. Doch die Antwort darauf schwebte wie ein Damoklesschwert über uns.

»Gute Nacht, Marie.« Ich bekam keine Gelegenheit zu reagieren, denn da hatte er sich schon vorgebeugt, um mir endgültig den Atem zu verschlagen. Mein Herz machte einen Satz und eine bodenlose Hitze stieg in mir auf, als er mir ganz nah kam – und mir einen Kuss auf die Wange hauchte, dann einen zweiten auf der anderen Seite, und schließlich einen dritten. Er löste sich von mir, ohne mich auch nur einen Augenblick zu lang berührt zu haben, und schenkte mir ein letztes, verschmitztes Lächeln, ehe er wieder auf sein Bakfiets stieg.

»Gute Nacht.« Was meine Lippen verließ, war nicht mehr als ein Hauch, und doch war ich fest davon überzeugt, dass dieser Daan auf seinem Weg begleitete, als sein Rad und er mit der Dunkelheit verschmolzen.

Als ich am nächsten Morgen in meinem Bett aufwachte, war ich mehrere Minuten lang fest davon überzeugt, dass ich alles, was passiert war, seit Daan zum zweiten Mal den Laden betreten hatte, nur geträumt hatte. Und dann, dass alles, was passiert war, seit er zum *ersten* Mal den Laden betreten hatte, nur geträumt gewesen war. Es erschien mir so viel logischer, so viel wahrscheinlicher, als dass auch nur ein Funke davon der Wahrheit hätte entsprechen können. Vor allem angesichts der Rolle, die ich in alldem gespielt hatte. Ich, Marie, die meistens nur das Haus verließ, um zur Arbeit zu gehen oder Sachen für die Arbeit zu besorgen. Und die Arbeit verließ, um nach Hause zu gehen oder … na ja, Sachen für die Arbeit zu besorgen.

Dann war Daan aufgetaucht und hatte mich mit einem Ruck aus meinem Alltagstrott gerissen. Ich hatte alles, was mich normalerweise ausmachte, über Bord geworfen – und so sehr es mich auch überraschte: Ich bereute keine Sekunde davon.

Daan, dieser seltsame Kerl mit seinem Lastenfahrrad und seinem Tetra-Pak-Wein … Es war das romantischste Date überhaupt gewesen.

Entgeistert riss ich die Augen auf. *Nein, verdammt!* Es war kein Date gewesen. Er wollte schließlich einer anderen Frau einen Antrag machen! Und er hatte mehr als deutlich gemacht, dass er sich nur von mir inspirieren lassen wollte. Wenn man es so betrachtete, war es eher ein Geschäftsmeeting gewesen als alles andere.

Ich rappelte mich auf, doch das verräterische Kribbeln in meiner Magengrube machte mir den Versuch, unser Treffen als Business-Angelegenheit zu betrachten, jäh zunichte. Vor allem, weil es mich in den Fingern juckte, nach meinem Handy zu greifen und ihn zu googeln. Er war Fotograf und Künstler – wer wusste schon, wie viel ich online über ihn herausfinden könnte?

Aber das sollte ich nicht. Weil es nichts an den Tatsachen änderte.

Ich atmete tief durch. Letzte Nacht war so, so aufregend gewesen! Einfach mal was anderes. Ein spontanes Abenteuer. Eine einmalige Sache, die sich nie wiederholen würde. Und genau das machte sie so besonders.

Nun wusste ich, wie sich Leute nach einem One-Night-Stand oder einer Affäre fühlten. Das mit Daan war auch wie eine Affäre gewesen – eine intellektuelle Affäre.

Erst jetzt, viel zu spät, realisierte ich ebenfalls, an welche Blume er mich erinnerte. Dieser Mann war ein Löwenzahn. Und das sagte ich nicht wegen seiner wilden roten Haare.

Mir blieb zum Glück keine Zeit, mir weitere Gedanken um Daan zu machen – denn der Alltag, dem er mich entrissen hatte, rief mit kehliger Stimme nach mir. Nur weil ich letzte Nacht bis zwölf gearbeitet hatte und dann mit Daan bis vier Uhr auf den Beinen gewesen war, bedeutete nicht, dass ich heute frei hatte. Denn es war Freitag und damit ein weiterer unglaublich wichtiger Tag für Blumenverkäufe. Ich hatte sowieso viel länger im Bett getrödelt als nötig.

Ich stand auf, warf mich in ein langärmeliges weißes Shirt und schlüpfte in meine Lieblingslatzhosen. Ich hatte schon immer gern welche getragen und mir vor allem während meiner Ausbildung ständig Sprüche eingefangen, ob ich nicht doch lieber Gärtnerin werden wollte. Aber sie waren universell kombinierbar und echt bequem – also, was soll's?

Ich machte mich fertig und verschob meine Frühstückspläne auf unterwegs. Zwischen meiner Wohnung und dem *Schneeweißchen* lag eine Bäckerei, von der ich mir ein belegtes Brötchen mitnahm. Bis ich bei der Arbeit angekommen war, hatte ich es schon heruntergeschlungen, sodass ich voll einsatzbereit war, als –

»Was zum Teufel tust du hier?«, blaffte mich Gerlind an, kaum dass ich eingetreten war, und ich blieb verdattert auf der Türschwelle stehen.

»Na, hoffentlich arbeiten«, gab ich zurück, denn sogar nach all den Jahren, die ich schon hier beschäftigt war, und nach den viel mehr Jahren, die sie – na ja – meine Oma war, rechnete ich immer noch regelmäßig damit, dass sie mich hochkant rauswerfen würde, wenn ihr meine Arbeit nicht passte.

Meine Augen wurden groß, als Gerlind wie eine Dampflok auf mich zu rauschte – quer durch den Laden, in dem sich zum Glück noch keine Kundschaft eingefunden hatte.

»Oder?«, fragte ich zaghaft.

»Du warst letzte Nacht bis nach Mitternacht auf den Beinen!«, fauchte sie und blieb vor mir stehen. »Was in aller Welt tust du jetzt schon wieder hier? Gönn dir doch mal eine Pause, Mädchen!«

Ich straffte die Schultern. »Ich bin fünf Minuten vor meinem Wecker aufgewacht!«, log ich derjenigen vor, die sogar an ihren freien Tagen ab fünf Uhr morgens aufstand. »Ich bin so was von fit!«

Ein paar Sekunden lang betrachtete sie mich, dann stieß sie einen tiefen Seufzer aus. »Was mache ich nur mit dir, Kind?«

Ich unterdrückte ein Stöhnen. »Mich meinen Job machen lassen«, entgegnete ich und schob mich an ihr vorbei. »Sei doch froh, dass du eine so fleißige Mitarbeiterin hast!«

»Bin ich«, hielt sie dagegen und folgte mir nach hinten in den Personalbereich. »Aber wenn ich es mir aussuchen könnte, hätte ich lieber eine Enkelin, die ihr Leben genießt.«

»Ich genieße mein Leben!« Diese Diskussion führten wir regelmäßig, und inzwischen war sie einfach nur ermüdend. »In vollen Zügen.«

»Aber *wann?*« Mit verschränkten Armen beobachtete sie mich dabei, wie ich meine Jacke und Handtasche an den Kleiderständer hängte. Der Pausenraum war ziemlich klein und bestand abgesehen davon nur aus einem Tisch mit drei Stühlen und einer Küchenzeile mit unserer göttlichen Kaffeemaschine. An gewöhnlichen Tagen waren wir meistens nur zu zweit, und dafür reichte es allemal aus. »In den sechs Stunden, die du schläfst?«

Ich verdrehte die Augen. »Müssen wir gleich wieder die nächste Grundsatzdiskussion vom Zaun brechen?«

»Ist heute ein besonderer Tag?«, fragte sie plötzlich.

Irritiert wandte ich mich zu ihr um und musterte sie von Kopf bis Fuß. Sie hatte ihre feuerrot gefärbten Haare zu einem üppigen Dutt gebunden, und obwohl sie einiges an Make-Up trug, konnte sie die Spuren, die das Alter in ihrem Gesicht hinterlassen hatte, nicht verbergen. Das brauchte sie aber auch gar nicht: Sie strahlte die Stärke, die in ihr wohnte, mit jeder Faser ihres Körpers aus.

»Ein besonderer Tag?«, fragte ich verwirrt. *Der Tag nach Valentinstag?* »Ich denke nicht.«

»Dann ist es ein guter Zeitpunkt für eine Grundsatzdiskussion«, schob sie gekonnt hinterher. »Du hast seit Neujahr keinen Urlaub mehr genommen.« Sie machte eine Pause. »Und den Urlaub hast du auch nur genommen, weil ich den Laden abgeschlossen habe.«

»Ich brauche keinen Urlaub.« Ich zog eine meiner vier Schürzen aus meiner Handtasche und hängte sie mir um den Hals. »Ich habe doch nichts vor.« Außerdem wollte ich sie nicht im Stich lassen. Vor allem, wenn es körperlich anstrengend wurde, wollte ich zur Stelle sein, um ihr das Herumgeschleppe abzunehmen.

»Und genau so gehen wir dem Kern des Problems auf den Grund«, schloss sie. »Wie du weißt, bin ich nächsten Monat im Wellnessurlaub mit meinen Freundinnen …«

»Und das ist kein Problem!« Ich strich meine grüne Schürze glatt. »Ich schmeiße den Laden so lange.«

»… aber wie soll ich mich entspannen, wenn ich weiß, dass *du* das nicht kannst?«

»Ich kann mich entspannen!« Ich stemmte die Hände in die Hüften. »Ich bin tiefenentspannt! Jetzt zum Beispiel.«

»Und was macht da dann diese Falte zwischen deinen Brauen?«, murrte Gerlind und perfektionierte diesen seltsamen Augenblick mit vertauschten Rollen, der zwischen uns entstanden war.

Ich unterdrückte ein Seufzen. »Wenn es dich beruhigt«, hob ich an, während sie mir in den Verkaufsraum folgte. »Ich hatte gestern eine total spontane Verabredung. Eine, die mehrere Stunden gedauert hat!«

»Ach ja?«, fragte sie wenig überzeugt. »Bist du wieder mit ein paar Kötern aus dem Tierheim Gassi gegangen? Augenblick!« Während ich vor dem Tresen stehenblieb und unsere Mails checkte, lehnte sich Gerlind lässig an und betrachtete mich argwöhnisch. »Geht es etwa schon wieder um diesen Michi von neulich?«

»Nein!« Manchmal wünschte ich mir, sie wäre nicht meine Oma. Eine stinknormale Chefin hätte längst aufgehört, mir derart persönliche Fragen zu stellen. Zum Glück waren noch keine Kunden hier. »Mit einem Niederländer, der hier einen Strauß gekauft hat.«

Zum ersten Mal überhaupt hatte Gerlind keinen flotten Spruch auf den Lippen. Als ich den Blick hob, schenkte sie mir einen wie sieben Tage Regenwetter. »Du gehst am Valentinstag aus«, sagte sie trocken, »mit einem vergebenen Mann?«

»Es war nicht *so eine* Verabredung«, stellte ich klar. »Aber es war einfach mal was anderes. Total locker. Und nett. Und es hatte absolut nichts mit der Arbeit zu tun!«

Sie öffnete den Mund zu einer Erwiderung, ließ die Sache dann jedoch auf sich beruhen. »Ach, was beschwere ich mich überhaupt?«, winkte sie ab. »Das ist wahrscheinlich das Einzige, was bei dir jemals in Richtung *Auslandsreise* rauskommen wird.«

Unbeeindruckt wandte ich mich wieder unserem Postfach zu. »Ha ha.«

Sie stieß sich von der Theke ab. »Ich hoffe, ihr habt zumindest eure Geschlechtsteile in euren Hosen gelassen.«

»Oma!«

Was sollte ich sagen? Das Leben ging weiter. Ohne Daan, ohne besondere Vorkommnisse, aber ganz bestimmt nicht ohne die ewigwährenden Diskussionen mit meiner Großmutter.

Woche um Woche büßte der Winter seine letzte Kraft ein und machte warmen Temperaturen, einer sanften Frühlingssonne und den ersten Blumen Platz, die außerhalb unserer Gewächshäuser erblühten. Valentinstag rückte für mich in weite Ferne, auch wenn da immer wieder die Erinnerung an Daans rote Haare wie eine Kerzenflamme in meinem Gedächtnis aufleuchtete. Ich fragte mich, ob sein Heiratsantrag angenommen worden war. Ob zwei Herzen endgültig zusammengefunden hatten. Ob sie schon in den Planungen für die Hochzeitsfeier steckten oder die Sache schnell und ohne großen Aufwand durchgezogen hatten.

Ich überlegte, für welchen Typ Bräutigam ich Daan hielt. Ich konnte mir nicht vorstellen, dass jemand wie er seine Hochzeit akribisch plante. Ich schätzte ihn eher als jemanden ein, der seine Vermählung in einem Urwald im Rahmen eines Eingeborenenrituals feierte und dem fünf Jahre später auffiel, dass solche Zeremonien in den Niederlanden überhaupt nicht anerkannt wurden.

Gedanken wie diese brachten mich zum Lächeln, und ich hatte kein schlechtes Gewissen deshalb. Denn schließlich hatten sich unsere Leben nur eine Nacht lang gekreuzt – und ich würde ihn nie wiedersehen.

Auch wenn das nichts daran änderte, dass ich mich immer wieder zu fragen begann: *Was wäre, wenn ...?*

Vielleicht war es genau so ein Gedanke, dem ich nachhing, als eines Sonntagnachmittags unser Telefon klingelte. Weil Gerlind gerne behauptete, nicht mehr gut zu hören, um sich vor dem Telefondienst zu drücken, ging ich ran und meldete mich mit einem gekonnten: »*Schneeweißchen und Rosenrot*, mein Name ist –«

»*Is dat zo moeilijk?*«, keifte mich jemand am anderen Ende so energisch an, dass ich zusammenzuckte.

Entgeistert riss ich die Augen auf, während ein ungutes Gefühl in mir aufstieg. »Wie bitte?«

6. Kans

»*Pardon* –« Die weibliche Stimme am anderen Ende unterbrach sich selbst. »Verzeihung«, schob sie dann in akzentuiertem Deutsch hinterher. »Es ist unglaublich schwierig, heutzutage noch gutes Personal zu finden.«

Ich blinzelte. »Haben Sie sich verwählt?«

»Sag du's mir.« Meine Gesprächspartnerin klang gelangweilt. Oder so gestresst, dass sie sich innerlich schon selbst zerfressen hatte. »Bin ich hier bei der Blumenhandlung …« Ich hörte etwas Rascheln. »*Schneeweißchen und Rosenrot?*«

Für einen Moment spielte ich mit dem Gedanken, nein zu sagen und aufzulegen. Und das lag nicht am dicken Akzent der Frau oder der Tatsache, dass sie das Wort *Blumenhandlung* benutzt hatte, das aus jedermanns Mund irgendwie süß geklungen hätte, aber nicht aus ihrem.

Wie von selbst zeichnete sich ein Bild der Frau vor meinem inneren Auge. Nicht das eines Menschen mit Gesichtszügen, Haaren und Klamotten. Sondern das einer Rose, aus deren dunkelgrünem Stiel eine spitze Dorne nach der anderen schoss.

»J-ja«, sagte mein Mund wie von selbst, weil sich mein verdammtes Pflichtbewusstsein einfach nicht ausschalten ließ. »Wie kann ich Ihnen helfen?«

»Hör zu –« Die Frau stockte. »*Zou je dat alsjeblieft kunnen laten?*«, motzte sie mich dann so plötzlich an, dass mir schwindelig wurde. »Wo war ich? Egal. Wir benötigen Tischdekoration für fünfunddreißig Tische, Saaldekorationen, einen Rundbogen, Stuhldekoration –«

»A-Augenblick«, unterbrach ich sie und befürchtete, durch die Telefonleitung gefressen zu werden. »Worum geht es hier denn?« Hatte Gerlind schon mal Kontakt zu ihr gehabt?

»Für die Hochzeit!«, fauchte die Frau. »Hörst du mir überhaupt zu?«

Ich riss die Augen auf. »I-ich –«

»Jetzt habe ich wieder den Faden verloren«, maulte sie. »Bitte unterbrich mich nicht. Also: Einen Brautstrauß passend zu einem Hochzeitskleid in Champagner, einen Brautstrauß für ein weißes Kleid, einen Wurfstrauß, auch für ein weißes Kleid, Ansteckblumen für den Bräutigam sowohl passend zum unter Punkt eins als auch unter Punkt zwei genannten Brautstrauß, frische Blumen für Haarschmuck passend zu einer Tiara ...«

Ich fühlte mich, als würde ich in ein tiefes Loch fallen. Wir machten keine Hochzeitsfloristik. Gerlind und ich waren doch nur zu zweit! Wir hatten schlichtweg keine Kapazitäten für so etwas. Schon gar nicht, wenn eine Bestellung wie bei McDrive heruntergerattert wurde. Und doch war da immer noch diese verdammte Streberin in mir, die sich fragte, ob ich nicht vielleicht mitschreiben sollte.

»… für zwei Autos, einen weißen Oldtimer und einen schwarzen Sportwagen.«

Ich hatte mir kein Wort aufgeschrieben.

»Bitte verzichte auf Lilien, denn die Braut hasst Lilien. Und auf alles in der Farbe Grün.«

Ich kratzte mich am Kopf. »Grün? Die Pflanzen dürfen nicht grün sein?«

Meine Gesprächspartnerin geriet ins Stocken. »Na ja, die Blüten sollten zumindest nicht grün sein. Der Rest ist in Ordnung.«

»Das … schränkt die Auswahl nicht wirklich ein«, murmelte ich und bereute es, überhaupt etwas gesagt zu haben. Dieser Auftrag umfasste schon viel zu viele Worte, als dass wir ihn übernehmen könnten. Das war ein absolutes No-Go!

Ich räusperte mich. Wie brachte ich ihr das jetzt am besten bei? »Wir sind ehrlich gesagt nicht spezialisiert auf Hochzeits…«

»*Niet zo!*«

»…floristik.«

Die Frau holte tief Luft und demonstrierte mir allein damit, dass sie mich nicht gehört hatte. Oder nicht hatte hören wollen. »Wir benötigen pro Produkt eine Auswahl mit mindestens drei Alternativen«, ratterte sie weiterhin herunter. »Lieferzeitpunkt ist Freitag.«

Meine Schultern sackten herab. »Was?!«, stieß ich hervor und bemerkte mit einem Mal, wie sich mehrere

Blicke im Raum auf mich richteten – einschließlich der meiner Großmutter, die so aussah, als würde sie gleich zu mir stapfen, mir das Telefon aus der Hand reißen und der Anruferin ordentlich die Meinung geigen.

Ich rieb mir den Nasenrücken und schüttelte den Kopf. »Die Hochzeit ist in vier Tagen und Sie wollen, dass wir das alles bis dahin anliefern? Das geht nicht!«, fuhr ich schnell fort, bevor sie mich weitere zehn Minuten zutexten konnte. »Wir brauchen ein Vorgespräch – ein *richtiges* Vorgespräch. Ich muss über Allergien Bescheid wissen und über besondere Wünsche und …«

»Nicht die Hochzeit, Dummchen!«, stöhnte die Frau, bei der ich mir noch nicht sicher war, ob sie eine sehr anspruchsvolle Braut, beste Freundin, Mutter oder Wedding Plannerin war. »Die Anlieferung für die Auswahl ist am Freitag.«

Ich stutzte. »Ich soll eine Auswahl für all diese Dinge anliefern?«

»Wie sollen wir sie sonst auswählen?« Sie schnaubte. »Wir können ja wohl kaum –« Plötzlich stöhnte sie genervt. »*Waar ben je afgestudeerd?*«

»*Ik heb niet gestudeerd*«, wimmerte eine tiefe Männerstimme im Hintergrund.

»*Ik snap het!*«

Ich schluckte. Ich hatte keine Ahnung, was diese Frau da sagte, war aber froh, dass sie offensichtlich nicht mit mir sprach. Auch wenn es sich trotzdem so anfühlte, als würde sie in diesen Sekunden all meine Vorfahren persönlich beleidigen.

»Weißt du was?« Inzwischen klang die Frau einfach nur müde. »Gib mir deine Mailadresse und ich schicke dir das Briefing digital.«

Ich war so perplex, dass ich ihr gehorchte, ohne zu zögern. Immerhin konnte sie mich per Mail nicht anschreien. Und wenn ich überfordert war, löschte ich sie einfach, blockierte den Absender und wanderte nach Norwegen aus.

Im Nachhinein wusste ich nicht mehr, wie das Gespräch geendet hatte. Es war ein Wunder, dass ich es überhaupt geschafft hatte, aufzulegen. Gerlind musste mich bestimmt dreimal ansprechen, bis ich reagierte.

»Was ist das denn gewesen?«, fragte sie verdrossen, während sie einen Sack Blumenerde abkassierte. »Wollten die dir irgendwas verkaufen?«

»Nein«, sagte ich wie gelähmt. »Im Gegenteil.« Heftig schüttelte ich den Kopf und riss mich selbst aus meiner Trance. »W-wir machen doch keine Hochzeitsfloristik, oder?«

Sie schenkte mir einen irritierten Blick. »Hast du dich irgendwo gestoßen oder so?«

»Natürlich machen wir keine«, riss ich mich am Riemen. »Dafür haben wir keine Kapazitäten. Okay.« Abwehrend hob ich die Arme und atmete tief durch. »Diese Frau wird mir eine Mail mit ihrer Wunschliste schreiben und ich werde dankend ablehnen.« Auch wenn mein Unterbewusstsein gar nicht anders konnte, als ins Rollen zu geraten: Wenn ich wirklich Hochzeitsfloristik für dieses Brautpaar kreieren würde, würde ich dafür wahrscheinlich dringend *Narziss*en brauchen. Und zwar mit ganz viel Grün.

Ich versuchte, mich abzulenken, indem ich einen Strauß herrichtete, den jemand per Mail bestellt hatte. Er beinhaltete Tulpen in verschiedenen Farben und erinnerte mich an diesen einen Typen, der am Valentinstag kurz vor Daan den Laden betreten hatte und unbedingt meine Nummer hatte haben wollen, nur um sich über seine Bestellung auszutauschen.

Er war nie wiedergekommen.

Weil ich der Bestellerin eine Mailbestätigung senden wollte, musste ich zwangsläufig einen Blick in unser Postfach werfen – und entdeckte dort eine neue Nachricht, die nur von meiner Gesprächspartnerin von eben stammen konnte. *Roze Dromen* lautete der Name der Firma, der auch in der Domain verewigt war. Die Mail stammte von einer Kaatje Haas – kein passender Name für den Drachen, den ich am Telefon hatte fauchen hören.

Der eigentliche Text bestand nur aus einem *wie besprohcen* – ohne Hallo, ohne Gruß, inklusive Tippfehler. Abgesehen davon war da nur ein Anhang. Ich schickte mich an, ihr eine ebenso lieblose Absage zu schicken, ohne diesen zu öffnen, entschied mich jedoch im letzten Moment um. In all den Jahren, die ich schon in Blumenläden gearbeitet hatte, hatte ich bisher selten *Briefings* bekommen. Ich wollte es mir nur kurz mal ansehen – um einen Eindruck zu bekommen, warum sich Gerlind Hochzeitsfloristik nicht antun wollte.

Das Dokument bestand aus drei Seiten, wenn auch mit Schriftgröße zehn und einfachem Zeilenabstand. Es handelte sich dabei um eine Auflistung aus Floristikprodukten, die die Wedding Plannerin bestellen wollte, jedes einzelne davon versehen mit einem eingerückten Warnhinweis voller Anmerkungen, welche Blumen, Farben und Formen auf keinen Fall infrage kamen.

Am Ende der Tabelle waren eine Adresse in den Niederlanden und mehrere Termine angegeben: Einmal der Lieferzeitpunkt für die *Portfoliopräsentation*, danach ein einwöchiger Zeitraum zur Vorbereitung der Dekoration und Anbringung an den jeweils vorgesehenen Stellen in der Location, und schließlich das Hochzeitsdatum – an diesem Tag sollte auch jemand von uns zur Stelle sein für *florale Notfälle*. Nahmen die sich eigentlich selbst noch ernst?

Kopfschüttelnd bewegte ich den Mauszeiger zum roten X-Button, um das Dokument zu schließen – bis mein Blick auf das untere Ende der Seite fiel, auf der das Budget der Wedding Plannerin vermerkt war.

Wie vom Donner gerührt erstarrte ich. Meine Augen wurden größer und größer, aber nicht so sehr wie mein Mund, den ich einfach nicht mehr schließen konnte. »G-G-« Meine Kehle war so trocken, dass ich mehrere Versuche brauchte, um meine

Großmutter mit einem Piepsen auf mich aufmerksam zu machen: »Gerlind?«

»Was ist, Schätzchen?« Sie stand mit dem Rücken zu mir an einem anderen Ende des dreiseitigen Tresens, damit beschäftigt, einen weiteren Strauß aus einer unserer Bestellungen zu binden – ich musste ihr einen Teil der Aufträge immer ausdrucken, weil sie keine Lust hatte, sich mit dem Computer auseinanderzusetzen. »Ist was kaputt?«

Mein Gehirn war kaputt. Zumindest kam es mir so vor, denn ich konnte nicht glauben, welche Zahl da geschrieben stand. »Sind, ähm … Also, für Hochzeitsfloristik«, krächzte ich. »Sind da … fünfundzwanzigtausend Euro ein angemessener Preis?«

Meine Oma kicherte in sich hinein. »Wenn die Hochzeit auf der ganzen Chinesischen Mauer stattfindet, vielleicht.«

Ich antwortete nicht. Ich konnte nicht. Ich konnte nichts anderes tun als zu schweigen und zu starren, bis meine Großmutter feststellte, dass ich nicht zu Scherzen aufgelegt war.

Aus dem Augenwinkel sah ich, wie sie aufblickte. »Warum fragst du mich das?«, hob sie lauernd an und überbrückte auch schon die Distanz zu mir. »Was …?« Es passierte selten, dass sie sprachlos war – und das machte mich umso sprachloser. »Was ist das?«

»Nicht wahr«, flüsterte ich. »Das *darf* nicht wahr sein.« Sofort überschlug ich, welche Reparaturen wir am Laden durchführen könnten, was wir uns für unseren Pausenraum anschaffen könnten, ob wir uns nicht sogar ein neues eigenes Gewächshaus errichten könnten für all das Geld, das diese eine, seltsame Frau uns aus heiterem Himmel für einen Job anbot, für den wir überhaupt nicht offen waren. »Fünfundzwanzigtausend.«

»Plus Spesen«, sagte Gerlind anerkennend. »Normalerweise muss ich mich immer darüber aufregen, dass die Leute den Wert von Blumenschmuck nicht erkennen. *So was* hatte ich auch noch nicht.« Sie zog die Brauen zusammen und lehnte sich so weit vor, bis ihre Nase beinahe den Bildschirm berührte. »Sind die seriös?«

Ich schluckte und war erleichtert über ihre Frage. »Bestimmt nicht«, sagte ich mit rauer Kehle. »Das muss ein Fake sein. Am besten lösche ich sie einfach.« Wieder bewegte sich mein Mauszeiger zum X. Und wieder hielt ich mittendrin inne, als mir ein einzelner, verräterischer Gedanke kam.

Meine Gesichtszüge entgleisten. Eine Hochzeit? In den Niederlanden? Und sie riefen ausgerechnet uns, einen kleinen, deutschen Blumenladen an, der nicht mal eine stabile Website hatte?

Es gab nur eine einzige logische Erklärung dafür.

Daan. Das war seine Hochzeit.

7. Het kasteel

»Ich glaube, es ist echt.« Gerlind und ich hatten den Laden schon vor einer halben Stunde abgeschlossen, alles saubergemacht und an seinen Platz zurückgeräumt. Inzwischen saßen wir im Pausenraum, jede von uns eine Tasse Kaffee in den Händen. Während ihr Blick auf mir ruhte, starrte ich nur ins Leere – so wie den ganzen Tag über schon. Ich hatte die vergangenen Stunden kaum bewusst erlebt. Hatte nur noch funktioniert wie eine Maschine, ein Mechanismus, ein lebloser Vorgang, der kurz davor war, endgültig den Geist aufzugeben. »Der vergebene Mann, mit dem ich mich letztens verabredet habe, will mich für seine Hochzeit engagieren.«

»Du bist so bleich wie ein Schlossgespenst«, stellte meine Großmutter fest. »Ich hab nur noch nicht herausgefunden, warum.«

Irritiert blickte ich auf. »Warum? Weil –« Ich stockte. »Weil ich es nicht kapiere. Warum sollte er ausgerechnet mich haben wollen? Die Niederlande werden doch wohl eigene Floristen haben!«

Sie lächelte leicht. »Aber es war dein Strauß, der seine Braut überzeugt hat. Ist doch klar, dass er dann beim Ja-Wort kein Risiko eingehen will.«

Die Härchen an meinen Armen stellten sich auf. »Ich hab jetzt schon ein schlechtes Gewissen, abzusagen.«

»Absagen?« Verdattert schüttelte sie den Kopf. »Wer hat hier was von Absagen gesagt?«

Meine Schultern sackten herab. »Wir machen keine Hochzeitsfloristik!«

»Na, also bitte«, winkte sie ab. »Wenn die Summe stimmt, machen wir alles.«

Ich stöhnte. »Oma!«

»Es ist ein mehr als angemessener Preis«, bekräftigte sie. »Und von dem Geld kannst du dir ein schönes Urläubchen gönnen.«

Sofort wurde ich hellhörig. »Dein Urlaub!«, warf ich ein und checkte meinen Handy-Kalender. »Wir können den Auftrag gar nicht annehmen, weil du doch deinen Urlaub geplant hast!«

»Was hat das denn mit mir zu tun?« Lässig schlug sie die Beine übereinander. »Die gute Frau hat *dich* angerufen, nicht mich.«

Meine Augen weiteten sich. »Wie jetzt?«, krächzte ich. »Du willst, dass ich den Job annehme? *Allein?* Hast du dir die Wunschliste mal angesehen? Gerade, dass sie nicht noch zwanzig Kamele bestellt hat!«

»Und sogar die hätten wir ihr zu einem angemessenen Preis besorgt.«

»Bleib beim Thema!« Ich stellte meine Tasse auf dem niedrigen Tisch zwischen uns beiden ab – ein

Möbelstück, das sie letztes Jahr aus ihrer Wohnung aussortiert hatte. »Selbst wenn ich es hinkriegen würde, wer soll in der Zwischenzeit den Laden übernehmen?«

Sie schnaubte. »Na, niemand. Dann machen wir eben Betriebsferien.«

Mir wurde schwindelig. »Du kannst doch nicht einfach mitten im Frühling den Laden zumachen!«

»Ich bin die Inhaberin.« Sie verengte die Augen. »Wenn es jemand kann, dann ja wohl ich.«

»Das heißt aber nicht, dass du es solltest!«, hielt ich verzweifelt dagegen. »Weißt du, wie viel Geld uns damit durch die –« Sie schenkte mir einen vielsagenden Blick, und mein Mund klappte zu. Für einen Moment schloss ich die Augen und konzentrierte mich auf mein stärkstes Argument: »Es ist zu viel. Ich schaffe das nicht allein.«

»Woher willst du das wissen, wenn du es noch nicht versucht hast? Ich finde, du solltest dem Ganzen eine Chance geben.« Gerlind stürzte ihren Kaffee herunter und stand auf, als wäre das Gespräch damit beendet. »Ich helfe dir bei den Vorbereitungen. Mit den Niederländern kannst du dich dann allein rumschlagen.«

Ich schnaubte und tat es ihr gleich. »Und warum in aller Welt sollte ich das tun?«

Auf halber Strecke zur Küchenzeile wirbelte sie zu mir herum. »Hallo-o?«, fragte sie verständnislos. »Weißt du, was du alles mit dieser Stange Geld machen kannst? Wo du hinfliegen kannst? In welche Hotels du einchecken kannst?«

»Ich will aber weder fliegen noch … *in Hotels ein-checken*«, fügte ich naserümpfend hinzu. »Ich habe überhaupt keinen Bedarf.«

Sie zog eine finstere Miene. »Glaub mir, Gänse-blümchen. So was sagen nur Leute, die *enormen* Be-darf haben.« Damit wandte sie sich ab und begann, ihre Tasse abzuspülen.

Ich blieb in der Mitte des Raums stehen und fi-xierte ihren Rücken. »Ich denke, wir beide sind uns einig, dass wir das Geld gut brauchen könnten, um unser Geschäft auszuweiten«, hob ich an. »Um mehr festes Personal einzustellen, zum Beispiel. Aber das ändert nichts daran, dass wir keine Kapazitäten da-für haben.«

»Das sind alles sehr gute Argumente, die du da hast«, antwortete sie teilnahmslos. »Na schön. Dann ordne ich es eben an.«

Meine Kinnlade klappte herunter. »Wie bitte?«

Sie schenkte mir nur einen kurzen Blick über die Schulter. »Du übernimmst den Auftrag. Ich ordne es an.«

Ich war so perplex, dass ich nur den Kopf schüt-teln konnte. »Als … meine Oma oder meine Vor-gesetzte?«

»Beides.« Ihr Tonfall klang geradezu verspielt, aber als sie sich nach mir umsah, war ihre Miene steinern. »Du nimmst diesen Auftrag an und wirst dein Bestes geben, die Kundin zufriedenzustellen.«

Ich schnaubte. »Oder sonst?«

»… bist du gefeuert.«

Entgeistert riss ich die Augen auf. »Das ist nicht witzig!«, fauchte ich.

»Siehst du mich lachen?« Gleichgültig zuckte sie die Achseln. »Ich bin sowieso schon überfällig für den Ruhestand. Wenn ich die Bude für meinen Urlaub schließe, brauche ich sie gar nicht erst wieder aufmachen. Überhaupt kein Problem für mich.«

Ich biss mir auf die Unterlippe, bis es wehtat. »Das kann doch nicht dein Ernst sein!«, warf ich ihr vor, obwohl ich es besser wusste. »Das ist nicht fair.«

»Das ganze Leben ist nicht fair.« Sie trocknete ihre Tasse ab, legte dann jedoch Geschirr und Lappen weg und wandte sich zu mir um. »Aber das heißt nicht, dass man ihm für immer aus dem Weg gehen sollte.«

Ich stand nur im Raum und starrte sie an. War unfähig dazu, irgendetwas zu sagen. Es war klar, dass sich diese Diskussion nicht länger nur um den Auftrag drehte – sondern um mich. Ich wusste nicht, ob ich lachen, schreien oder losweinen sollte. Aber ich musste nichts davon tun.

Gerlinds Miene wurde weich. »Marie.« Langsam überbrückte sie die Distanz zu mir. Als sie beide Hände auf meine Wangen legte, stieg mir der vertraute Geruch ihres Parfüms in die Nase. »Ich will dich damit nicht unter Druck setzen oder dich kränken. Das weißt du. Aber das hier ist eine Chance. Eine Chance, wie du schon so unendlich viele hattest.« Ich wusste nicht, von welchen sie sprach – vielleicht weil ich sie so schnell beiseite gefegt hatte, dass sie sofort darauf in Vergessenheit geraten waren. »Und ich werde dafür sorgen, dass du diese hier ergreifst.« Sie lächelte ein trauriges Lächeln. »Du bist ein wunderschönes Gänseblümchen, Marie. Aber wenn du dein restliches Leben in diesen vier Wänden verbringst, wirst du verwelken und vertrocknen. Also geh da raus und tanke Luft und Licht.« Ihre Hände glitten zu meinen Schultern und ergriffen sie fest. »Ich weiß, dass du das schaffen kannst. Du wirst uns beide stolz machen. Und wenn irgendetwas schiefgehen sollte«, fügte sie hinzu, »ist das völlig in Ordnung. Wir werden immer noch uns und den Laden haben. Und das ist alles, was zählt.«

Alles, was zählt, hallten ihre Worte in meinem Hinterkopf wider, lange nachdem sie das *Schneeweißchen* verlassen hatte. Ich hatte mich dazu entschieden, noch eine Weile zu bleiben, wo ich mit meinen Gedanken allein sein konnte.

Schließlich stand ich auf und kehrte in den Verkaufsraum zurück. Ich ging aber nicht zur Tür. Stattdessen fuhr ich nochmal den Computer hoch, um die Mail der Wedding Plannerin zu öffnen. Und dann machte ich mich an die Arbeit.

Ich wusste nicht, worauf ich mich da einließ. Nein, das stimmte nicht ganz: Ich hatte es von der ersten Sekunde an kapiert und verstand deshalb umso weniger, warum zur Hölle ich mir das antat. Ja, es steckte viel Geld drin, aber schließlich kostete dieses Geld Unmengen an Mühe, Stress und Energie! Außerdem zog sich mir der Magen zusammen, wenn ich auch nur daran dachte, ganz allein in die Niederlande zu fahren. Meine letzte Auslandsreise musste in meinem Abschlussjahr gewesen sein – das Pflichtprogramm der Schule. Ich sehnte mich nicht wirklich danach, woanders hinzugehen. Wozu verschwinden, wenn man zu Hause doch alles hatte, was man brauchte?

Zum Glück befand sich das Anwesen, auf dem die Hochzeit stattfand, einigermaßen nahe der Grenze. Es wäre keine ewiglange Fahrt bis dorthin, und wenn sich die Angelegenheit als so furchtbar herausstellte, wie ich glaubte, wäre es nur ein Katzensprung bis zurück nach Deutschland.

Das Anwesen. Wohl eher das Schloss! Das war der einzige Begriff, der mir dafür einfiel, als ich die Bilder im Internet betrachtete. Ein mehrteiliges Gebäude mit einem großen Vorplatz inklusive Brunnen und mehreren Grün- und Blumenflächen auf der Vorderseite sowie einem weitläufigen Garten auf der Rückseite. Mit seinen vier spitz zulaufenden Türmchen sah es aus wie aus einem Disney-Film oder den Prinzessinnenträumen eines jeden Mädchens.

Dass das hier wirklich Daans Hochzeit sein sollte, fühlte sich unwirklich für mich an. Daan, der nicht mal genug Bargeld dabeigehabt hatte, um einen winzigen Strauß zu bezahlen, war reich. Entweder er oder die Frau, die er heiraten würde. Das demonstrierte mir bereits das Budget, das sie für Blumen und nichts als Blumen reserviert hatten. Eine derart pompöse Hochzeit hätte ich ihm niemals zugetraut. Aber das zeigte mir nur, dass ich einen Menschen eben nicht in- und auswendig kannte, nur weil ich eine halbe Nacht mit ihm verbracht hatte.

Seltsamerweise ging mir das gewaltig gegen den Strich.

Vielleicht war das ja der wahre Grund, weshalb ich am Freitag in aller Frühe meine Sachen (Blumen) packte, sie in unseren grünen Firmen-Lieferwagen lud und mich auf den Weg machte. Es war fünf Uhr morgens und noch nicht wirklich hell, aber dafür profitierte ich von wenig befahrenen Straßen und einem schnellen Grenzübertritt.

Ich hatte so gut wie keine Informationen über die Braut erhalten und mich auch nicht getraut, nachzufragen. Stattdessen hatte ich Kaatje nur eine kurze Auftragsbestätigung geschickt und war froh gewesen, dass sie mir gar nicht mehr geantwortet hatte. Der bloße Gedanke daran, ihr im echten Leben zu begegnen, ließ schon einen Hauch der Übelkeit in mir aufsteigen.

Meine Hände verkrampften sich um das Lenkrad, während die ersten Sonnenstrahlen die Niederlande berührten. Ich gönnte mir keinen Augenblick, um die grünen Wiesen und die vereinzelten Mühlen und Windräder zu bewundern, zwischen denen ich vorbeifuhr. Ich wollte die Angelegenheit schnell hinter mich bringen und nach Hause zurückkehren.

Ein Teil von mir war wütend auf meine Großmutter. Es war ja ganz nett, dass sie sich um mich sorgte. Aber warum glaubte sie, mich zu meinem Glück zwingen zu können?

Ach ja. Weil sie es ganz offensichtlich konnte. Andernfalls säße ich schließlich nicht hier am Steuer.

Der Ladebereich des Lieferwagens war vollbepackt mit Blumen. Ich hatte für einige der verschiedenen Arten von Dekoration, die Kaatje geordert hatte, je drei Varianten erstellt, die jeweils aufeinander abgestimmt waren, um eine einheitliche Farb- und Formenkombination zu ergeben und ein vollständiges Bild abzuliefern. Gerlind hatte mir dabei geholfen, aber trotzdem war die Zeit einfach zu kurz gewesen. Ich hatte das Gefühl, dass ich von meiner Bestleistung weit entfernt gewesen war. Kaatje würde mich in der Luft zerreißen.

Je länger ich fuhr, desto größer wurden meine Zweifel. So lange, bis ich beschloss, ihr eine der Varianten gar nicht erst zu präsentieren: Arrangements bestehend aus Löwenzahn (für Daan) und Margeriten, die das weiße Kleid der Braut symbolisierten. Die Tischdekoration, die ich daraus kreiert hatte, war wahrscheinlich das persönlichste Werkstück, das sich hinten im Laderaum befand. Aber gerade deshalb fühlte es sich falsch an, es für die Hochzeit anzubieten. Als würde ich über meine Kompetenz hinaus agieren. Eine Grenze überschreiten.

Ich kannte Daan kaum. Warum wollte er unbedingt, dass ich die Floristik für seine Hochzeit übernahm? Warum ausgerechnet ich? Oder maß ich dem Ganzen viel mehr Bedeutung bei als er?

Das Anwesen befand sich in einer durch und durch ländlichen Gegend. Weit und breit waren keine anderen Häuser oder Nachbarn zu sehen, die einem das Leben in Zurückgezogenheit vermiesen könnten. Bei meiner Ankunft musste ich vor einem riesigen Tor stehenbleiben, aussteigen, über eine Sprechanlage mit einem Sicherheitsmitarbeiter sprechen, der mir immer auf Niederländisch antwortete, ganz egal, ob ich ihn auf Deutsch oder Englisch ansprach, und durfte schließlich in den Innenbereich fahren.

Das tat ich – mit einer Geschwindigkeit von fünf Stundenkilometern. Denn das, was sich vor mir erstreckte, stellte alles in den Schatten, was ich mir vorab im Internet angesehen hatte.

Das Schloss ragte in einiger Entfernung von mir auf und strahlte in seiner schönsten Pracht. Aber nicht so sehr wie das Meer aus Tulpen, das sich um mich herum erstreckte. Der Pfad, auf dem ich in Richtung Innenhof fuhr, war gerade breit genug für ein einziges Auto. Kein Gegenverkehr hätte gleichzeitig durchgepasst, und ich befürchtete, dass ich mehrere Hektar Blumen plattfahren würde, wenn ich auch nur einen Zentimeter zu viel nach links oder rechts auswich.

Die Tulpen waren nicht willkürlich, sondern nach einem strikten Farbsystem gepflanzt worden. Am Tor erstrahlten sie in einem satten Gelb, gefolgt von Reihen aus Rot, Orange, Violett und Pink. Als ich nach einer gefühlten Ewigkeit endlich auf den Vorhof des Gebäudes fuhr, begrüßte mich die letzte Reihe in einem unschuldigen Weiß.

Ich fühlte mich zittrig, als ich das Auto neben mehreren anderen Firmenwagen parkte – auf den ersten Blick erkannte ich ein Reinigungsunternehmen und einen Beleuchtungstechniker. Anstatt auszusteigen, blieb ich ein paar Minuten lang sitzen und starrte das Tulpenbeet an, dessen Anblick sich geradewegs in mein Herz fraß und mich mit bittersüßen Gefühlen erfüllte. Es war wunderschön. Einfach perfekt. Es war perfekter als alles, was ich je liefern könnte.

Das hier war eine Nummer zu groß für mich. Ich gehörte nicht hierher.

Jemand schlug gegen meine Fensterscheibe.

Ich schrie auf vor Schreck und riss den Kopf herum – um geradewegs in die finstere Miene einer Frau im pinken Kostüm zu starren. Sie hatte wasserstoffblonde Haare und wirkte auf den ersten Blick wie eine menschgewordene Barbie, nur mit dem Unterschied, dass Barbie gar nicht in der Lage wäre, andere Leute mit so einer Wut in den Augen anzustarren. Noch bevor ich die Scheibe runtergefahren hatte, wusste ich, dass ich es mit Kaatje Haas zu tun hatte.

»Guten –«

»Worauf wartest du denn noch?« Hektisch tippte sie auf ihre dicke, goldene Armbanduhr, die sie sich wahrscheinlich mit einer anderen Luxushochzeit finanziert hatte. »Du bist schon vierundzwanzig Stunden zu spät!«

Meine Schultern sackten herab. »Es war Freitag ausgemacht.« Oder hatte ich mich im Tag geirrt?

Sie geriet ins Stocken. »Oh. Dann –« Sie unterbrach sich selbst. »Trotzdem kein Grund, zu faulenzen! Los jetzt!« Damit stöckelte sie auch schon auf Absätzen davon, auf denen ich nicht einmal mithilfe eines Rollators hätte laufen können.

Mit einem mulmigen Gefühl im Bauch sprang ich aus dem Auto – und sah ihr verdutzt nach, während sie zum Schlosseingang stolzierte. »Die Blumen sind hinten im Wagen!«, rief ich ihr hilflos hinterher.

»Dann bring sie endlich rein!«, keifte sie über die Schulter und nahm mir meinen letzten Mut, das hier würde kein absoluter Reinfall werden.

Missmutig schritt ich zur Rückseite des Lieferwagens und riss die beiden Türen auf. Eine erste Schrecksekunde lang befürchtete ich, dass sich die Blumen, Gestecke und Dekoobjekte aus ihren Halterungen gelöst und auf der ganzen Ladefläche verteilt hatten, aber auf den zweiten Blick sah alles gut aus.

An den Wänden des Lieferwagens waren mehrere Regalplatten befestigt, auf denen ich wiederum die einzelnen Werkstücke festgemacht hatte. Auf der linken Seite befand sich mein erster Alternativvorschlag bestehend aus roten, rosa- und cremefarbenen Rosen, rechts die zweite Option aus verschiedenfarbigen Tulpen, deren Blüten jedoch so blass gehalten waren, dass man ihr Farbspektrum erst bei genauem Hinsehen erkannte. Eine Variante war sehr klassisch, die andere etwas unüblich, passte aber hervorragend zu den Niederlanden und war so gedeckt, dass sie nicht exotisch rüberkam.

Ich hatte auf Sicherheit gespielt – ganz im Gegensatz zu dem Konzept, das ich mit meiner Löwenzahn-Margeriten-Mischung verfolgt hatte. Diese ließ ich im Lieferwagen zurück und machte mich stattdessen mit zwei Brautsträußen und zwei Tischdekorationen auf den Weg, die ich zuvor vorsichtig in einen breiten Korb gelegt hatte.

Erst als ich schon die halbe Strecke zum Schloss hinter mich gebracht hatte, nahm ich meine Umgebung wirklich wahr – und damit meinte ich nicht die Tulpen, die sich noch immer jede Sekunde in den Vordergrund meines Bewusstseins zurückzudrängen versuchten. Es war, als würde ich geradewegs in einen Ameisenhaufen eintauchen. Überall um mich herum irrten Menschen hin und her, die ich teilweise nur aufgrund ihrer Kleidung oder des Werkzeugs, das sie bei sich trugen, zuordnen konnte: Da waren die Elektrotechniker und Reinigungskräfte, die hier parkten, aber auch ein Gärtner, mehrere Gastro-Mitarbeiter und sogar ein Maler. Was machten die alle hier?

Sofort fühlte ich mich wie auf einer Großveranstaltung. Einem Konzert, einer Ausstellung oder der Eröffnung eines neuen Freizeitparks. So viele Menschen wuselten hier herum, jeder davon in einem schnellen Gehschritt, und mit Stress, der ihnen ins Gesicht geschrieben stand. Dass das hier *nur* eine Hochzeit sein sollte, konnte ich einfach nicht glauben. Schon gar nicht, weil ich eine Rolle darin spielen sollte.

Wo der Morgen ohnehin etwas kühl war, fröstelte ich in meinem Shirt und meiner Jeansjacke umso mehr, nachdem ich die drei Stufen zur Veranda heraufgestiegen und durch die weit geöffneten Flügeltüren des Schlosses getreten war. Ich betrat eine Eingangshalle mit einer hohen Decke, zwei gewundenen Treppen, die in ein Obergeschoss mit Balkongeländer führten, und einem Kronleuchter, zu dem im Augenblick eine ewiglange Leiter hinaufführte. Ein Mann in dunkelblauer Uniform harrte ganz oben aus und hantierte mit den einzelnen Elementen des Leuchters.

Meine Augen wurden groß. *Polierte* er ihn etwa?

Ich konnte nicht viel länger hinsehen, ohne dass mir schwindelig wurde. Mit großzügigem Abstand bewegte ich mich an der Leiter vorbei, weil ich auf einmal eine seltsame Gewissheit verspürte, dass es nicht lange dauern würde, bis diese einfach zusammenklappte und umkippte.

Die Eingangshalle war so hoch und gähnend leer, dass sogar jeder meiner Schritte ein leises Echo verursachte. Genauso konnte ich all die anderen Laute hören, die die Menschen in meiner unmittelbaren Nähe von sich gaben: Ein Hämmern hier, ein Schleifen dort, ein Fluchen da. Alles übertönt von einer spitzen, genervten Stimme, die niederländische Befehle um sich warf.

Ich folgte ihr bis zu einem kleinen Nebenraum, der im ersten Moment wie eine Abstellkammer oder ein Versandhaus wirkte. Kaatje war umgeben von halbausgepackten Kisten und Kartons, manche davon unsauber übereinandergestapelt, andere aufgerissen, mit Füllmaterial und champagnerfarbener Hochzeitsdekoration, die sich halbwegs über den Boden verteilte.

Außer mir waren noch drei Arbeiter da, die ich ihren Uniformen nach für Gärtner oder Landschaftsbauer oder etwas in der Richtung hielt. Sie starrten Kaatje mit finsteren Mienen an, die sie wiederum auf Niederländisch so sehr in Grund und Boden redete, dass sogar ich gerne in ihm versunken wäre.

Ich machte den Fehler, einen Schritt zu weit in den Raum hineinzugehen, und im nächsten Moment richteten sich alle Blicke auf mich.

Den Korb in beiden Händen, versteifte ich mich etwas. »Ist es gerade ungünstig?«

Kaatje riss den Kopf zu den drei Männern herum. »*Verdwijnt!*«, zischte sie und wedelte ungeduldig mit der Hand, bis sie sich grummelnd abwandten, über eine Art Vorhang hüpften, der herrenlos auf dem Boden lag, und an mir vorbei in Richtung Halle stapften.

Dann fixierte Kaatje mich.

Ich schluckte. »Ich bringe die Auswahl«, kündigte ich überflüssigerweise an. »Für die Floristik.«

»Worauf wartest du noch?«, keifte sie und machte einen großen Schritt zur Seite, sodass der Weg zu einem länglichen Tisch freiwurde. Auf diesem befanden sich mehrere Stoffmuster, Bastelartikel und ein überdimensionaler, halb zusammengefalteter Bauplan des Schlosses. Ein Teil von mir rechnete damit, hoffte, betete, dass Kaatje den Tisch etwas freiräumen würde, sodass mein Korb darauf Platz fand, doch letzten Endes musste ich diesen umständlich auf dem ganzen anderen Krempel abstellen.

»Also gut.« Ich räusperte mich und fühlte mich wie in der Schule, wann immer ich ein Referat hatte halten müssen. Obwohl ich mich mit meinem Thema ausgekannt, zig Bücher darüber gelesen und meinen ganzen Vortrag auswendig gelernt hatte, hatte es mir die Sprache verschlagen, sobald ich einen ersten Blick in Richtung meiner Mitschüler geworfen hatte. Und obwohl das Publikum jetzt nur aus einer einzigen Frau bestand, reichte deren pure Präsenz, um mich in genau denselben Zustand zu versetzen.

»Also …« Unbeholfen nahm ich die beiden Sträuße heraus und hielt sie Kaatje entgegen. »Das …« Ich wusste nur zu gut, weshalb ich sie so zusammengestellt hatte. Hätte in jeder anderen Situation einen zweistündigen Vortrag über die verwendeten Blumen, deren Bedeutung und Geschichte halten können. Hätte Kaatje tief in meine Gedankenwelt mitnehmen können. Hätte diese Sträuße *verkaufen* können. Aber alles, was mir in diesem Augenblick einfiel, war: »Das wären sie.«

Die Wedding Plannerin starrte die beiden Sträuße an. Absolut nichts in ihrer Miene regte sich. Sie sagte nicht einmal etwas. Nach mehreren Sekunden erinnerte sie mich an ein eingefrorenes Video. Dann hob sie ruckartig den Blick. »Nein.«

Ich zuckte zusammen. »Nein?«

»Nein.« Sie straffte die Schultern. »Die sind furchtbar. Zeig mir was anderes.« Damit wedelte sie mich auch schon weg wie die drei Männer vor mir. »Hopp hopp!«

Ich wankte einen Schritt rückwärts, blieb dann aber stehen. »Ich habe nichts anderes«, entwich es mir, und ich konnte förmlich beobachten, wie die Falte zwischen Kaatjes viel zu dunklen Augenbrauen immer tiefer wurde.

»Was?«, zischte sie. »Ich gebe die ganze Hochzeitsfloristik bei dir in Auftrag, und das ist alles, was du mitbringst?«

»Ich sollte mehrere Varianten vorbereiten«, hielt ich dagegen. »Das sind sie. Im Auto sind die restlichen Dekorationen, aber die bestehen alle aus demselben Arrangement aus –«

»Nein.« In einer abgehackten Bewegung schüttelte sie den Kopf. »Tut mir leid, das war's!«

Meine Schultern sackten herab, und eine Eiseskälte machte sich in mir breit. Die ganze harte Arbeit. Die Fahrt hierher. Die Hoffnung, vielleicht einen großen Auftrag abzugreifen. Das hier zu schaffen. Allein. Meine Großmutter stolz zu machen. All das löste sich in diesem Moment vor meinem geistigen Auge in Luft auf. »D-darf ich wenigstens fragen, was genau –«

»Ich mag sie eben nicht.« Beherzt packte sie den Korb und hielt ihn mir hin. »Also wird die Braut sie auch nicht mögen. Einfach schrecklich. Nun nimm sie endlich!«, drängte sie mich, und ich beeilte mich, die Sträuße in den Korb zu werfen und ihn ihr abzunehmen. »Ich habe wirklich keine Zeit für so was.«

»T-tut mir leid!« Wieder machte ich einen Schritt rückwärts, unsicher, geschlagen. Ein Teil von mir wollte noch etwas sagen, aber in meinem Inneren breitete sich eine schmerzhafte Leere aus, die mit jedem Augenblick, den ich hier verbrachte, größer wurde.

Ich war hier fertig.

»Schönen Tag noch«, verabschiedete ich mich abgehackt, wirbelte herum und bewegte mich genauso schnellen Schrittes aus dem Raum wie die drei Arbeiter vor mir. Das Blut rauschte so laut in meinen Ohren, dass die vielen Geräusche, die die Eingangshalle erfüllten, nicht mehr bis zu mir durchdrangen, ebenso wenig wie die Wärme der Sonne, die draußen vom strahlend blauen Himmel auf mich herabschien.

Meine Augen begannen zu brennen, während sich der Vorfall immer und immer wieder in meinem Unterbewusstsein abspielte. Ich hatte nicht nur versagt. Ich war niedergetrampelt worden wie ein Gänseblümchen, das gerade erst hoch genug gewachsen war, um etwas Sonnenlicht abzubekommen.

Gerlind hatte mich dazu gedrängt, das hier zu machen, weil sie eine Chance gesehen hatte. Keine

Chance für unseren Laden, sondern für mich persönlich. Aber sie hatte sich geirrt. Was gerade passiert war, stellte mir nur noch mehr etwas unter Beweis, das ich schon vorher gewusst hatte: Dass ich allen Grund dazu hatte, mich zu Hause einzuigeln. Dort, wo ich sicher wäre. Dort, wo niemand auf die Idee kommen könnte, die Essenz meines Herzens, meiner Leidenschaft, meines Lebens als *schrecklich* zu bezeichnen.

Ich wollte den Korb zurück in den Wagen werfen und das Grundstück so schnell verlassen, wie ich es betreten hatte. Aber jemand machte mir einen Strich durch die Rechnung: Der Mann, der auf der geöffneten Laderampe saß und dessen grüner Blick mir in diesem Moment begegnete.

8. Paardebloem

7 Tage bis zur Hochzeit

»Marie.«

Daans bloßer Anblick raubte mir den Atem. Er hatte es sich in meinem Lieferwagen bequem gemacht, einen meiner Blumenkränze in der Hand, und legte ihn zur Seite, ehe er auf die Füße sprang. Er trug enge, leicht abgewetzte Jeans und ein weites, weißes Shirt, das ihm fast bis zu den Knien reichte. Seine wilden Haare hatte er heute zu einem unsauberen Dutt gezähmt. Das Lächeln, das er mir schenkte, war hingegen dasselbe wie beim letzten Mal, als ich ihn gesehen hatte. »Schön, dass du da bist.«

War es das? Die Diskussion mit Kaatje saß mir so tief in den Knochen, dass ich nur gequält zurücklächeln konnte. »Hi«, piepste ich missmutig – und wurde überrascht, als Daan die Henkel meines Korbs ergriff.

In derselben Bewegung lehnte er sich vor und hauchte mir einen Kuss auf die Wange, gefolgt von zwei weiteren – auf dieselbe Weise, wie er sich beim letzten Mal verabschiedet hatte. »Lass mich das für dich machen.« Ehe ich den Augenblick verarbeiten konnte, hatte er mir den Korb auch schon abgenommen und trug ihn für mich die letzten paar Schritte zum Lieferwagen zurück. »Und?«, fragte er. »Hast du gut hergefunden?«

Nun, da ich nichts mehr in der Hand hatte, ergriff ich beklommen meinen eigenen Oberarm. »Da du nicht überrascht bist, mich hier zu sehen, weiß ich jetzt wohl, wem ich das zu verdanken habe.«

Daan lachte und wandte sich zu mir um. »Klingt ja fast so, als hätte ich dir was ganz Furchtbares eingebrockt.«

Furchtbar, dröhnte es in meinem Kopf. *Schrecklich.*

»Du hast mir gar nichts eingebrockt«, erwiderte ich matt und sammelte meine letzten Kräfte. »Ich … bin hier fertig.«

»Okay.« Er blickte von mir zum Laderaum. »Ich schätze, da hast du noch einiges vor dir. Welches Konzept ist es geworden?«

»Gar keines.« Ich trat neben ihn und kletterte in den Lieferwagen, um die Ware reisetauglich zu verstauen. Auch wenn es ohnehin keinen Unterschied machte. Vor allem die Tischdekoration würde ich in den nächsten Tagen unmöglich an Laufkundschaft verkaufen können. Diese Blumen waren geboren, um zu sterben. »Ich bin nicht in den Recall gekommen.«

»Was?«, fragte Daan ratlos. Während ich die beiden Sträuße in ihre Vorrichtungen steckte, spürte ich, wie ein zusätzliches Gewicht den Lieferwagen erschwerte. »Was soll das bedeuten?«

Missmutig wandte ich mich ihm zu. »Alles, was ich mache, ist ganz, ganz schrecklich«, antwortete ich verdrossen. »Ich bin offiziell raus.« Ich sprang aus dem Wagen und hoffte, dass er es mir gleichtat, damit ich ihn nicht aus Versehen über die deutsche Grenze schmuggelte.

»Warte.« Er stieg deutlich bedächtiger aus dem Lieferwagen und ergriff mein Handgelenk, um mich zu sich herumzudrehen. »Wer behauptet das?«

»Kaatje«, spuckte ich förmlich aus. »Die ganz offensichtlich das Sprachrohr der Braut ist. Und damit einfach alles entscheidet.« Ich wollte keinen so garstigen Ton an den Tag legen. Aber ich war so verletzt, dass ich mir nicht zu helfen wusste.

Daan ließ sich davon nicht beirren. Die Brauen leicht zusammengezogen, musterte er mich. »Das hat sie aber nicht zu entscheiden.«

»Richtig!«, stieß ich hervor. »Sondern ihr –«

»Sondern du«, sagte er im selben Moment und nahm mir jeglichen Wind aus den Segeln.

»Wie bitte?«, fragte ich verdattert. »Warum denn ich?«

»Weil du auf diesem ganzen Gelände«, erwiderte er mit einer ausschweifenden Handbewegung, »die einzige Expertin bist.«

»Sag das mal Kaatje«, brummte ich. »Bei ihr bin ich schon durchgefallen.«

»Nein«, beharrte er. »*Du* sagst es ihr. Was du da gemacht hast, ist wundervoll«, fuhr er fort und blickte in Richtung des Wagens. »Zu schön, um es in einem Lieferauto verschwinden zu lassen.« Er machte einen Schritt zu ihm zurück und hob das Werkstück von dessen Boden auf, das er vorhin in der Hand gehalten und ich beim Einräumen völlig übersehen hatte: Einen Kranz, den ich aus Löwenzahn und Margeriten geflochten hatte. »Ich habe dich nicht an Bord geholt, nur damit du sofort wieder gehst«, schloss er und hielt ihn mir hin. »Du nimmst das hier und überzeugst Kaatje vom Gegenteil.«

»D-das?«, fragte ich mit dünner Stimme. »Das hab ich ehrlich gesagt schon aussortiert. Es passt nicht.« Auf einmal konnte ich ihm nicht mehr in die Augen sehen, weil ich befürchtete, er könnte durch sie geradewegs in meine Seele blicken und erkennen, wie sehr er mich zu diesem Arrangement inspiriert hatte. »Überhaupt nicht.«

»Das wiederum«, entgegnete er gedehnt, »hast *nicht* du zu entscheiden.«

Ein verräterisches Kribbeln stieg in mir auf. »Also … findest du wirklich, so etwas wäre angemessen? Löwenzahn ist nicht gerade die typische Hochzeitsblume –«

Daan grinste. »Falls es dir nicht aufgefallen ist, ist das hier auch nicht die typische Hochzeitsfeier.« Er drehte den Kranz in den Händen. »Diese Kombination ist energetisch und ruhig, stark und unschuldig, dominant und zurückhaltend. Wenn du mich fragst, passt das perfekt.« Nachdrücklich hielt er ihn mir hin. »Findest du nicht auch?«

Natürlich fand ich das. Genau das waren die Hintergedanken, die ich mit dieser Verbindung verfolgt hatte. Und er hatte sie ohne zu zögern herausgelesen.

Wir kannten uns kaum. Und doch kam es mir plötzlich so vor, als kannten wir einander in- und auswendig.

Zaghaft nahm ich den Kranz an mich und ließ meine Finger über das Geäst aus Blumenstielen gleiten. »Es ist viel zu viel Grün«, wehrte ich ab. »Die Braut mag kein Grün.«

»*Die Braut*«, widersprach Daan gelassen, »hat nur noch keinen Grund gefunden, Grün zu lieben. Das hier könnte er sein.«

Ich nagte an meiner Unterlippe. Er hatte mich beinahe so weit. Aber nur beinahe. »Willst du nicht vielleicht lieber mit Kaatje reden?«, bat ich. »Mir hört sie bestimmt nicht mal zu.«

Abwehrend hob Daan die Hände. »Keine so gute Idee. Ich bekomme nur Ärger mit der Braut, wenn ich in ihrer Hochzeit herumpfusche.«

Ich schnaubte. »Als würde eine Hochzeit nur einer Person gehören.« Abrupt versteifte ich mich. »S-sorry!« Meine Hände verkrampften sich um den Kranz. Hatte ich gerade über Daans Verlobte gelästert? »Das ist mir nur so rausgerutscht.«

»Hey.« Daan hob eine Hand und strich mir in einer hauchzarten Berührung mit dem Daumen über die Wange. »Mach dir keinen Kopf.« Seine Stimme war fest und bestimmt, und ich drohte unversehens in seinen grünen Augen zu versinken. »Ich will dich hier haben, Marie. Also enttäusch mich nicht.«

Der Augenblick schien eine Ewigkeit anzuhalten und verstrich doch genauso schnell, wie er gekommen war. Ich nahm kaum wahr, wie ich nickte, mit dem Kranz in den Händen kehrt machte und zum Schloss zurückkehrte. Auf halber Strecke warf ich einen Blick zurück und begegnete seinem warmen Lächeln.

Es war seltsam. Wenn Daan bei mir war, kam es mir so vor, als würde mich eine sanfte Blase einschließen. Eine Blase, die alles Schlechte aussperrte und in der mir niemals jemand wehtun könnte.

Ich fand Kaatje dort, wo ich sie zurückgelassen hatte. Ein pinkes Handy am Ohr, schritt sie auf und ab und bellte irgendein armes Würstchen auf Niederländisch an. Als sie mich sah, brach sie mitten im Satz ab und riss das Telefon herunter. »Hast du was vergessen?«

Ich versuchte, nicht vor ihrem harschen Tonfall zusammenzuzucken. »Ehrlich gesagt ja«, nahm ich all meinen Mut zusammen. »Ich habe vergessen, dir die dritte Option zu zeigen.« Ich überbrückte die übrige Distanz zu ihr und hielt ihr den Kranz entgegen. »Das ist eine Mischung aus Löwenzahn und –«

Kaatje stöhnte. »Ich hab jetzt echt keine –«

»Keine Zeit, schon klar«, fiel ich ihr ins Wort. »Deshalb lass es mich kurz machen: Diese Blumen sind perfekt für diese Hochzeit. Sie geben ein ganz anderes Bild ab als die Tulpen vor der Tür und verdeutlichen die Harmonie zwischen Braut und Bräutigam.«

Kaatje rümpfte die Nase. »Das da«, sagte sie angewidert und deutete auf den Löwenzahn. »Das ist doch Unkraut.«

Mein Selbstbewusstsein geriet einmal mehr ins Bröckeln. Ich konnte nicht anders, als meinen Joker auszuspielen. »Zufällig weiß ich, dass sie dem Bräutigam gefallen«, hielt ich dagegen. »Oder spielt das für diese Feier keine Rolle?«

Kaatjes Augen wurden groß. »Er ist hier?!«

Ich verspannte mich etwas. »Ich habe ihn gerade draußen getroffen.«

Sie fluchte. »Was zur Hölle tut er hier?« Ihr Mund bewegte sich mehrmals auf und zu wie bei einem Fisch. »Er hat nicht hier zu sein!«

Ich versteifte mich etwas. »Hat er nicht?« Meine Nackenhaare stellten sich auf. Kein Wunder, dass Daan nicht scharf darauf gewesen war, selbst mit Kaatje zu reden. Offenbar hatten sie das *Der Bräutigam darf die Braut nicht vor der Hochzeit sehen* auf das ganze Gelände und eine Woche Vorlaufzeit ausgeweitet. Nach allem, was ich schon von den Vorbereitungen mitbekommen hatte, überraschte mich das nicht mal mehr.

Kaatje fluchte erneut, und ich begann zu bereuen, Daan verpfiffen zu haben. »*Ik moet* –« Sie hatte schon einen Schritt an mir vorbei gemacht, als ihr plötzlich wieder einfallen zu schien, dass ich noch da war. »Ach ja.« Sie hielt inne und schenkte mir einen kurzen Blick. »Okay.« Sie zuckte die Achseln. »Du hast den Job.«

Ich blinzelte. »Wirklich?«

Eine tiefe Furche bildete sich zwischen ihren Brauen, und sie hielt sich das Handy schon wieder ans Ohr. »Willst du ihn etwa nicht, oder was?«

Meine Augen wurden groß. »D-doch, natürlich, aber –«

»Ich hab keine Zeit, so kurzfristig noch eine andere Firma zu suchen«, erriet Kaatje meine Gedanken. Ihre Finger trippelten ungeduldig auf ihrem Oberarm. »Das heißt aber nicht, dass du hier Wurzeln schlagen kannst, klar? An die Arbeit!«

»Okay!« Ich zögerte. »Was genau ist *die Arbeit?*«

Kaatje, die sich schon wieder zum Gehen gewandt hatte, ächzte genervt und drehte sich zu mir um. »Wir brauchen alles auf der Liste, die ich dir geschickt habe«, antwortete sie schroff. »Noch dazu müssen im hinteren Garten ein paar der Hecken gestutzt werden.« Sie begann, an den Fingern abzuzählen. »Auf den Wegen muss Unkraut gejätet werden. Die Tulpenbeete müssen überprüft und die ganze Anlage gewässert werden –«

Ein Zucken ging durch mein Augenlid. »A-aber ich bin doch keine Landschaftsbauerin!«

Kaatje rieb sich übers Gesicht, als wäre ich kurz davor, sie zur Weißglut zu bringen. »Das bekommst du natürlich extra bezahlt. Kriegst du das hin oder nicht?«

Mir blieb der Mund offen stehen, und in mir ratterte es. »Ähm.« Ich gab mir einen Ruck. »Klar«, antwortete ich und fragte mich im selben Augenblick, was in aller Welt in mich gefahren war.

»Na, ein Glück!«, giftete Kaatje und stolzierte davon.

Ich sah ihr nach, und es dauerte ein paar Sekunden, bis die Gewissheit vollends auf mich einwirkte. Erleichtert stieß ich die Luft aus meinen Lungen, und die Anspannung einer ganzen Woche fiel von mir ab. Ich hatte den Job?

Ich hatte den verdammten Job! »Yes!«, seufzte ich – bis mir etwas klar wurde.

Ich hatte nicht nur einen Job, sondern zwei. Und während einer davon erforderte, dass ich mich auf den Weg zurück nach Hause machte und die Hochzeitsfloristik fertigstellte, musste ich für den anderen hierbleiben und Gärtnerarbeiten verrichten, weil Kaatje offenbar keinen Unterschied zwischen Äpfeln und Birnen erkannte.

Meine Gesichtszüge entgleisten. Was in aller Welt hatte ich mir da nur eingebrockt?

Als ich zum Wagen zurückkehrte, war Daan von dort verschwunden. Ein schlechtes Gewissen stieg in mir auf. Ich hoffte, dass Kaatje ihn nicht in die Finger bekommen hatte. Nicht, dass ihm irgendetwas passieren könnte – schließlich bezahlte er sie! Er oder seine verdammt reiche Braut. Hätte ich Daan nicht gerade eben erst mit eigenen Augen gesehen, hätte ich immer noch angezweifelt, dass das hier tatsächlich seine Hochzeit sein sollte.

Unwillkürlich fragte ich mich, was er an seiner Verlobten fand. Sie musste so anders sein als er. Aber Gegensätze zogen sich bekanntlich an.

Ich ließ mich auf die Kante der Ladefläche meines Lieferwagens sinken, so wie er es vorhin getan hatte, und starrte eine Weile ins Leere, während ich meine Gedanken sortierte. Um mich herum wuselten immer noch unzählige Arbeiter durch die Gegend, aber allmählich schien jeder seinen rechtmäßigen Arbeitsplatz gefunden zu haben. Ganz im Gegensatz zu mir. *Was* sollte ich inzwischen alles machen? Und wo sollte ich da nur anfangen?

Die Überforderung schnürte mir die Kehle zu, und ich rief kurzentschlossen Gerlind an.

»Schätzchen«, meldete sie sich überschwänglich. »Warum meldest du dich bei mir?«

Ich stutzte. »Entschuldigung!«, maulte ich.

»Nein!«, winkte sie sofort ab. »Ich meine, warum meldest du dich *jetzt* schon bei mir? Ist die Präsentation etwa schon vorbei?« Sie machte eine Pause. »Ist was passiert?«

»Nein. Ja«, entschied ich mich um und schüttelte den Kopf. »Ich weiß auch nicht genau.«

»Sprich Klartext, Kind.«

Ich unterdrückte ein Seufzen. »Ich hab den Job für die Floristik bekommen ...«

Oma sog erschrocken die Luft ein. »Das ist doch –«

»... und einen Nebenjob als Gärtnerin gratis dazu.«

Sie stutzte. »Wie bitte?«, fragte sie trocken.

Ich rieb mir mit einer Hand die Schläfe. »Ist ... irgendwie passiert. Aber das wird zusätzlich bezahlt«, schob ich hinterher. »Also, wenn ich sowieso schon hier bin, warum nicht?« Noch während ich die Frage stellte, fielen mir tausend Gründe ein, allen voran: Nur weil ich Floristin war, war ich doch nicht das Mädchen für alles, was mit Pflanzen zu tun hatte!

»Warum nicht?«, fragte Gerlind scharf. »Vielleicht, weil du nicht das Mädchen für alles bist, was mit –«

»Schon klar.« Ich schloss die Augen und hörte Daans Stimme wieder nah an meinem Ohr: *Ich will dich hier haben, Marie. Also enttäusch mich nicht.*
»Weißt du was?«, hob ich von Neuem an. »Ich lasse die Sache auf mich zukommen. Könnte ja doch ganz schön werden. Zumindest ist es hier wirklich, *wirklich* schön.« Ich hob die Lider und ließ den Blick über die Tulpenfelder schweifen. »Einfach unglaublich.«

»Na dann.« Auf einmal klang meine Oma viel ruhiger. »Mach das Beste daraus und komm in einem Stück zurück.«

Ich befeuchtete meine Lippen. »Genau dazu wollte ich gerade kommen. Ich glaube, vor Ort gibt es einiges zu tun, und –«

»Keine Sorge«, beruhigte mich Gerlind. »Ich erledige die Vorbereitungen hier. Dann musst du die Ware nur abholen und hast immer noch genug Zeit für die Dekoration.«

Ich seufzte erleichtert. »Ich hatte gehofft, dass du das sagen würdest.« Ich zögerte. »Aber bitte verschieb deinen Urlaub nicht wegen mir, ja?«

Sie schnaubte. »Wo denkst du denn hin?«

Ich musste grinsen. »Weiß auch nicht, wo das gerade herkam.«

»Welcher Vorschlag hat gewonnen?«, fragte sie. »Die Rosen oder die Tulpen?«

Ich lächelte leicht. Sie war auch nicht sonderlich begeistert von meiner Idee mit dem Löwenzahn gewesen und ging gar nicht davon aus, dass dieses Konzept es geschafft haben könnte. »Rate mal.«

»Wirklich?«, fragte sie ehrlich verblüfft. »Sicher, dass diese Frau nicht geschielt hat?«

Ich verengte die Augen. »Was soll das denn heißen?«

»Nichts gegen den Löwenzahn!«, beteuerte Gerlind sofort. »Ich hätte nur nicht gedacht, dass so ein … Charakter wie sie auf so was stehen könnte.« Sie kicherte. »Es geschehen wohl doch noch Zeichen und Wunder.«

Sofort sah ich Daan vor meinem inneren Auge und nickte langsam. »Und wie.«

9. De fotograaf

Der restliche Vormittag war einfach nur seltsam. Ich verbrachte einen Teil meiner Zeit damit, mich von Kaatje von A nach B scheuchen zu lassen, und den anderen Teil damit, Kaatje zu suchen, weil ich keine Ahnung hatte, was ich zu tun hatte, wo ich mein Arbeitsmaterial fand oder wo es langging. Umso erleichterter war ich, als ein paar der Gastro-Mitarbeiter ein kleines Sandwichbuffet für alle auftischten, die heute hier arbeiteten. Auch wenn ich es nicht glauben konnte, musste Kaatje das veranlasst haben. Vielleicht hatte sie ja doch ein Herz. Ein steinernes zwar, aber immer noch ein Herz.

Es war schon Nachmittag, als ich das Schloss endlich auf dessen Rückseite verließ und in den großen Garten trat. Wobei *groß* noch untertrieben war: Er zog sich weiter in die Länge als vermutlich die ganze Hauptstraße Bad Halldorfs und war in verschiedenste Bereiche unterteilt: Zu meiner Rechten erstreckte sich eine von zahlreichen blühenden Sträuchern flankierte Oase, in dessen Zentrum ein Brunnen vor sich hinplätscherte. Zu meiner Linken schlängelten sich mehrere kleine Pfade durch unterschiedlichste Blumenbeete, und in einiger Entfernung befand sich nichts Geringeres als ein Labyrinth, bestehend aus mannshohen Hecken. In dessen offenem Zentrum führten alle Pfade zu einem kreisrunden Platz zusammen, der von rot-weißen Blumen und winzig kleinen Bäumchen flankiert wurde. Von dort aus erhob sich eine anmutige goldene Engelsstatue in die Höhe.

Mein Mund wurde trocken, als ich mich mit einer Schubkarre dorthin begab. Ich sollte als Allererstes die Blumen in diesem Garten überprüfen. Falls auch nur eine davon *zu hässlich* aussah, sollte ich sie kaltblütig entfernen und die genaue Position notieren, damit eine Ersatzblume bestellt werden konnte. Die Hecken sollte ich jetzt noch nicht trimmen, denn bis zur Hochzeit wären es schließlich noch einige Tage, und Kaatje wollte nicht riskieren, dass das Labyrinth bis dahin wieder *kreuz und quer* wuchs.

Ihre Vorstellungen waren so unrealistisch und abgehoben, dass ich mich fragte, ob es ihr überhaupt auffallen würde, wenn ich den ganzen Tag über rein gar nichts am Garten veränderte. Schon als ich die Schubkarre im Herzen des Labyrinths abstellte, wusste ich nicht so recht, was ich tun sollte – bis plötzlich eine leise Stimme an meine Ohren drang: »Psst!«

Ich drehte den Kopf und erspähte Daans feuerroten Haarschopf in einem Gang zwischen zwei Hecken. Ein Lächeln stahl sich auf meine Lippen.

»Da bist du ja.« Ich ließ die Schubkarre stehen und kam auf ihn zu. »Versteckst du dich vor Kaatje?« Ich sprach mit gesenkter Stimme, weil ich auf einmal befürchtete, sie würde hinter der nächsten Ecke lauern.

Aus großen Augen sah er mich an. »Sollte ich das denn?«

Ich zog die Schultern hoch. »Na ja, als ich vorhin mit ihr gesprochen habe, ist sie dich gleich suchen gegangen.«

Daan schüttelte sich. »Na, dann findet sie mich hoffentlich nicht.«

Ich legte den Kopf schief. »Sie hat gesagt, du hast nicht hier zu sein.«

Er schenkte mir ein gequältes Lächeln. »Das hab ich schon so oft gehört. Hat mich noch nie aufgehalten.« Sein Blick zuckte von mir zur Schubkarre und wieder zurück. »Sieht so aus, als hättest du sie überreden können.«

Ich trat von einem Fuß auf den anderen. »Sagen wir's so: Ich habe sie dazu überredet, meinen kleinen Finger zu nehmen, und sie hat gleich den ganzen Arm an sich gerissen.«

»Das hab ich fast befürchtet.« Er ließ die Hände in seine Hosentaschen gleiten. »Wir haben hier gerade etwas Personalmangel, glaube ich. Eigentlich gab es da noch dieses große Gärtnereiunternehmen, das die Floristik gleich hätte mitmachen sollen«, erklärte er beiläufig. »Aber Kaatje hat sich mit ihnen gezofft und sie dann gefeuert.« Er grinste. »Jetzt können wir nur noch darauf hoffen, dass sie nicht aus lauter Wut mitten in der Nacht hierherfahren und alles plattwalzen, was sie schon eingepflanzt haben.«

Entgeistert starrte ich ihn an. Wenn das keine rosigen Aussichten waren.

Daan nickte hinter sich. »Lust auf einen kleinen Rundgang?«

Unsicher sah ich in Richtung des Schubkarrens. »Ich befürchte, ich habe heute noch einiges vor, also ...«

»Wie wär's?«, schlug er vor. »Du kommst mit mir und ich helfe dir dafür später.«

Ich grunzte. »Du bist der Letzte, der mir bei irgendetwas helfen sollte.«

»Und wieder einmal«, sagte er besonnen, »ist das eine Sache, die du *nicht* zu entscheiden hast.« Er streckte einen Arm nach mir aus, und für eine Schrecksekunde war ich davon überzeugt, dass er meine Hand nehmen wollte. Doch als ich die übrige Distanz zu ihm überbrückte, legte er sie in einer halben Drehung nur für eine Sekunde auf meinen unteren Rücken, um mich zum Weitergehen zu bewegen. Eine weitere, kurze Berührung, deren Nachhall viel größer war, als er sich vorstellen könnte.

Wir schritten nebeneinanderher zwischen den Hecken des Labyrinths hindurch. Hier in dem schmalen Gang gab es nicht wirklich viel zu sehen mit Ausnahme der Sonne, die hoch am Himmel stand. Stille breitete sich zwischen uns aus, und im Gegensatz zu unserem Ausflug in Deutschland fühlte sie sich jetzt nicht mehr gut an. Weil die Situation eine ganz andere war. Sie hatte ihre Lockerheit, ihre Gelassenheit verloren.

Mehrmals öffnete ich den Mund, um Smalltalk zu betreiben, ertappte mich dann aber immer dabei, ihn ausfragen zu wollen: Über seinen Antrag, seine Verlobte, seine Hochzeit. Jedes Mal, bevor ich es aussprechen konnte, biss ich mir auf die Zunge. Weil ich feststellte, dass ich es überhaupt nicht wissen wollte.

»Danke«, sagte ich schließlich nur. »Dass du an mich gedacht hast. Also, was die Floristik betrifft«, schob ich hilflos hinterher, weil ich nicht wollte, dass er es in den falschen Hals bekam.

»Natürlich. Ich hätte mir niemand anderes als dich vorstellen können.«

Erstaunt sah ich ihn an. Er hatte den Blick gehoben und blinzelte der Sonne entgegen. Der Künstler sah in diesen Sekunden selbst wie ein Kunstwerk aus. »Findest du das wirklich?«

»Natürlich.« Er wandte sich mir halb zu. »Warum auch nicht?«

Ich hob eine Braue. »Na ja, nachdem ich beim letzten Mal doch einiges an Kritik einstecken musste, hätte ich nicht darum gewettet, zu deinen TOP 5 zu gehören.«

Daan lächelte schief. »Wie sagt man so schön? Es ist noch kein Meister vom Himmel gefallen. Es ist immer Luft nach oben. Aber das ist in Ordnung, solange wir nach Höherem streben.«

Da war er: Der Künstler in ihm. Und ich konnte einfach nicht anders, als seinen Worten zu lauschen und sie in mich aufzunehmen. »Machst du dasselbe?«, fragte ich. »Immer nach Höherem streben?«

»Ich schätze schon«, antwortete er nachdenklich. »Zumindest habe ich mich selten mit dem zufriedengegeben, was ich hatte.«

Ich spürte einen Stich in meiner Brust. »Da sind wir ziemlich unterschiedlich.«

Wir bogen um eine Ecke und landeten in einer Nische, in der sich eine Bank vor einem kleinen Lilienbeet befand. O Gott – Lilien. Hasste die Braut nicht Lilien?

»Sind wir das?«, fragte Daan und steuerte geradewegs auf die Bank zu.

»Und wie!« Ich ließ mich neben ihm darauf nieder und blickte in Richtung des Beets. »Meine Chefin und Großmutter zieht mich immer dafür auf. Sie meint, dass ich mehr aus mir rauskommen sollte. Weniger Alltag, mehr Abenteuer.« Ich schüttelte den Kopf. »Dabei bin ich doch ganz zufrieden, wenn alles so bleibt, wie es ist.«

»Ich glaube nicht, dass du so drauf bist.«

Irritiert sah ich ihn an. »Ach ja?«

»Ansonsten wärst du schließlich nicht hier, oder?« Er schenkte mir einen tiefen Blick. »Oder bist du gerade eben nicht zufrieden?«

Ich stockte, und obwohl es nicht das erste Mal war, dass wir nebeneinandersaßen, kam mir Daan näher vor denn je. »Gerade eben?«, hauchte ich.

Ich wollte den Blick abwenden, doch ich konnte es nicht. Es war, als übten seine Augen eine magische Anziehungskraft auf mich aus, die stärker war als jede Schüchternheit, die in mir aufkeimte. »Ich … kann mich nicht beklagen.«

Er lächelte leicht. »Siehst du?« Er blickte mich nur an, völlig unverbindlich, und ließ doch einen Sog entstehen, den ich kaum begreifen konnte. Auf einmal kam es mir so vor, als würde die Welt um uns herum verblassen, bis da nur noch ich und seine vollen Lippen waren, die in diesen Sekunden allein für mich lächelten.

Hastig räusperte ich mich und sah weg. »Hey, was hat es eigentlich mit den Niederlanden und Tulpen auf sich?«, fragte ich beiläufig.

Falls Daan irritiert über meinen abrupten Themenwechsel war, ließ er es sich nicht anmerken. »Na ja, die sind unsere Nationalblumen.«

»Schon klar.« Ich sah zu ihm hinauf. »Aber warum? Das hat doch sicher einen geschichtlichen Hintergrund.«

»Kann man so sagen.« Er machte eine Pause, als müsste er sich sammeln. »Irgendwann kurz nach dem Mittelalter ist bei uns das *Tulpenfieber* ausgebrochen. Damals herrschte ein goldenes Zeitalter für die Niederlande.« Die Art und Weise, wie er mit seinem leichten Akzent den Namen seiner Heimat aussprach, beflügelte mich. »Tulpen haben enorm an Wert gewonnen und wurden irgendwann zum absoluten Luxusgut.«

Ich runzelte die Stirn. »Okay, aber ...« Ich rang nach Worten. »Das klingt gar nicht mal so aufregend.«

»Weil du dir die Dimensionen nicht vorstellen kannst«, erklärte Daan. »Lass es mich so sagen: Selbst Häuser waren irgendwann günstiger als Tulpen.«

Ich riss die Augen auf. »Was?«, brach es aus mir heraus. »Häuser? Richtige Häuser?«

Er zuckte die Achseln. »Vielleicht wäre sogar dieses Schloss hier billiger zu haben gewesen. Und dann«, fuhr er fort, »ist der Markt wie so viele in sich zusammengebrochen, und das Fieber war vorbei. Bis zum Zweiten Weltkrieg und danach, als man festgestellt hat, dass man Tulpen auch hervorragend essen kann.«

Ich schüttelte mich leicht. »Okay, das hat mich überzeugt. Die Tulpe also.«

»Und?«, fragte Daan interessiert. »Was ist eure Nationalblume?«

Ich zog die Schultern hoch. »Wir haben keine.«

»Oh.« Er wirkte beinahe enttäuscht.

»Ja, ziemlich langweilig, wenn du mich fragst. Aber wahrscheinlich gibt es auch keine Blume, die so stark mit unserer Geschichte verwurzelt ist. Dabei wäre es schön, eine Blüte zu haben, die unser Land repräsentiert. Daraus könnte man so vieles machen ...«

Daan schenkte mir einen undurchdringlichen Seitenblick. »Ehrlich gesagt sind die Blüten für uns nebensächlich.«

Ich runzelte die Stirn. »Ach ja?«

»Genau wie die Stiele und Blätter.«

Ich schnaubte. »Was bleibt denn dann noch übrig?«

»Die Tulpenzwiebel«, half er mir auf die Sprünge. »Sie ist das Herz von allem. Und deutlich wichtiger als der Rest.« Ein fast schon neckisches Zucken ging durch seine Braue. »Deshalb werden hier die Blüten am Ende der Saison abgemäht, damit genug Nährstoffe für die Zwiebeln übrigbleiben.«

Meine Gesichtszüge entgleisten. »Wie barbarisch!«

Er grinste. »Jedem das seine.« Mit diesen Worten stand er auf. »Wollen wir?«

»Okay.« Ich erhob mich ebenfalls, doch Daan setzte sich nicht in Bewegung. Stattdessen blieb er, wo er war, und zwar dicht vor mir.

Mein Mund wurde trocken. »Was ist?«

Er legte den Kopf etwas schief und betrachtete mich wie ein Gemälde in einer Galerie. »Es ist nur interessant, dich endlich auch bei Tageslicht zu sehen.« Sein Blick glitt über mich hinweg und sandte leichte Schauer über meinen Körper. »Mir fallen so viele Dinge auf, die mir bei Nacht verborgen geblieben sind.«

Ich schluckte. »Zum Beispiel?« Pickel? Spliss? Falten?

Daan ließ sich Zeit mit seiner Antwort – und doch traf mich diese letzten Endes völlig unvorbereitet: »Du bist ein Lamm, in dem eine Löwin steckt, Marie.«

Eine Löwin – sagte der Löwenzahn und wartete gar keine Reaktion ab. Im nächsten Moment hatte sich Daan umgewandt und schritt in Richtung des angrenzenden Labyrinthgangs.

»Also gut«, hob er an. »Was steht für heute auf deiner To-do-Liste?«

Ich brauchte mehrere Anläufe, um unter meinem wie wild klopfendem Herzen und meiner trockenen Kehle eine Antwort hervorzubringen. »Auf jeden Fall nicht Heckenschneiden«, murmelte ich und ergänzte auf seinen verwirrten Blick hin: »Ich soll hässliche Blumen an Kaatje verpetzen, damit sie neue organisieren kann.«

Daan verzog das Gesicht. »Autsch.«

»Sagt derjenige, der gerade mit einem Lächeln davon erzählt hat, dass die Niederlande jedes Jahr ihre Tulpen köpfen.«

Er lachte leise. »Aber nicht, weil sie hässlich sind!«

Im Nachhinein würde ich mich kaum mehr daran erinnern, wie der restliche Tag verging – ich bekam nur mit, dass er das rasend schnell tat. Daan und ich inspizierten einen Haufen Blumenbeete zusammen, und weil ich nicht wusste, was *hässlich* für Kaatje bedeutete, fotografierte ich einfach alles, was auch nur in geringstem Maße von der Norm abwich – in der Hoffnung, dass sie sowieso nie dazu kommen würde, sich die Bilder anzusehen.

Daan blieb an meiner Seite, verschwand nur ein paar Mal, weil ihn das Gefühl beschlich, dass Kaatje jede Sekunde hier auftauchen könnte, und kehrte doch jedes Mal zu mir zurück. Er überraschte mich, indem er schließlich mit einer riesigen Heckenschere auftauchte und auf unserem Weg durch das Labyrinth hier und da ein paar Ecken abschnitt. Das Ding war so groß, dass ich erleichtert war, nicht selbst damit hantieren zu müssen.

»Dir ist aber klar, dass wir das vielleicht in ein paar Tagen nochmal machen müssen?«, fragte ich verdrossen, als er hochkonzentriert an einer Ecke herumschnitt.

»Dann kommen wir eben wieder hierher und tun das«, antwortete er mit so einer Selbstverständlichkeit, dass mir einmal mehr die Worte fehlten.

Als wir schließlich glaubten, einigermaßen fertig zu sein, neigte sich die Sonne schon wieder dem Horizont und nahm eine dunkelorangene Farbe an. Auf dem Schloss war Ruhe eingekehrt, und als wir zu ihm zurückkehrten, konnte ich nicht anders, als dessen Anblick in mich aufzusaugen. Jetzt, wo der Trubel des Tages verblich, entfaltete es erst seine ganze Schönheit.

Ich war so auf das Gebäude konzentriert, dass mir erst auf halber Strecke auffiel, dass Daan *mich* ansah. Ein paar Sekunden lang ließ ich es geschehen, tat so, als würde ich es nicht bemerken … und er machte immer weiter damit.

Schließlich konnte ich nicht anders, als den Kopf zu drehen, und unsere Blicke begegneten sich. Er sagte jedoch kein Wort, betrachtete mich nur mit nachdenklicher Miene.

Unsicherheit erfüllte mich. »Woran denkst du?«

»Dass ich mit dir zu Abend essen gehen will«, antwortete er wie aus der Pistole geschossen.

Abrupt blieb ich stehen. »W-was?«, fragte ich verdattert und ließ seine Worte mehrfach Revue passieren – aber sie hatten immer dieselbe Bedeutung inne.

»Abendessen«, wiederholte er gelassen. »Magst du Vietnamesisch?«

»I-ich –« Ich stockte. Was in aller Welt passierte hier? Wir waren gerade dabei, seine Hochzeitsfeier für ihn und seine Verlobte vorzubereiten, und er bat mich um ein Abendessen?

Eine unbeschreibliche Hitze stieg mir in den Kopf. Das konnte unmöglich sein Ernst sein!

Doch was, wenn ich die ganze Situation falsch interpretierte? Das hier war schließlich kein dahergelaufener Playboy, sondern Daan! Der freigeistige, etwas schrullige, aber herzensgute Daan, der mit Sicherheit keiner Fliege etwas zuleide tun konnte, geschweige denn einen Menschen verletzen, den er liebte. Wahrscheinlich war das nur freundschaftlich gemeint. So, wie alles, was zwischen uns bestand, rein freundschaftlich war …

Doch andererseits hatte ich ihn heute erst zum zweiten Mal gesehen. Wer wusste schon, ob nicht insgeheim ein Playboy in ihm steckte?

Meine Wangen begannen zu prickeln, als ich tief in mich hineinhorchte – und so gut wie keinen Widerstand darin vorfand. Kein Teil von mir hatte ein

Problem damit, sein Angebot anzunehmen. Ganz egal, wie es gemeint war. Und genau das beschwor so unverhofft ein schlechtes Gewissen in mir herauf, dass ich zuerst nur den Kopf schütteln konnte. »Nein.«

Daans Brauen hoben sich. »Nein? Okay, wir können auch –«

»Ich ...« Abwehrend hob ich die Hände. »Ich kann nicht. Ich muss erst mal nach Hause fahren und ein paar Sachen packen«, zählte ich auf. »Und dann muss ich mir ein Hotel in der Nähe suchen ...«

»Es gibt kein Hotel in der Nähe«, warf Daan ein. »Weit und breit nicht.«

Mein Mund klappte zu. »Okay, dann muss ich mir wohl ein Hotel ... irgendwo anders suchen.« Ich wurde stutzig. »Augenblick. Wo übernachtest du dann?« Ich nickte in Richtung Schloss. »Etwa hier?«

»Nein«, winkte er fast schon enttäuscht ab, dass ich es wagte, ihm diese Frage zu stellen. »Ich bin in einem Hotel untergekommen.«

Ich runzelte die Stirn, als wir langsam weitergingen. »Ich dachte, du hast gesagt, es gibt hier keines in der Nähe.«

»Es ist auch nicht wirklich nah«, antwortete er. »Etwa neunzig Minuten mit dem Bakfiets – kommt drauf an, wie schnell ich trete.«

Einmal mehr blieb ich in einer abgehackten Bewegung stehen. »Was?!«, brach es aus mir heraus. »Du willst jetzt noch zwei Stunden mit dem Rad fahren?«

»Anderthalb –«

»Und wofür überhaupt?«, schob ich hinterher. »Weshalb bist du hierhergekommen?«

»Hab ich doch schon gesagt«, antwortete er ruhig. »Um dich zu sehen.«

Verständnislos starrte ich ihn an. »Und das ist dir eine dreistündige Hin- und Rückfahrt mit dem Rad wert?«

»Das ist doch gar nichts«, entgegnete er. »In Schweden habe ich einmal eine streunende Katze gefunden. Ihrem Halsband nach wohnten ihre Besitzer in –«

»Ich bin keine streunende Katze«, unterbrach ich ihn und bereute es sofort, weil ein Teil von mir gerne gewusst hätte, wie die Geschichte ausging. »Du kannst nicht so spät noch so lange durch die Gegend fahren! Wer weiß, was dir zustoßen könnte?«

Daan schnaubte belustigt. »Redest du davon, dass ich einen Platten haben oder dass mich ein Hase angreifen könnte?«

»Vielleicht eine Mischung aus beidem!«, beharrte ich und schnappte nach Luft. »Wohin musst du? Ich nehme dich mit.«

»Das ist echt nicht nötig«, wehrte er ab, während wir nebeneinander das Schloss betraten. In diesem war inzwischen völlige Stille eingekehrt. Daans Stimme wurde in der Eingangshalle mehrfach zurückgeworfen, als er sagte: »Ich hab heute schließlich sonst nichts mehr vor, also …«

»Darum geht es nicht.« Ich straffte die Schultern. »Du hast gesagt, du bist meinetwegen hergekommen. Damit bin ich für dich verantwortlich.«

Daan kratzte sich am Kopf. Es hatten sich inzwischen ein paar vereinzelte Strähnen aus seinem Dutt gelöst, was ihm aber nicht aufzufallen oder ihn nicht zu stören schien. »Klingt, als wolltest du mein Babysitter sein.«

»Ich bin es dir schuldig«, hielt ich dagegen. »Wenn du extra meinetwegen hergekommen bist, ist das ja wohl das Mindeste.«

»Ich bin nicht extra deinetwegen hergekommen«, änderte Daan plötzlich sein Alibi. Er sah sich übertrieben ausschweifend in der Halle um. »Ich hab auch … nach interessanten Foto-Spots gesucht.«

»Mach dich nicht lächerlich«, murrte ich. »Du hast doch nicht mal eine Kamera dabei.«

Er reckte das Kinn. »Ich habe nicht gesagt, dass ich zum Fotografieren hergekommen bin.«

Ich schenkte ihm einen schiefen Blick. »Lass stecken, Daan.«

10. Vooruizichten

Daan holte sein Bakfiets, und während ich einen Augenblick lang fest davon überzeugt war, dass er sich einfach auf das Teil schwingen und vor mir davonfahren würde, schob er es artig bis zu mir und hob es in den Frachtraum des Lieferwagens, in dem es gerade so Platz fand. Das Haupttor, das sich vorhin nur auf Anfrage geöffnet hatte, ging jetzt vollautomatisch auf, wahrscheinlich weil jemand, der das Gelände verließ, ein deutlich geringeres Sicherheitsrisiko darstellte als jemand, der es möglicherweise widerrechtlich betrat.

»Das wäre echt nicht nötig gewesen, weißt du?«, sagte Daan schließlich, als hätte er wirklich ein schlechtes Gewissen, weil ich ihm einen Gefallen tat.

»Es wäre auch nicht nötig gewesen, mich als Floristin buchen zu lassen.« Und als Aushilfsgärtnerin. »Und du hast es trotzdem getan.«

»Dafür werde ich mich nicht entschuldigen.«

Ich schnaubte belustigt. »Genauso wenig wie ich.«

Stille breitete sich zwischen uns aus. Eine Stille, in der einmal mehr der Drang in mir aufstieg, ihn auf seine bevorstehende Hochzeit anzusprechen. Das machte man doch, wenn man Smalltalk führen wollte, oder? Man ging auf Themen ein, die gerade beim anderen aktuell waren. Alles andere wäre unglaublich ignorant.

Aber ich brachte es kaum über mich. Wollte die Tatsache nicht aussprechen, dass er in ein paar Tagen in diesem Schloss einer Frau das Ja-Wort geben würde. Deshalb fragte ich nur: »Und? Bist du schon ... aufgeregt oder so?«

»Aufgeregt?«, wiederholte er verwundert. »Weswegen denn?«

Ich lächelte verständnislos. »Na ja, wegen der Feier. Das wird eine ziemlich große Sache werden.«

»Es wird ein Tag wie jeder andere auch«, entgegnete er so besonnen wie eh und je.

»Wirklich?« Dieser Mann überraschte mich immer wieder. »Bedeutet dir dieses ganze Tamtam denn gar nichts?«

»Du meinst das protzige Schloss, die übertriebene Gartenanlage und der unnötige Stress?«, fragte er verdrossen. »Nein, nicht im Geringsten.«

Ich befeuchtete meine Lippen, und in all die Unsicherheit mischte sich ein Hauch von Hoffnung, den ich nicht zuordnen konnte. »Warum ...« Ich wollte mir auf die Zunge beißen, schaffte es aber nicht rechtzeitig. »Warum tust du dir das dann an?«

Daan antwortete nicht sofort, fast so, als müsste er erst einmal selbst in sich gehen. Als hätte er die Antwort nicht parat, weil er sich selbst noch keine

Gedanken darüber gemacht hatte. Und das, obwohl sie die ganze Zeit über in seinem Herzen geschlummert hatte. »Weil manche Menschen es einfach wert sind.«

Ich spürte einen Stich in meiner Brust. »Verstehe.« Es war ein Stich der Enttäuschung. Wie ein bodenloses Loch, in das mich Daan mit aller Kraft warf. Wie ein loderndes Feuer, das sich durch meine Seele fraß und nichts als Zerstörung hinterließ.

Das war er. Der letzte Beweis, nach dem ich nicht bewusst gesucht und den ich doch gebraucht hatte. Dieser Mann neben mir mit seinen tiefgrünen Augen, seinem markanten Kinn und seinem wundervollen Lächeln, war unsterblich in eine andere Frau verliebt. Eine Frau, für die er einfach alles über Bord warf. Die ihm so unglaublich viel bedeutete.

Ein dicker Kloß bildete sich in meinem Hals. Was hatte ich denn anderes erwartet? Ich hatte Daan an dem Tag kennengelernt, an dem er sich dazu entschieden hatte, ihr einen Antrag zu machen. Vielleicht einen Tag zu spät, vielleicht einen Monat, vielleicht ein Jahr. Aber feststand, dass ich in seinem Leben nichts zu suchen hatte.

Ich hätte diesen Job niemals annehmen dürfen.

»Da fällt mir noch ein interessanter Fakt über die Tulpe ein«, hob er plötzlich an.

Ich rang mir ein Lächeln ab und war froh, dass er das Thema wechselte. »Meine Ohren sind gespitzt.«

»Die Pflanze stammt überhaupt nicht aus den Niederlanden«, erzählte er. »Manche sagen, sie ist aus der Türkei zu uns gekommen, andere glauben, dass sie direkt aus Kasachstan importiert wurde, ihrem eigentlichen Ursprungsland.« Er blickte aus dem Fenster. »Eines Tages möchte ich ihren Weg zurückverfolgen. Von den Niederlanden bis nach Zentralasien.«

»Und das Ganze in einem Bildband festhalten?«, riet ich.

»Wenn dabei genug sehenswerte Bilder entstehen, warum nicht?«

Plötzlich fiel mir etwas auf. »Ich bin immer noch nicht ganz schlau daraus geworden, welche Art Fotograf du bist. Würdest du dich als Reisefotograf bezeichnen?«

»Nein!«, antwortete er sofort, als hätte ich ihn damit persönlich beleidigt.

Ich versteifte mich etwas. »Als was denn dann?«

»Ich bin Künstler.« Er löste seinen Dutt und verwuschelte seine Haare – etwas, das mich so sehr ablenkte, dass ich beinahe den Blick von der Straße genommen hätte. »Das habe ich doch schon gesagt.«

»Okay, also keine Spezialisierung«, übersetzte ich frei von der Leber weg. »Du machst einfach, was dir Spaß macht, ohne dir einen Stempel aufdrücken lassen zu wollen.«

Sichtlich zufrieden lehnte er sich in seinen Sitz zurück. »So, wie du es formulierst, sehe ich keinen Grund, das jemals anders zu machen.«

Ich erlaubte es mir, für eine halbe Sekunde zu ihm zu schielen. »Du bist wirklich was Besonderes.«

In dem Moment, in dem unsere Blicke aufeinandertrafen, war seine Miene so weich und der Ausdruck in seinen Augen so zärtlich, dass ich die restliche Nacht an nichts anderes mehr würde denken können. »Seltsam«, murmelte er. »Dasselbe wollte ich auch schon zu dir sagen.«

Ich hob zu einer Erwiderung an, doch mein Kopf war mit einem Mal leer und meine Magengrube mit einem fast schon schmerzhaften Kribbeln erfüllt. Eines, das ich nicht spüren durfte und mit aller Kraft auslöschte, bevor es überhandnehmen konnte.

Was für Daan mehr als anderthalb Stunden auf dem Rad gewesen wären, dauerte mit einem Lieferwagen nur etwa eine halbe Stunde. »Bist du sicher, dass du noch den ganzen Weg nach Hause fahren willst?«, fragte Daan, als ich in dem kleinen, süßen Ort am Straßenrand anhielt, in dessen grobem Einzugsgebiet sich wahrscheinlich mehr Windmühlen als Häuser befanden. Auf einmal war er derjenige von uns beiden, der besorgt klang. »Es ist schon spät und du warst den ganzen Tag auf den Beinen. In meinem Hotel ist sicher noch was frei.«

Meine Hände verkrampften sich ums Lenkrad. »Schon gut. Sind ja nur ein paar Stunden. Und ich bin auch noch gar nicht müde.« Im Gegenteil. Meine Gedanken schwirrten wie wild durcheinander und würden mich vorerst nicht zur Ruhe kommen lassen. Umso besser, wenn ich eine Straße vor mir hatte, auf die ich mich konzentrieren musste.

»Okay.« Als er sich zu mir herüberbeugte, war ich diesmal auf die drei Küsse vorbereitet und schaffte es sogar, ihm auch welche auf die Wangen zu hauchen. Ich war froh, als er die Tür öffnete und aus dem Wagen sprang. »Dann ... pass auf dich auf.«

Ich schenkte ihm ein Lächeln. »Gute Nacht.«

Er erwiderte es nicht. Vielleicht lag es daran, dass ich ihn heute gewissermaßen zweimal abgewiesen hatte. Aber das sollte ihn nicht stören. Schließlich hatte das alles ohnehin nichts für ihn zu bedeuten. »Gute Nacht.«

Ich wartete darauf, dass er die Ladefläche des Wagens geöffnet, sein Rad herausgehoben und alles wieder verschlossen hatte. Dann fuhr ich los. Als ich um die nächste Ecke bog, sah ich Daan noch kurz im Rückspiegel. Er hatte sich nicht auf den Weg in Richtung des kleinen Hotels gemacht, das eher an ein B&B erinnerte. Stattdessen stand er immer noch da und blickte mir nach.

Mein Atem bebte, als ich zehn Stundenkilometer zu schnell aus dem Ort hinausrauschte. Ein Teil von mir hatte sich darauf gefreut, hierherzukommen und ihn wiederzusehen. Aber in zu großer Dosis entpuppten sich sogar die harmlosesten Dinge als tödliches Gift.

Ich durfte Daan nicht mögen. Nicht auf die Weise, die sich in Augenblicken wie diesem anbahnte. Er war nicht auf dem Markt. Und außerdem waren wir sowieso überhaupt nicht kompatibel. Wir waren grundverschieden – auch wenn er gerne versuchte, die Dinge anders hinzudrehen.

Doch nichts von dem, was er tat oder sagte, könnte etwas daran ändern, dass er ein Löwenzahn war. Und ich ein Gänseblümchen, das auf einmal davon träumte, eine Margerite zu sein.

Zu Hause angekommen, dauerte es nicht lange, bis Gerlind bei mir klingelte und mich über den Tag ausfragte. Ich war aber so geschafft, dass ich kaum Rede und Antwort stehen konnte. Bevor sie ging, ermahnte sie mich dazu, mich gut auszuruhen und mir bloß nicht noch mehr Stress aufzuhalsen, als ich sowieso schon von drüben mitgebracht hatte. Als könnte ich irgendetwas dagegen tun.

Auf der restlichen Rückfahrt hatte ich meine Gedanken, was den Job betraf, soweit sortiert – nicht aber die, die sich nach wie vor um Daan drehten. Und ich befürchtete, dass sich daran so schnell nichts ändern könnte.

Ich konnte mich kaum auf eine ausgiebige Hotelsuche konzentrieren und buchte einfach die nächstbeste Absteige, die sich in unmittelbarer Nähe zum Anwesen befand. Das bedeutete – nicht ganz. Bei der nächstbesten Absteige handelte es sich nämlich zufällig um das Hotel, vor dem ich Daan abgesetzt hatte. Ich überging es großzügig und mietete mich in einem anderen Örtchen zehn Fahrminuten davon entfernt ein.

Und dann lag ich in meinem Bett, mein Handy in der Hand, und starrte einfach nur den Bildschirm an. Öffnete Facebook und gab ohne große Hoffnung *Daan* ein – ohne nennenswerte Resultate. Ich kannte nicht mal seinen Nachnamen.

Schließlich wechselte ich zu Google. Dort befüllte ich die Suchleiste mit: *Daan Fotograf Niederlande.*

Binnen Sekundenbruchteilen wurden mir mehrere verschiedene Ergebnisse angezeigt. Ich öffnete die Bildersuche und erhaschte sofort einen Blick auf einen feuerroten Haarschopf. Beschriftet war das Foto mit: Daan van Beek.

Diesen Namen auch nur zu lesen, beschwor einen neuen Schwarm aus Schmetterlingen in meinem Bauch herauf. Ich zwang meine Augen zu, um mir das Foto nicht allzu genau anzusehen – und tatsächlich konnte ich vor meinen geschlossenen Lidern nicht einmal sagen, welche Farbe sein Oberteil auf dem Bild hatte, geschweige denn, vor welcher Kulisse es geschossen worden war.

Na los!, drängte mich die Stimme meiner Großmutter dazu, seinen vollen Namen bei Google einzugeben und nach Fotografien von ihm zu suchen. Bildbänden, einem Blog, einer Website – *mehr* von ihm. Von dem Mann, von dem ich auf keinen Fall mehr haben durfte.

Ich öffnete die Augen. Meine Daumen schwebten schon über den entsprechenden Tasten meiner Tastatur – dann schloss ich das Fenster komplett. Es hatte keinen Zweck. Ich durfte mich nicht weiter mit Daan beschäftigen. Je weniger ich über ihn wusste und je weniger ich von ihm sah, desto besser.

Umso seltsamer war es, als ich mich am nächsten Morgen vom *Schneeweißchen* aus auf den Weg machte. Gerlind und ich hatten den Lieferwagen ausgeräumt, und ich war mit meinem VW Golf losgefahren, obwohl ich mit diesem wahrscheinlich auch nicht viel schneller wäre – seine besten Zeiten hatte der Wagen eindeutig hinter sich gelassen.

Kurz vor der Hochzeit müsste ich eine weitere Tour machen, um die Blumenarrangements mitzubringen, die meine Großmutter bis dahin vorbereitet hätte. Es war Teamarbeit vom Feinsten, und doch wurde ich auf der Fahrt über die Grenze von dem mulmigen Gefühl begleitet, dass irgendetwas gewaltig schiefgehen würde.

Vielleicht lag dieses Gefühl aber auch nur an dem Anblick, der sich mir etwa zwanzig Kilometer vor dem Schloss bot: Es war ein rothaariger Mann auf einem Lastenfahrrad.

Entgeistert riss ich die Augen auf und trat mit voller Wucht auf die Bremse. Ruckartig wurde ich langsamer und ließ das Beifahrerfenster heruntergleiten. »Hey!«

Daan warf nur einen kurzen Blick über die Schulter, ehe er zur Begrüßung eine Hand hob.

Fassungslos rollte ich näher an ihn heran und holte schließlich zu ihm auf. »Was in aller Welt glaubst du, was du da tust?«, rief ich durch das Auto hindurch.

»Dir auch einen wunderschönen guten Morgen«, flötete er mit seinem geradezu unwiderstehlich süßen

Akzent. »Wir haben schon wieder einen strahlend blauen Himmel. Ziemlich ungewöhnlich für April, wenn du mich fragst.«

Verdattert schüttelte ich den Kopf. »Was du da tust, habe ich gefragt!«

Irritiert sah Daan von der Straße zu mir und zurück. »Ich fahre, schätze ich. Genau wie du.«

»Du bist schon wieder mit diesem ...« Ich stockte. »... verdammten Ding unterwegs?!«

Daan drehte den Kopf in meine Richtung, ohne den Blick auf mich zu richten. »Was hast du gegen mein Bakfiets?«

Ich unterdrückte ein Stöhnen. »Überhaupt nichts, aber ... Du kannst doch nicht schon wieder die ganze Strecke mit dem Rad fahren wollen!«

Er legte den Kopf in den Nacken und lachte. »Offensichtlich will ich genau das.«

»Hättest du dir kein Taxi nehmen können?«

»Warum sollte ich?«, übertönte er den Motor meiner Klapperkiste von Auto mühelos. »Sieh's so: Ich bin wahrscheinlich noch nicht annähernd so lange unterwegs wie du.«

Ich blies die Wangen auf, doch gleichzeitig dämmerte mir, warum er nicht auf anderem Weg hierhergekommen war: a), weil er kein Auto hatte, und b), weil er kein Geld für einen Fahrservice hatte. »Soll ich dich nicht wieder mitnehmen?«

Na toll, Marie. So viel zu nichts von ihm sehen, nichts von ihm wissen. Aber ich konnte ihn hier doch unmöglich um sein Leben treten lassen!

»Und mein Bakfiets soll wohin?«, fragte er schnippisch. »In den Wagen passt er ganz sicher nicht rein.«

Genau das stellte ich im selben Moment fest und fluchte.

»Mach dir keine Sorgen«, winkte er ab. »Wir sind doch schon fast da.« Seine offenen Haare wehten im leichten Fahrtwind, als er den Kopf noch einmal drehte und mich anlächelte. »Ich würde sagen, wir sehen uns einfach dort.«

Mein Mund klappte zu, und ich biss mir auf die Unterlippe. »Du bist echt unglaublich.« Schweren Herzens kurbelte ich das Fenster wieder hoch und gab Gas. Ich beobachtete im Rückspiegel, wie Daans Umrisse im Morgenlicht immer kleiner wurden, und fühlte mich an letzte Nacht erinnert, als er mir noch so lange nachgesehen hatte wie ich ihm jetzt. Der Bräutigam, dessen Hochzeit ich vorbereitete.

Ein Teil von mir war froh, dass ich sein Rad nicht in mein Auto bekommen hätte. Dass wir nicht wieder zusammen gefahren waren. Es war besser so. Ich musste auf Abstand gehen. Wirklich.

Und genau das tat ich. Kaum, dass ich angekommen war, marschierte ich bereitwillig zu Kaatje, deren Bellen ich auf dem ganzen Gelände immer nur zu deutlich heraushören konnte, und sprach mit ihr die zu ersetzenden Blumen durch, die ich gestern zum Tode verurteilt hatte. Zu diesem Zeitpunkt hatte ich noch gehofft, Kaatje würde einfach nicht auf mich zurückkommen – jetzt rieb ich ihr meine

Aufgaben förmlich unter die Nase. Hauptsache, ich hatte etwas zu tun. Hauptsache, ich war beschäftigt.

Dass Daan irgendwann auch ankam, registrierte ich nur am Rande meines Bewusstseins, weil ich sein Bakfiets auf dem Vorplatz herumstehen sah. Ich hatte keine Ahnung, wo er war, und war froh, dass er nicht meine Nähe suchte. Weil ich inzwischen nicht mehr wusste, wie ich damit umgehen sollte. Oder besser: Weil ich *gar nicht* damit umgehen sollte, das aber nicht konnte. Dafür kannte ich mich selbst zu gut.

Den Mittag verbrachte ich mit einem Bühnentechniker, der die Halle vorbereitete, und der DJane, die sich schon jetzt, mehrere Tage vorher, ein Bild von der Location machen und ihre Playlist zum Besten geben musste, damit auch wirklich alles reibungslos über die Bühne ging – nicht ihre Idee, sondern die von Kaatje und/oder der Braut. Am Nachmittag ließ ich mir von den beiden die Halle zeigen, die noch völlig leer war. Morgen würden sie Tische und Stühle heranschaffen, die extra für diesen Anlass gezimmert worden waren. Durch die Konzeptzeichnungen, die mir Kaatje geschickt hatte, konnten wir uns aber jetzt schon ein Bild davon machen, was am Ende wo zu sein hatte. Wobei *Zeichnungen* das falsche Wort war: Es waren 3D-Modelle, die von einem richtigen Architekten (!) entworfen worden waren. Weil es ja auch überhaupt nicht anders ging. Zwischendrin hielt ich mit Gerlind Rücksprache, damit sie alle Infos hatte, die sie brauchte, um die Hochzeitsfloristik vorzubereiten.

Weil ich mich an diesem Tag immer wieder mitten im Geschehen befand, hatte Daan sozusagen keine Chance, mir zu begegnen. Gestern hatte er sich erst halb in meinem Lieferwagen versteckt und mich schließlich im Labyrinth abgepasst. Anscheinend hatte er wirklich Angst davor, Kaatje über den Weg zu laufen. Ich konnte ihn verstehen.

Das bedeutete für mich, dass ich den Abstand von ihm bekam, den ich so dringend benötigte. Doch mit diesem Abstand war es wie mit bitterer Medizin oder dem explosionsartigen Schmerz, wenn einem ein Körperteil eingerenkt wurde: Man brauchte es, aber das änderte nichts daran, dass es sich nicht gut anfühlte.

Weil die anschließende Gartenarbeit länger dauerte, neigte sich die Sonne schon dem Horizont, als ich das Schloss durch dessen Haupteingang verließ. Ich hatte mir extra viel Zeit gelassen, weil heute ohnehin nur ein einsames Hotelzimmer auf mich warten würde, von dem aus ich bestimmt keinen so guten Ausblick hätte wie hier.

Doch ich schaffte es nicht bis zu meinem Auto. Auf halber Strecke blieb ich abrupt stehen und starrte Daan entgegen. Daan, den ich seit heute früh nicht mehr gesehen hatte und der es sich jetzt auf einer Picknickdecke bequem gemacht hatte. Einer Picknickdecke, die er unmittelbar hinter meinem Auto ausgebreitet hatte.

In diesem Moment drehte er den Kopf und lächelte mir entgegen. »Guten Abend.«

11. Kunst

Sofort breitete sich ein Lächeln auf meinem Gesicht aus, und ich hasste mich dafür, dass eine wohlige Wärme in mir aufstieg. »Hi«, sagte ich zögerlich und überbrückte die Distanz zu ihm. Beim Näherkommen sah ich, dass er mehrere Essensboxen auf der Decke neben sich gestapelt hatte.

Unsicher blieb ich neben ihm stehen. »Du –« Ich räusperte mich. »Du sitzt mir im Weg.«

Er blickte dem Licht der Abendsonne entgegen. »Ich finde, ich sitze genau richtig, um den Ausblick zu genießen.«

Ich schlang die Arme um meinen Oberkörper. »Das mag sein, aber … Du sitzt nicht optimal, wenn ich hier gleich rausfahren muss.«

»Musst du das denn?« Ehe ich antworten konnte, kam er auf die Füße. Erst im Stehen registrierte ich, wie nah ich ihm gekommen war, und machte einen halben Schritt zurück. »Ich wollte mich revanchieren«, hob er an. »Für gestern.«

148

Mein Blick zuckte zur Picknickdecke hinter ihm. »Für die Mitfahrgelegenheit, die du nicht gewollt hast?«

Er nickte. »Das sind Reste vom Mittagsbuffet, die ich gemopst habe. Nur für uns beide.«

Nur für uns beide, hallte es in meinem Kopf wider, und mir wurde heiß und kalt zugleich. »Bist du dir sicher?«, krächzte ich und wurde von einem schlechten Gewissen erfüllt – obwohl ich rein gar nichts getan hatte!

»Sicher bin ich sicher.« Er legte den Kopf schief. »Und du?«

Ich war so was von unsicher. Der Druck, der sich in den letzten zwei Tagen in mir angestaut hatte, drohte überhandzunehmen. In den vergangenen Wochen hatte ich mich in der ultimativen Selbstbeherrschung geübt. Hatte Daan nicht gesucht, ihn nicht online gestalkt, alles gegeben, um mich von ihm fernzuhalten. Aber immer, wenn ich glaubte, dass ich endlich Erfolg damit hatte, tauchte er plötzlich aus dem Nichts auf und machte alles wieder kaputt. Warum nur tat er das?

Ich atmete tief durch. Ich musste es ansprechen. Und dann verschwinden. »Ich weiß zu schätzen, dass du mich hierhergeholt hast«, sagte ich mit einer nicht annähernd so festen Stimme, wie ich es mir gewünscht hätte. »Und das gestern war nicht der Rede wert. Doch ... das hier? Ein Picknick auf dem Gelände, auf dem du in ein paar Tagen heiraten wirst?« Ich wandte den Blick ab. »Tut mir leid, vielleicht bin ich eine absolute Spießerin, aber ich glaube, das ist zu viel.«

Als Daan die Brauen zusammenzog, verfinsterte sich seine Miene schneller als der Abendhimmel. »Was hast du da gesagt?«

Ach ja. Manchmal vergaß ich, dass wir nicht dieselbe Muttersprache hatten. »*Spießerin*«, wiederholte ich und suchte fieberhaft nach dem englischen Wort dafür, fand aber keines. »Das ist, wenn man –«

»Das Gelände, auf dem ich heiraten werde?«, unterbrach mich Daan irritiert. »Du glaubst, das hier ist meine Feier?«

Betreten starrte ich ihn an, während sich einmal mehr ein tiefes Loch zu meinen Füßen auftat und mich gnadenlos abstürzen ließ. Das Blut lief mir aus dem Kopf, als eine eisige Vorahnung in mir aufstieg. »Ist …« Mein Mund bewegte sich weiter, obwohl meine Stimme versagt hatte. Erst beim zweiten Anlauf gelang es mir: »Ist sie das nicht?«

Seine Gesichtszüge entgleisten. »Du … Du dachtest, ich bin derjenige, der hier heiratet?« Er runzelte die Stirn, seine Lippen teilten sich leicht, und ich konnte ihm förmlich ansehen, wie Unverständnis und Belustigung um die Oberhand über seine Mimik rangen. »Dein Ernst?«, prustete er plötzlich.

Ich fühlte mich wie ein Fisch auf dem Trockenen. »Also … ist sie es nicht?«, wiederholte ich hilflos, denn solange er es nicht aussprach, war da immer noch ein kleiner Teil von mir, der fest davon überzeugt war, dass mich Daan *jetzt* auf den Arm nahm.

»Marie.« Er schüttelte den Kopf. »Wie kommst du denn auf diese dusselige Idee?« Er lachte leise. »Jetzt kapiere ich es endlich! Warum du mich gefragt hast, ob ich aufgeregt bin. *Ich.*« Grinsend blickte er auf mich herab. »Du hast wirklich geglaubt, das alles hier wäre auf meinem Mist gewachsen.«

Verständnislos warf ich die Arme hoch. »Es sprachen alle Zeichen dafür! Und du hast ja nichts gesagt!«

Er blinzelte. »Woher hätte ich denn wissen sollen, dass du auf einem so falschen Dampfer fährst? Du hast es doch auch nie angesprochen.«

Mein Magen krampfte sich zusammen. Weil ich es nicht hatte tun wollen. Weil ich mich bei jeder Frage vor der Antwort gefürchtet hatte.

»Komm!« Sanft zupfte Daan an meinem Arm, und wir ließen uns nebeneinander auf der Decke nieder. »Das ist … das Beste, was ich seit Langem gehört hatte.« Noch immer grinste er breit, woraufhin ich mich umso schlimmer fühlte. Und umso weniger verstand, was zwischen uns beiden vor sich ging.

»Warte!« Ich versuchte, die letzten beiden Tage zu rekonstruieren. »Warum hat Kaatje dann gesagt, du solltest nicht hier sein?« Ich geriet ins Stocken. Augenblick. Hatte ich Kaatje gesagt, *Daan* würde das Löwenzahn-Arrangement gefallen? Oder hatte ich nur vom Bräutigam gesprochen? Hatten wir die ganze Zeit über von zwei verschiedenen Personen geredet?

Mir wurde schwindelig. »O Mann.«

»Das kannst du laut sagen.« Immer noch amüsiert kratzte er sich am Hinterkopf. »Hättest du wirklich geglaubt, dass ich mich mit so viel Tamtam wohlfühlen würde?«

»Nein …« Ich befeuchtete meine Lippen. »Nein, hätte ich nicht – o mein Gott, ich bin so erleichtert!«, brach es aus mir heraus. Ich hatte mich also doch nicht in ihm getäuscht. Er war genau der, für den ich ihn hielt, und ich war so verdammt froh darüber.

Daan hob eine Braue. »Weil ich hier nicht heirate?«

So, wie er die Frage stellte, bekam sie beinahe eine andere Bedeutung als das aktuelle Thema. Als glaubte er, es ginge mir nicht um den Teil mit dem *hier,* sondern den mit dem Heiraten.

»Weil anscheinend doch kein arroganter Proll in dir steckt«, seufzte ich und ließ mich rücklings zu Boden sinken. »Ich war inzwischen fest davon überzeugt, dass du dich bei Vollmond in einen abgehobenen Reality-Star verwandelst oder so.«

Ich plapperte so vor mich hin, allen voran, um mich von der einen Tatsache abzulenken, die ich noch nicht vollständig verarbeiten konnte: Daan war nicht hier, um zu heiraten. Okay. Aber das änderte nichts an dem Umstand, dass er am Valentinstag im *Schneeweißchen* einen Strauß für eine Frau gekauft hatte. Um ihr einen Antrag zu machen. Dass das hier nicht seine Hochzeitsfeier war, machte keinen Unterschied.

»Hey«, tadelte er mich. »Kein Grund, gleich auf dem Brautpaar rumzuhacken.«

Da er nun offiziell nicht dazugehörte, konnte ich aber gar nicht anders. »Komm schon!«, murmelte ich. »Wenn das hier nicht unglaublich abgehoben ist, weiß ich auch nicht.« Ich blies mir eine Haarsträhne aus dem Gesicht. »Du kannst mir nicht erzählen, dass das nur Kaatjes Werk ist. Hier will jemand eindeutig was unter Beweis stellen – und damit meine ich nicht ihre Liebe.« Ich geriet ins Stocken, als mir jäh etwas auffiel. »Augenblick mal.« Ein Schub der Panik ging durch meinen Körper, und ich richtete mich abrupt wieder auf. »Wenn du nicht heiratest, weshalb bist du dann hier?«

Mit irritierter Miene tippte Daan auf seine Brust. »Zum Fotografieren, natürlich.«

Meine Augen weiteten sich. »Du bist der *Hochzeitsfotograf*? Das ist alles?«

»Reicht das denn nicht?«, fragte er schmunzelnd. »Ich bin beauftragt worden, genau wie du. Als sich der Stress mit der Gartenbaufirma angebahnt hat, hab ich bei Kaatje ein gutes Wort für dich eingelegt. Deshalb bist du jetzt hier.«

Ich wusste nicht, welcher Teil seines Geständnisses mich am meisten verwirren sollte. Die Tatsache, dass man bei Kaatje ein gutes Wort für jemanden einlegen konnte? Dass der Mann, den ich die ganze Zeit über als zukünftigen Bräutigam betrachtet hatte, noch gar nicht an der Reihe war, den Bund der Ehe zu schließen – und er das seinen ringlosen Fingern nach auch nicht in den letzten Wochen getan hatte? Oder dass sich der Abenteurer, der Wildfang, der Künstler ausgerechnet dazu entschieden hatte, *hier* zu arbeiten?

»Jetzt kapier ich gar nichts mehr«, stieß ich hervor. »Für einen Hochzeitsfotografen hätte ich dich als Allerletztes gehalten.«

Er zuckte die Achseln. »So was mache ich eigentlich auch nicht. Aber ...« Er machte eine ausschweifende Handbewegung. »... wer würde sich so etwas schon entgehen lassen wollen?«

Noch immer hatte ich die Hiobsbotschaft nicht ganz verdaut, doch der bloße Anblick der Tulpen, die in allen erdenklichen Farben erstrahlten, tat sein Übriges, um mich zur Ruhe kommen zu lassen. »Da hast du allerdings recht.« Ich sah ihn an, und als er mich diesmal anlächelte, konnte ich gar nicht anders, als es ihm gleichzutun. »Danke, dass du mich hier reingeschleust hast.« Ich holte tief Luft. »Es ist zwar unglaublich anstrengend und irgendwie nervig und echt aufwühlend, aber ... dieser Anblick nach Feierabend?«, sagte ich mit zarter Stimme. »Der ist es so was von wert.«

»Finde ich auch.« Plötzlich legte sich etwas Nachdenkliches in seine Miene. Ehe ich mich versah, bewegte sich seine Hand – und berührte sanft, aber bestimmt meine Wange. Mit leichtem Druck drehte er meinen Kopf, nur ein ganz kleines Stück, bis unsere Gesichter auf einer Höhe und unsere Lippen nur ein winziges bisschen voneinander entfernt waren.

Mein Herz machte einen Satz, alles in mir spannte sich an und mein Innerstes wurde jäh in zwei Teile gerissen: Einen, der nichts lieber tun wollte, als ihm entgegenzukommen, und einen, der panische Angst vor dem bekam, was dann passieren würde.

Doch das Resultat war, dass nichts passierte. Daan harrte genau so aus und blickte mich mit seinen dunkelgrünen Augen an, die für mich immer noch ein Rätsel waren. Ich wollte ständig wissen, was in ihm vorging – aber niemals so sehr wie in diesen Sekunden, in denen er einfach nicht den Blick von mir wenden konnte.

Meine Unterlippe bebte leicht, und ein geradezu toxischer Schub der Nervosität ging durch meinen Körper. »W-was tust du da?«, traute ich mich erst nach mehreren Augenblicken fragen.

Jetzt wirkte er nicht mehr nachdenklich, sondern hochkonzentriert. »Ich mag es nur, wie dein Gesicht aussieht, wenn es in dieser Richtung von der Abendsonne angestrahlt wird.« Seine Stimme war leise, kaum zu hören, und traf auf mein Herz, noch bevor sie an meine Ohren drang. »Ich kann mich gar nicht daran sattsehen.«

Unsicher blickte ich zu ihm hinauf und versuchte, den Wirbelsturm aus Gefühlen zu bändigen, der sich in mir breitmachte. *Es ist nicht so, wie du denkst, Marie*, flößte ich mir selbst ein. *Du weißt doch, wie er ist. Das gerade eben ist nicht sein Privatleben, sondern seine Arbeit. Er sieht dich nicht als Mensch, als Frau, sondern als Objekt.* So furchtbar und unangebracht das auch klang, war das genau der Gedanke, den ich brauchte, um aus meiner Schockstarre zu reißen.

»Das soll jetzt nicht falsch rüberkommen«, krächzte ich. »Aber wenn du ein Foto davon machen willst, werde ich dich nicht aufhalten.«

»Nein.« Seine Stimme war genauso unauffällig wie die leichten Bewegungen seines Kopfes, den er kaum merklich schüttelte. Langsam ließ er seine Hand sinken, deren letzte hauchdünne Berührung eine prickelnde Linie auf meiner Haut hinterließ. »Nein, das ist kein Bild für eine Fotografie.«

Ich spürte einen Stich in meiner Brust – ehe mir plötzlich etwas einfiel. Etwas, das er bei unserer ersten Begegnung zu mir gesagt hatte: *Es geht darum, zu entscheiden, welche besser dazu geeignet sind, für die Ewigkeit physisch festgehalten zu werden, und welche man besser in seinem Herzen festhält.*

Da er das eine ausgeschlossen hatte, blieb nur noch das andere übrig.

Bebend atmete ich durch. Ich fühlte mich hin- und hergerissen zwischen dem, was ich wollte, und dem, was ich brauchte.

Was ich *wollte,* war, diesen Moment so sehr in die Länge zu ziehen wie nur möglich. Ich wollte in seinem Blick baden, darin aufgehen und diese Empfindung genießen, die mein Herz höherschlagen ließ. Wollte mich zu ihm beugen, einfach nur, um zu sehen, was dann passierte. Und herausfinden, ob dieses elektrisierende Gefühl, das er in mir entfachte, auch bei ihm zu Hause war.

Was ich *brauchte,* war Abstand von Daan, weil mir immer noch bewusst war, dass er vergeben war.

Und dass er kein Interesse an mir hatte. Andernfalls wäre dies der perfekte Augenblick gewesen, um mich vom Gegenteil zu überzeugen. Aber das tat er nicht. Weil ich nur eine Freundin für ihn war. Wenn überhaupt. Und mir in Situationen wie diesen etwas anderes einzureden, mir Hoffnungen machen zu wollen, würde alles nur noch schlimmer machen.

Und Gerlind fragte sich, warum ich mich lieber einigelte, als mich unter die Leute zu mischen. Genau deshalb: Wenn man eine falsche Bewegung machte, war man plötzlich von anderen Menschen abhängig und konnte so leicht von ihnen verletzt werden. Das wollte ich nicht. Und doch kam ich mir so vor, als wäre ich geradewegs in einen Schnellzug eingestiegen, der nun unaufhaltsam auf eine Klippe zuraste.

Ich holte Luft. »Ich sollte –«

»Also«, sagte Daan im selben Moment und verteilte die Boxen auf der Picknickdecke. »Ich hab eigentlich alles mitgehen lassen, was noch da war. Und vielleicht auch ein bisschen experimentiert.« Er öffnete eine der Boxen und offenbarte ein paar belegte Toastscheiben.

Ich hob eine Braue. »Ein Käsesandwich ist experimentell für dich?«

»Da ich es mit allem gewürzt habe, was ich so gefunden habe«, murmelte er, »vielleicht ein bisschen.«

Ein Anflug des Misstrauens stieg in mir auf. Ich riss mich aber am Riemen und nahm eines davon heraus. »Ich hoffe, du hast eine zweite Floristenempfehlung für Kaatje parat, falls ich von dem hier tot umfalle«, warnte ich ihn.

»Habe ich nicht«, betonte er, und aus irgendeinem Grund fühlte ich mich allein deshalb wie etwas Besonderes. »Also beißt du besser die Zähne zusammen.« Er nahm auch eines der Sandwiches heraus, und wir bissen gleichzeitig hinein. Erst als der Käse, der mal zerlaufen sein und sich wieder verfestigt haben musste, ein zweites Mal auf meiner Zunge zerging, bemerkte ich, was für einen Hunger ich hatte – insbesondere, als sich die einzelnen Geschmacksnoten der verschiedenen Gewürze darauf verteilten. »Wow«, formten meine Lippen, noch bevor ich ganz heruntergeschluckt hatte. »Schmeckt irgendwie … exotisch.«

»Ich hoffe, du meinst das positiv.« Daan öffnete sein Sandwich und betrachtete die verschiedenfarbigen Körner, die er auf dem Käse verteilt hatte. »Das ist mit Kreuzkümmel, Koriander, getrocknetem Ingwer und etwas Chilipulver.«

Ich schnaubte belustigt. »Das ist wirklich mal was anderes. Aber es ist sehr gut!«, schob ich hinterher und mir gleich noch ein größeres Stück Sandwich in den Mund.

»Der Geschmack von Ingwer erinnert mich immer an meine Indienreise«, sinnierte Daan zwischen zwei Bissen. »Die Gewürzmärkte dort mit all ihren schillernden Farben waren die reinste Augenweide.«

»Das ist wirklich unglaublich«, dachte ich laut. »Wo du schon überall gewesen bist. Und ich bin wahrscheinlich noch nie so weit gereist wie bis hierher.«

»Tatsächlich?« Er legte den Kopf schief. »Dabei ist das hier nicht einmal der interessanteste Teil der Niederlande.«

Interessiert blickte ich ihn an. »Was sind denn deine Empfehlungen, Herr Reise-Essens-Hochzeits-fotograf?«

Obwohl ich ihn ganz offensichtlich aufzog, bog sich sein rechter Mundwinkel leicht nach oben. »Mal sehen«, sagte er, richtete seine Aufmerksamkeit dabei aber in den Himmel, als würden ihm die Wolkenschlieren, die über uns hinwegglitten, einen Tipp geben. »Da gibt es zum Beispiel den Keukenhof – den einen Ort, den jeder Blumenliebhaber mal gesehen haben muss. Das müssen über dreißig Hektar Blumenbeete sein, die sie dort haben.«

»Dreißig Hektar?« Ich starrte ins Leere und versuchte mir, diese Fläche vorzustellen, scheiterte aber vergeblich.

»Außerdem findet jedes Jahr eine Blumenparade statt. Das ist ein Umzug, über vierzig Kilometer lang. Und im Januar feiern wir den nationalen Tulpentag – den hast du leider verpasst.« Er biss von seinem Sandwich ab und dachte nach. »Ansonsten hat der Norden das Wattenmeer zu bieten. Hey, magst du Schafe?«

Ich stockte. »Ähm, klar.«

»Dann solltest du Texel besuchen. Das ist eine Insel im Wattenmeer.«

»Und da gibt es Schafe?«, fragte ich belustigt.

»Und wie! Mehr als Menschen, schätze ich.« Er betrachtete sein Sandwich. »Und wenn du Käseliebhaberin bist, solltest du Alkmaar einen Besuch abstatten. Dort –« Er stockte und blickte mich mit leicht gerunzelter Stirn an. »Was ist?«

Erst jetzt registrierte ich, dass ich ihn anlächelte – die Art und Weise, wie er diese ganzen niederländischen Namen aussprach, hatte sich unweigerlich in mein Herz geschlichen.

Schnell wandte ich mich ab. »Nichts!«

»Du machst dich also nicht über mich lustig?«, fragte er lauernd.

Ich fixierte ihn wieder und schüttelte artig den Kopf. »Ich käme niemals auf die Idee!«, beteuerte ich überschwänglich.

Ein Funkeln legte sich in seine Augen. »Gut«, knurrte er wie der Löwenzahn, der er war. »Mit dem Echo könntest du nicht leben.«

Ich reckte das Kinn und konnte nicht anders, als ein leichtes Prickeln in meiner Magengrube zu spüren. »Ist das etwa eine Drohung, Herr van Beek?«

»Selbst wenn«, entgegnete er lässig. »Was würdest du dagegen machen, Frau Heinrich?«

Erschrocken zuckte ich zurück. »Woher kennst du meinen Nachnamen?«

Daan ließ sein Sandwich sinken. »Ihr habt doch eine Website.« Dann zögerte er. »Aber woher kennst du meinen?«

Meine Gesichtszüge entgleisten. »Na, du –« Ich stockte, während meine Gedanken zu rasen begannen, doch ich konnte mir auf die Schnelle einfach keine gute Ausrede zusammenspinnen. Und hätte das wahrscheinlich nicht einmal mit zwei Jahren Bedenkzeit hinbekommen. »Ist ja gut!« Abwehrend hob ich die Hände (beziehungsweise eine Hand und ein Sandwich). »Ich hab dich gegoogelt. Aber nur ganz kurz.«

Triumphierend grinste er mich an – und das, obwohl er mir mehr oder weniger gestanden hatte, dass er mich auch online gestalkt hatte. »Und?«, schnurrte er förmlich. »Hat dir gefallen, was du gesehen hast?«

Ich spürte, wie mir das Blut in den Kopf schoss. »Ich hab absolut gar nichts gesehen.« Gleichzeitig wurde mir bewusst, in welche verräterisch falsche Richtung das hier ging. In eine flirtende Richtung. Verdammt, hatte ich mich nicht von ihm fernhalten wollen? Und stattdessen ließ ich mich von ihm auf ein Picknick einladen und sendete ihm eindeutig nicht die richtigen Signale!

Die Kälte überwog die Wärme, die Daan in mir auslöste. Hastig wandte ich den Blick ab und schlang den letzten Rest meines Sandwichs herunter. »Ähm.« Ich räusperte mich. »Es wird langsam spät. Ich sollte mich dann mal auf den Weg machen.«

»Solltest du«, bestätigte Daan zu meiner Überraschung. Doch danach fügte er hinzu: »Oder du lässt es bleiben.«

»Was –« Ich wandte mich zu ihm um und brach verdutzt ab, als ich den Gegenstand erkannte, den er mit triumphaler Miene hochhielt. »Was ist das?«

Dumme Frage. Es war ganz offensichtlich ein Schlüsselbund. Ein schmuckloser Ring mit einem riesigen alten und zwei kleinen modernen Schlüsseln dran. »Unser Zugang zum ganzen Schloss«, verkündete Daan. »Ich hab uns hier eine Unterkunft rausgehandelt.«

»Eine Unterkunft?«, wiederholte ich verdutzt. Mein Blick wanderte in Richtung Schloss und meine Augen weiteten sich. »Hier?«, stieß ich hervor. »Du meinst ... *hier?*«

»Das Schloss fasst sechsundzwanzig Schlafzimmer«, erklärte Daan ruhig. »Die meisten von denen werden erst zwei Tage vor der Hochzeit vorbereitet, damit auch wirklich alles perfekt ist, wenn die wichtigen Gäste eintreffen.« Er zuckte die Achseln. »Bis dahin haben wir freie Wahl.«

Ich bekam den Mund nicht mehr zu. Eine Nacht in einem waschechten Schloss? Da erwachten sogar meine eigenen Prinzessinnenträume zum Leben, die ich zuletzt mit sechs Jahren gehabt hatte. »Wie ist das möglich?« Ich schüttelte den Kopf und riss mich selbst aus meiner Schockstarre. »Wie hast du den bekommen? Hast du ihn geklaut?!«

Daan hob eine Braue. »Was denkst du von mir?« Er zuckte die Achseln. »Ich hab darum gebeten und Kaatje davon überzeugt, dass wir deutlich produktiver arbeiten können, wenn wir auch nachts Zugang zur Location haben.«

Ich grunzte. »Produktiver arbeiten?«

»Ich bekomme noch ein paar romantische Nachtaufnahmen von der Umgebung«, schloss er, »und du kannst überprüfen, ob die Gartenanlagen bei Nacht genauso vorzeigbar aussehen wie am Tag.«

Ein Zucken ging durch mein Augenlid. »Und das hat sie dir abgekauft?«

Anstelle einer Antwort klimperte Daan vielsagend mit den Schlüsseln. »Wie wär's?«, hob er an. »Wir bestellen uns die nächsten Tage über was hierher oder plündern weiterhin die Vorratskammer und sehen mal, wie weit wir damit kommen.«

Erst jetzt wurde mir vollends klar, worauf er hinauswollte. »Du meinst, mehrere Nächte lang? Bis zur Hochzeitsfeier?«

»So lange eben, bis sie uns rauswerfen«, bestätigte er. »Es ist kostenlos, was mir ziemlich entgegenkommt«, wies er galant auf seinen leeren Geldbeutel hin, »und dir sicher auch.« Seine Miene verdüsterte sich. »Oder hast du schon ein Hotel gebucht?«

Fasziniert blickte ich von ihm zum Schloss und zurück. Wie sich die Betten hier wohl anfühlen mochten? »Keines, das ich nicht stornieren könnte.« Ich atmete durch, und der unwiderstehliche Duft der Tulpen drang in meine Nase. Und dann begegnete ich Daans Blick, seinen tiefen, grünen Augen, denen ich einfach keinen Wunsch abschlagen konnte.

Genau das war das Problem. Ich wollte mich von ihm fernhalten. Aber ich wollte ihn auch nicht enttäuschen. Selbst wenn das bedeutete, ihm ständig so nah zu sein, dass ich mir mehr von ihm erhoffte, als ich jemals haben könnte.

Als er vorhin meine Wange berührt hatte, wäre das der perfekte Moment gewesen, mich zu küssen. Aber er hatte es nicht getan. Wahrscheinlich war es ihm nicht einmal in den Sinn gekommen. Weil er mich nicht annähernd so sah wie ich ihn. Und das musste ich akzeptieren.

»Okay, ich bin dabei.« Damit stand ich auf. »Lass uns –«

»Unter einer Bedingung«, schnitt Daans Stimme durch den Raum zwischen uns, als er sich erhob.

Entgeistert wirbelte ich zu ihm herum. »Erst machst du mich heiß und dann stellst du Bedingungen?« Als die Worte draußen waren, registrierte ich plötzlich, wie unglaublich falsch sie rausgekommen sein mussten. »Ä-ähm«, stammelte ich. »Ich meine –«

»Ich habe eine Vision«, fuhr er ohne Umschweife fort. Auf einmal stand er so dicht vor mir, dass dasselbe Kopfkino vor meinem inneren Auge aufzuckte wie gerade eben, als er meinen Kopf gedreht hatte. »Für etwas ganz Besonderes.«

Mein Mund wurde trocken. »U-und das wäre?«, piepste ich und hoffte und befürchtete zugleich, dass es etwas mit mir zu tun hatte.

Mit entschlossener Miene taxierte Daan mich. »Ich will dich«, beschloss er, »als mein Modell.«

Die Explosion, die er im ersten Moment in mir ausgelöst hatte, löste sich binnen Sekundenbruchteilen in Luft auf. »W-was?«

Ohne den Blick von mir zu wenden, deutete Daan in Richtung des Tulpenfelds. »Ich möchte dieses Feld fotografieren. Und dazu brauche ich dich.«

Ich schluckte. »Das verstehe ich nicht.«

»... als Modell«, wollte er mir auf die Sprünge helfen, was aber nichts daran änderte, dass ich hoffnungslos auf dem Schlauch stand. »Ich will, dass du dich in dieses Feld legst und zum Mittelpunkt meiner Fotografie wirst.«

Meine Augen weiteten sich. »I-ich?« Unbeholfen schlang ich die Arme um meinen Oberkörper. »Du meinst, so richtig als Model?«, wiederholte ich unnötigerweise genau das, was er gesagt hatte. »Warum denn ich?« Ich legte einen Tonfall an den Tag, als hätte er mich darum gebeten, eine Runde durch die Kloake zu schwimmen. »Kannst du nicht jemanden bei einer Agentur buchen oder so?«

Er schnaubte. »Sehe ich aus wie jemand, der professionelle Models bucht?«

Ich war mir nicht sicher, ob er auf seinen persönlichen Geschmack, seine Arbeitsweise oder sein nicht vorhandenes Budget anspielte, und beschloss, zu diesem Thema besser den Mund zu halten. »Okay, aber selbst wenn ... Dann hast du ja sicher immer noch mehr Auswahl, abgesehen von mir.«

»Ich will aber nur dich«, rammte er mir einmal mehr einen Dolch des Zwiespalts ins Herz. Eine Rose, deren Dornen sich rücksichtslos in mein Fleisch gruben.

Er fragte nicht. Er bat nicht. Er formulierte lediglich, was er wollte, und ließ keinen Zweifel zu, dass es mir dabei anders gehen könnte.

»Warum?«, presste ich gequält hervor.

Daan blickte vollkommen ernst drein, als ginge es hier um nichts Geringeres als sein Überleben. »Weil du perfekt dafür bist. Seit ich dich gestern früh gesehen habe, kann ich an nichts anderes mehr denken.« Lässig schwang er die Schlüssel am Ring um seinen Finger. »Ein einziges Foto«, sagte er mit rauer Stimme. »Morgen Abend. Versprich es mir, und du bekommst ein Zimmer.«

Eine unglaubliche Schüchternheit legte sich wie ein schweres Gewicht auf meine Schultern. Daan hatte keine Ahnung, mit wem er es zu tun hatte. Mit dem stillen Mäuschen, das sich in der Schule immer in die erste Reihe gesetzt hatte in dem festen Wissen, dass sie dort viel weniger Aufmerksamkeit bekommen würde als die Lärmer in der letzten Reihe. Das unscheinbare Mädchen, dem es bei jedem Referat die Sprache verschlagen hatte. Das nie hatte im Mittelpunkt stehen wollen und sich deshalb bei keiner studentischen Vereinigung angemeldet hatte: Nicht beim Theater, nicht bei der Schülerzeitung, rein gar nichts. Blumen waren nie meine einzigen oder engsten Freunde gewesen, aber sie waren der Sache schon verdammt nahegekommen.

Was Daan da von mir verlangte, sprengte die Grenzen meiner Introvertiertheit. Eindeutig. Und doch konnte ich nicht anders, als darüber nachzudenken. »Was ... wirst du mit diesem Foto machen, wenn es fertig ist?«, fragte ich mit trockener Kehle.

Er dachte kurz nach. »Was auch immer es von mir verlangt, mit ihm zu tun.« Sein Mundwinkel hob sich leicht. »Und was auch immer du mich damit tun lässt, natürlich.« Ich bekam nur am Rande mit, wie er nach meiner Hand griff, aber kaum, dass er das getan hatte, war sie alles, was ich noch wahrnehmen konnte. »Wenn du dich mit mehr nicht wohlfühlst, kann das Bild eine Sache zwischen uns bleiben«, sagte er, während wir die Picknickdecke zurückließen. Ich hätte schwören können, dass er sie als klares Symbol dortbehielt, dass ich heute bloß nicht mehr mit dem Auto wegfuhr. »Zwischen dir und mir. Wie wäre das?«

Plötzlich wurde ich von einer ungeahnten Ruhe erfüllt. Einer Zuversicht. Wieder war da diese Blase, in die ich nur dank Daans Hilfe glitt und in der ich mir sicher sein konnte, dass mir nichts und niemand wehtun würde. »Das wäre wundervoll.«

Eine Sache nur zwischen uns beiden. Etwas, das wir zusammen erschufen. Das nur uns gehörte. Es klang wie Musik in meinen Ohren. Und beschwor umso mehr von diesem bittersüßen Schmerz in mir herauf, den Daan bei unserer ersten Begegnung in meine Seele gepflanzt hatte, ohne es zu wissen.

»Da wäre noch etwas«, hob Daan beiläufig auf dem Weg in Richtung Schloss an. »Für das Motiv, das ich mir vorstelle, müsstest du nackt sein.«

Entgeistert riss ich den Kopf herum. »*Was?!*«

12. Visie

Daan hatte mich zu nichts gedrängt. Anstatt mich sofort zu einer (zweiten) Zusage überreden zu wollen,
hatte er mich in den Schlafzimmerflügel des Schlosses
geführt. Wir hatten ein paar der Räume inspiziert und
uns schließlich für zwei entschieden, die auf gegenüberliegenden Seiten lagen: Während er den besten
Blick auf den großen Garten hatte, erstreckten sich
auf der anderen Seite meiner Zimmerfenster die Tulpenfelder. Fast wie ein Wink mit dem Zaunpfahl, der
Sache mit dem Shooting eine Chance zu geben. Oder
reiner Zufall, weil Daan meiner Meinung nach kein
Mann war, der solche Hintergedanken haben konnte.

»Denk darüber nach.« Lässig lehnte Daan in
meinem Türrahmen, als ich nach meiner kurzen
Raumbegehung zu ihm zurückkehrte. »Du wirst es
nicht bereuen.«

Zögerlich blieb ich vor ihm stehen und musterte
ihn. »Du sprichst allerdings so, als würde ich es bereuen, wenn ich Nein sage.«

»Kann schon sein.« Er zuckte die Achseln und
wedelte mit seinem Generalschlüssel vor meiner

Nase herum. »Manchen Luxus weiß man erst zu schätzen, wenn er weg ist.«

Ich riss die Augen auf. »Ich weiß ihn jetzt auch schon zu schätzen!«

Grinsend ließ er die Hände in seine Hosentaschen gleiten. »Dann ist ja klar, was zu tun ist.«

Meine Schultern sackten herab. »Überhaupt kein Zwang, was?«

»Nein«, antwortete er sanft. »Überhaupt nicht.« Als er mir einen Abschiedskuss auf die Wange hauchte, war ich zum ersten Mal wirklich darauf vorbereitet, drehte nach der ersten Berührung den Kopf – und stellte fest, dass Daan nicht dasselbe tat, als sich unsere Nasenspitzen, unsere Lippen streiften.

Betreten zuckte ich zurück, doch Daan schien den Kontakt überhaupt nicht wahrgenommen zu haben – oder er konnte es deutlich besser überspielen als ich. »Also dann.« Er machte einen Schritt rückwärts. »Gute Nacht.«

Eine Affenhitze stieg mir in den Kopf und knockte mich beinahe aus. Das hätte ein Kuss sein können. In einem anderen Universum wäre das sogar ein Kuss geworden – einem Universum, in dem Daan auch nur das geringste Interesse an mir gehabt hätte. Aber das hatte er nicht. Das war der letzte Beweis, den ich gebraucht hatte. Er war vergeben und glücklich.

Das bedeutete außerdem, dass es keinen Grund gab, ein schlechtes Gewissen zu haben. Wer auch immer seine Auserwählte war, hatte rein gar nichts zu befürchten. Ich musste mich nicht von ihm fernhalten. Ja, vielleicht sollte ich es tun, um mich selbst davor zu schützen, mir noch weiter Hoffnungen zu machen – aber in dem Augenblick, in dem sich Daan auf den Weg zu seinem frisch auserkorenen Schlafzimmer machte, wurde mir klar, dass ich in Momenten mit ihm glücklicher war als in solchen ohne ihn. Und warum sollte ein Mensch mit Absicht dafür sorgen, unglücklich zu sein?

»Daan?«, sagte mein Mund wie von selbst.

Als er sich zu mir umwandte und mir einen fragenden Blick schenkte, kam mir die Welt plötzlich wieder in Ordnung vor. »Ja?«

Ich stützte mich leicht in meinen Türrahmen. »Lust auf einen Nachtausflug?«

Es dauerte nicht lange, bis wir einen Ort fanden, den Daan als angemessen erachtete, um ein paar Stunden mit mir zu verbringen: Natürlich war es wieder ein Turm. Einer der vier Türme des Schlosses, in den wir nur dank seines Generalschlüssels gekommen waren, dessen Inneres jedoch nicht annähernd so dunkel, modrig und gruselig gewesen war wie das des Wachturms draußen vor Bad Halldorf. Dafür war es aber ziemlich zugig, und ich bereute es, meine Jacke auf meinem Zimmer gelassen zu haben.

Daan hatte die Picknickdecke, die er vorhin erst von unten aufgesammelt hatte, für uns ausgebreitet, sodass sich zumindest der Boden unter uns nicht ganz so kalt anfühlte. Durch das Turmgeländer, das lediglich aus vielen ineinander verschlungenen, schmalen Stäben bestand, hatten wir auf der einen Seite den perfekten Blick auf das Tulpenbeet, auf der anderen auf den Garten und das Labyrinth.

Natürlich hatten wir uns für die Tulpen entschieden.

Anstelle eines Tetra Paks hatte er eine Flasche Hochzeitswein und zwei Gläser aus der schlosseigenen Küche mitgehen lassen, und wäre ich nicht vor einer halben Stunde endgültig zu dem Schluss gekommen, dass in keiner Parallelwelt jemals mehr zwischen uns entstehen könnte, hätte sich das hier wie ein romantisches Date angefühlt.

Aber es war keines. Wir waren beide beruflich hier, und genau wie beim letzten Mal würden sich unsere Wege schon bald trennen. Genau wie beim letzten Mal würde ich es akzeptieren. So, wie ich immer alles akzeptierte. Wie ich mich mit dem zufriedengab, was ich hatte, und niemals nach mehr verlangte.

Mir war beinahe, als könnte ich den skeptischen Blick meiner Großmutter auf mir spüren, als ich daran dachte. Aber sie hatte ihr Leben und ich meines. Sie musste nicht mit allem einverstanden sein, was ich tat. Hauptsache, ich war glücklich.

Wobei sich Letzteres noch zeigen würde.

Ich war froh, diesmal ein Glas Wein in der Hand halten zu können und mir nicht jedes Mal halb den Kopf ausrenken zu müssen, um einen Schluck davon zu trinken. Entspannt lehnte ich mich gegen die Wand in meinem Rücken, die nur noch ein kurzes Stück nach oben bis zur Turmspitze führte. Die Sonne war inzwischen am Horizont verschwunden und nahm nach und nach ihr letztes Licht und ihre letzten Farben mit sich.

»Ist das der einzige Grund, weshalb du in den Niederlanden bist?«, fragte ich Daan gerade. »Um auf dieser Feier zu fotografieren?« Wahrscheinlich würde sein Gehalt ausreichen, um die Blumensträuße für die nächsten tausend Valentinstage problemlos abzudecken. Das konnte er sicher gut gebrauchen.

»Einerseits deshalb«, antwortete er ruhig. »Andererseits, weil ich meine Familie wiedersehen wollte.«

Auf einmal war meine Kehle wie zugeschnürt. »Deine Familie?« O mein Gott. Hatte er etwa Kinder? Schließlich war er schon sechsundzwanzig, und es gab genug Leute, die in diesem Alter –

»Ja, vor allem meine Mutter.«

Ich widerstand dem Drang, die Luft ruckartig aus meinen Lungen auszustoßen. Nicht zuletzt, weil mich seine Familienverhältnisse jetzt weniger zu interessieren hatten denn je.

»Oh.« Wie dämlich das klang, diesen einen Laut so stehenzulassen, bemerkte ich etwas zu spät. Schnell schob ich hinterher: »Ich schätze, sie bekommt dich nicht sonderlich oft zu Gesicht, was?«

»Nein.« Er seufzte lautlos. »Ich hab ihr Einiges zugemutet.«

Erstaunt sah ich ihn an. Ich hatte inzwischen kapiert, dass Daan nicht der Typ war, der von sich aus viel über sich preisgab – abgesehen von seinen Reisen, seinem Beruf, seinem jetzigen Leben. Aber was seine Vergangenheit ausmachte, behielt er gekonnt für sich.

Und dennoch konnte ich nicht anders, als ein kleines bisschen nachzubohren. »Wie das? Rebellische Teenie-Jahre gehabt?«

Daan lächelte leicht. Die Geste reichte allerdings nicht bis in seine Augen. »Nein. Na ja, doch«, lenkte er ein. »Vielleicht schon. Auch. Aber … Wir hatten nie viel Geld, musst du wissen«, erzählte er plötzlich. »Mein Vater ist früh von uns gegangen, und meine Mutter musste meine Schwester und mich allein großziehen. Und die Familie irgendwie über die Runden bringen.«

Meine Augen weiteten sich leicht. »Das tut mir leid.« Ein Zucken ging durch meine Hand, doch ich hielt mich davon ab, ihn zu berühren. »Mein Vater ist auch gestorben. Es ist erst ein paar Jahre her, und … seitdem hat sich alles verändert. Wenn man ein Familienmitglied verliert, ist sowieso nichts mehr wie zuvor, aber wie sehr das stimmt, versteht man erst, wenn man selbst in dieser Situation ist.«

»Und wie.« Daan schenkte mir einen nachdenklichen Seitenblick. »Dir scheint es gut zu gehen. Du wirkst geerdet.«

Ich unterdrückte ein Seufzen. »Ich lebe mein Leben. Und meine Mutter ... tut das auch. Nur mit einem Playboy auf Mallorca.« Ich rieb mir die Schläfen, weil ich schon beim Gedanken daran Kopfschmerzen bekam. »Ich wette, das kannst du nicht toppen.«

Daan schnaubte leise. »Ich weiß nicht. Meine Mutter hat tagsüber zwei Jobs gehabt und ist nachts auch noch putzen gegangen. Und meine Schwester – sie ist zwei Jahre älter als ich –, hat sich schon bald verantwortlich gefühlt und ebenfalls angefangen zu arbeiten. Ein Vollzeitjob neben dem Studium, bei dem die Kosten gerade so von einem Stipendium abgedeckt wurden ...« Er stockte. »Sie haben sich die größte Mühe gegeben. Und was habe ich gemacht?«

Mein Mund öffnete sich, doch ich brachte keinen Ton heraus – denn ich ahnte, worauf seine Geschichte hinauslaufen würde. »Du musst es mir nicht –«

»Ich habe mich für die Kunst entschieden.« Eine Bitterkeit schwang in seiner Stimme mit, die ich noch nie zuvor darin gehört hatte.

»Das ist doch nichts Verwerfliches!«, warf ich ein, klang dabei aber so zaghaft, dass ich nicht einmal einen Fisch zum Schwimmen hätte überreden können.

»In meiner Situation schon.« Daan sah mich nicht direkt an, obwohl er doch normalerweise derjenige von uns beiden war, der bis zum bitteren Ende Blickkontakt halten konnte. »Denn in der Kunst gibt es nur zwei verschiedene Arten von Menschen.« Er machte eine Pause. »Diejenigen, die ein Millionenpublikum anziehen und reich werden. Und alle anderen.« Er legte den Kopf in den Nacken und starrte in den Himmel hinauf, der urplötzlich von mehreren dunklen Wolken bedeckt wurde, welche gerade eben noch nicht da gewesen sein konnten. »Meine Fotografie ist nicht kommerziell erfolgreich. Von meiner Kunst will ich gar nicht erst anfangen. Seit ich sechzehn bin, lebe ich vom absoluten Minimum. Genug, um mich selbst gerade so über die Runden zu bringen – ohne Auto, ohne festen Wohnsitz, du weißt schon.«

Ich mit meinem Golf, einem Lieferwagen, einem festen Job und einem Dach über dem Kopf wusste überhaupt nichts, widersprach jedoch nicht.

»Aber nach allem, was ich zum bloßen Überleben aufwende, bleibt nichts übrig. Nichts, was ich meiner Mutter zurückgeben könnte für all die Dinge, die sie für mich getan hat.« Ein freudloses Lächeln umspielte seine Lippen. »Gemessen daran bin ich ein furchtbarer Sohn.«

Ich schluckte. »Das sieht sie bestimmt nicht so«, bekräftigte ich und schlug endlich einen Tonfall an, den ich mir sogar selbst abkaufte.

»Vielleicht nicht sie«, murmelte er. »Aber meine Schwester ... Ich glaube, Anika wird mir das nie verzeihen. Geschweige denn mich verstehen.«

Langsam schüttelte er den Kopf. »Daran würden auch tausend Blumensträuße nichts ändern.«

Stille breitete sich zwischen uns aus. Eine Totenstille, in der ich ihn einfach nur anstarrte, während seine Worte nach und nach zu mir durchsickerten und ihre ganze Bedeutung entfalteten. Mir wurde heiß. Mir wurde kalt. Mir wurde übel.

Er drehte den Kopf in meine Richtung. »Hast du Geschwister?«

»Was hast du gerade gesagt?«, hauchte ich im selben Augenblick. Ich stockte. »Ich meine, nein. Und: Was hast du gerade gesagt?«

Daan zog die Brauen zusammen. »Was?«

Ich bekam kaum mehr Luft. Meine Brust war so eng, dass mein Herz darin verzweifelt erbebte. Ich spürte einen dicken Kloß in meinem Hals, als ich mich endlich überwand und es aussprach: »Der Strauß, den du bei mir gekauft hast ...« Ich traute mich nicht. Alles in mir sträubte sich dagegen. Weil es immer noch zwei mögliche Antworten gab – und ich mir auf einmal nicht mehr sicher war, welche mir davon den Rest geben würde. »Er war ... für deine *Schwester?*«

Daan nahm keine Rücksicht auf mich. Er schonte mich nicht. Stattdessen schleuderte er mir die Wahrheit förmlich entgegen: »Ja.«

Die Dunkelheit um mich herum schien mit einem Mal so allgegenwärtig zu werden, als hätte sich eine große Hand über uns gelegt. »Nein«, flüsterte ich. »Das kann nicht sein.« Heftig schüttelte ich den

Kopf. »Du hast gesagt, der Strauß ist für deine zukünftige Ehefrau!«

Er stutzte. »Warum hätte ich das denn sagen sollen?«

»Weiß ich doch nicht!«, brach es aus mir heraus. »Sag du es mir!«

Zweifelnd musterte er mich. »Glaubst du ernsthaft, dass jemand wie ich in einer stabilen Beziehung lebt? Geschweige denn heiraten würde?«

Meine Finger zitterten so heftig, dass mein Glas klirrte, als ich es auf dem Boden abstellte. »Warum redest du dann von zukünftigen Ehefrauen?!«

Seine Miene erhellte sich. »Wahrscheinlich habe ich *eine* zukünftige Ehefrau gesagt. Das ist meine Schwester nämlich.«

Mit leerem Blick starrte ich ihn an, und ich wusste nicht, ob ich erleichtert, wütend, enttäuscht, verzweifelt sein sollte. »Wie?«, fragte ich mit rauer Stimme. »Wie kann man so direkt sein und gleichzeitig so schlecht Klartext sprechen?«

Daan zuckte nicht mit der Wimper. »Jetzt verstehen wir uns ja.« Er wirkte aber nicht ganz zufrieden mit der Situation – wenn auch nicht annähernd so wenig wie ich. »Warum ist dir das überhaupt so wichtig?«

Mit einem Schlag fühlte ich mich ertappt. »E-es ist mir nicht wichtig«, wehrte ich ab und straffte die Schultern. »Ich dachte nur, ich würde dich kennen. Aber anscheinend war ich da auf dem völlig falschen Dampfer.«

Er lehnte sich gegen die Wand in unserem Rücken, so wie ich gerade eben, und schenkte mir den Blick einer Katze, die ganz genau wusste, wie gerne ich sie streicheln würde. »Und warum ist es dir so wichtig, mich zu kennen?«, raunte er und jagte mir wohlig-ängstliche Schauer über den Rücken.

Die Antwort auf diese Frage lag so klar auf der Hand, dass ich keine Sekunde darüber nachdenken musste: *Weil ich alles, was ich von dir kenne, so sehr mag, dass es mir Angst machen würde, herauszu-finden, dass nichts davon wahr ist.*

Aber das sagte ich nicht. Auf gar keinen Fall konnte ich das sagen. Denn zu der Gewissheit, dass Daan ganz offensichtlich wider Erwarten Single war, mischte sich noch etwas anderes: Dass das absolut nichts an seinem Verhalten der letzten Tage änderte. An seinem rein freundschaftlichen Verhalten.

Er wartete auf eine Antwort, und jeder Augenblick wurde zur Qual, weshalb ich beschloss, die Situation mit allen Mitteln enden zu lassen: »Ich mach's.«

Er blinzelte. »Wie bitte?«

Ich reckte das Kinn und wurde plötzlich von einer Woge des Muts erfasst. »Ich mach's. Das Shooting. Ziehen wir's durch.« Hauptsache, wir muss-ten nicht mehr darüber reden, warum ich mich so sehr für ihn interessierte. Oder jemals wieder re-den. »Ja! Am besten sofort!«

»Nein.«

Mein Mund klappte so plötzlich zu, dass ich mir auf die Zunge biss. »Was? Aber vorhin wolltest du doch –«

»Es ist Nacht«, erinnerte er mich, und ich verdrehte die Augen.

»Hast du etwa noch nie mit Mond- und Sternenlicht gearbeitet?«, fragte ich verdrossen.

Daan verengte die Augen – ich wusste inzwischen, wie ich ihn auf die Palme brachte. »Habe ich wohl«, entgegnete er schroff und ergriff sein Weinglas. »Aber in meiner Vision wird das Tulpenfeld von Abendlicht beschienen.«

Das Tulpenfeld und dein nackter Körper, war es ausgerechnet die Stimme meiner Oma, die mich in meinem Hinterkopf triezte.

»Oh.« Unsicher verlagerte ich mein Gewicht in eine andere Sitzposition. »Okay. Ich wusste nicht, dass du schon so konkrete Pläne hast.«

Er schenkte mir einen tiefen Blick. »Sehr konkrete Pläne.«

Obwohl ich mir einmal mehr einreden wollte, dass er mich gerade nur als Werkstück betrachtete, konnte ich nicht anders, als erneut dieses verräterische Kribbeln zu spüren, das ich einfach nicht dämpfen konnte, wenn er in meiner Nähe war.

Ich räusperte mich. »Wir machen das aber schon, wenn alle weg sind, oder?« Auf einmal wurde mir unbeschreiblich heiß, und ich lockerte den Kragen meiner Bluse. »Das könnte ein ziemlich kleines Zeitfenster werden.«

»Wenn alles so läuft, wie ich es mir vorstelle, wird dieses Zeitfenster reichen«, versuchte Daan wohl, mich zu beruhigen, übte damit aber umso mehr Druck auf mich aus.

Ich schluckte. »Wenn es so läuft, wie du es dir vorstellst?«

Langsam drehte er den Kopf und betrachtete mich einmal mehr mit diesem undeutbaren Gesichtsausdruck, den ich nur zu gerne entschlüsseln wollte. »Du wirst wunderschön aussehen.«

13. Tulpenveld

5 Tage bis zur Hochzeit

Daan hatte kein Interesse an mir. Jetzt, wo die Wahrheit über ihn draußen war, fiel es mir erst so richtig wie Schuppen von den Augen. Er hatte so viele Chancen gehabt, Nägel mit Köpfen zu machen. Er hatte so viele Momente zwischen uns entstehen lassen, bei denen es nur ein kleines bisschen mehr gebraucht hätte, um sie zu perfektionieren – aber diesen letzten Schritt war er nie gegangen.

Es hatte so viele Möglichkeiten gegeben, wahrscheinlich mehr, als uns in den nächsten Tagen noch erwarten würden. Und er hatte keine davon genutzt.

Das Schlimmste war: Er hatte nicht kein Interesse, weil er vergeben war. Sondern einfach …, weil es nur ich war. *Marie, er steht eben nicht auf dich.*

Ich konnte es ihm nicht einmal übel nehmen. Ich war schließlich nur Marie. Was war an mir schon so besonders, dass ausgerechnet ich den Unterschied für ihn machen sollte? Er bereiste aller Herren Länder und begegnete tagtäglich so vielen neuen Menschen. Ich war nur einer davon. Eine kurze Bekanntschaft, von der er später Geschichten erzählen würde – seinen anderen Kurzzeitbekanntschaften, die ebenso schnell wie ich im Schatten seiner Vergangenheit verblassen würden.

Daran konnte ich nichts ändern. Aber es tat trotzdem weh.

Umso weniger verstand ich mich selbst, als ich Daan am nächsten Nachmittag in mein Zimmer ließ. Ich trug einen strengen Zopf und am Körper nur einen Bademantel aus dem Badezimmer, auf dem irgendein royales Emblem aufgestickt war, und darunter einen Satz weiße Unterwäsche – so, wie er es mir heute Morgen empfohlen hatte. An der wäre nichts mehr weiß, wenn wir erst einmal fertig wären.

Ein mulmiges Gefühl beschlich mich, als er mit der Sporttasche, die er gestern Morgen auf seinem Bakfiets hierhertransportiert hatte, durch mein Zimmer marschierte und sie auf meinem Bett parkte. Von dort aus zog er eine überraschend kleine Flasche mit Goldfarbe heraus.

»Sag mal«, hob ich an und verschränkte die Arme vor meinem Körper. »Wenn du mich erst gestern gefragt hast, ob ich Lust darauf habe, warum hast du schon dein ganzes Equipment dabei?«

Er zuckte die Achseln. »Ich hatte diesen Plan bereits im Kopf.« Gedankenverloren schüttelte er die Flasche und erinnerte mich sofort an einen Graffiti-Künstler – eine weitere Sache, von der er mir zumindest noch nichts erzählt hätte, die mich aber auch nicht mehr überraschen würde. Mit der anderen

Hand wühlte er in seiner Tasche. »Irgendwie hätte es schon hingehauen.«

Keine Ahnung, ob er damit meinte, dass er sich jemand anderes gesucht hätte oder mich auch gegen meinen Willen gefesselt und geknebelt ins Tulpenfeld geworfen hätte, um seine Vision wahrzumachen.

Worauf hatte ich mich da nur eingelassen?

»Okay, ähm.« Ich ließ instinktiv die Schultern rollen, als müsste ich mich für einen Sportwettkampf aufwärmen. Doch der einzige Kraftakt, den ich heute leisten müsste, wäre es, über meinen Schatten zu springen. »Wie genau läuft das jetzt ab? Sprühst du die mir drauf?«

Daan warf einen Blick aus dem Fenster, als würde uns die Zeit davonrennen. Dabei waren immer noch eindeutig zu viele Menschen auf dem Gelände unterwegs, als dass mich auch nur ein Eine-Million-Euro-Preisgeld nach draußen hätte bekommen können. »Nicht doch.« Beiläufig zog er etwas aus der Tasche, das wie ein Rasierpinsel aussah, und hielt es mir entgegen, ohne auch nur in meine Richtung zu sehen. »Damit sollte es gehen.«

Ein Zucken ging durch mein Augenlid. »Du willst mich von Kopf bis Fuß *einpinseln?!*« Kein Wunder, dass er sich Sorgen um die Zeit machte. Das könnte ja ewig dauern!

»Es muss nicht von Kopf bis Fuß sein«, erklärte er ruhig und schritt mit einigen Utensilien, darunter einem Pinsel, Farbe und einer Art Tablett, das leider nur entfernt an eine Künstlerpalette erinnerte, zu meinem Tisch hinüber. »Ich denke nicht, dass deine Füße am Ende auf dem Foto zu sehen sein werden.« Als er gerade so die Flasche aufgemacht hatte, hielt er plötzlich inne, drehte den Kopf und musterte mich mit einer Intensität, bei der sich mein Magen zusammenkrampfte. »Wobei …«

Obwohl ich eine vergleichsweise gesunde Beziehung zu meinen Füßen pflegte, schämte ich mich auf einmal für sie. »Hm?«

»Gehen wir lieber auf Nummer sicher.« Damit wandte sich Daan wieder seiner Farbe zu, und meine Zehen begannen unangenehm zu kribbeln.

»Wunderbar«, murmelte ich und drehte mich im Kreis, unschlüssig, was ich tun sollte. Wahrscheinlich konnte ich nichts weiter zum Endergebnis beitragen als stillzustehen und die Sache über mich ergehen zu lassen. Wobei das noch nicht einmal der entscheidende Teil wäre: Schließlich sollte ich noch für einen Haufen Fotos posieren. Fotos, die verdammt gut werden mussten, wenn sich dieser Aufwand lohnen sollte.

Ich hatte noch nie gemodelt. Auf der Hälfte meiner Klassenfotos war ich nicht einmal zu sehen, weil ich immer krank gewesen war, in der letzten Reihe hinter einem Riesen gestanden hatte, der zweimal sitzengeblieben war, oder der Klassenclown im richtigen Moment um sich geschlagen hatte, um mit dem Arm mein Gesicht zu bedecken. Ich hatte absolut keine Vorstellung vom Posieren – oder auch nur davon, fotogen auszusehen.

Ich hatte mir vorhin die falsche Frage gestellt. Die richtige lautete eher: Worauf hatte sich *Daan* da nur eingelassen?

Als sich dieser aufrichtete, hatte er einen Teil der Farbe auf seine Pseudo-Palette geschüttet. »Also gut, du ...« Er wandte sich zu mir um, die Palette in der einen, den Pinsel in der anderen Hand. »... kannst dich jetzt ausziehen.«

Der nüchterne Arzt-Tonfall, in dem er das sagte, lieferte mir den letzten Beweis, dass wohl niemals etwas zwischen uns laufen würde.

Ich stieß ein langgezogenes »Oookaaay« aus und versuchte, mich nicht allzu sehr auf die einzelnen Bewegungen zu konzentrieren, mit denen ich mir den Bademantel abstreifte – umso weniger auf die Frage, ob sie vielleicht zu erotisch rüberkommen könnten. Oder zu wenig erotisch? Wie eine alte Frau wollte ich schließlich auch nicht aussehen!

Daan bekam rein gar nichts von meinen dusseligen Gedanken mit. Ohne weitere Vorwarnung, Erklärung oder Entschuldigung tauchte er den breiten, runden Pinsel in die Farbe ein und führte ihn auch schon an mein Gesicht.

Die Flüssigkeit war weder kalt noch warm. Sie fühlte sich eher wie ein leichter Windhauch auf Zimmertemperatur an – ein Windhauch, der meine Haut benetzte und darin eintrocknete. In kurzen, gekonnten Bewegungen ließ Daan den Pinsel über mein Gesicht gleiten. Dieser machte überraschend selten einen·Abstecher in Richtung Palette: Daan musste ihn nur zwei weitere Male in die Farbe eintauchen, bis er mein ganzes Gesicht von der Stirn bis zum Kinn abgedeckt hatte.

»Die Feinheiten mache ich später«, erläuterte er beiläufig, und ohne Spiegel in Sichtweite fragte ich mich, wie ich gerade aussehen mochte. Wahrscheinlich wie ein kleines Mädchen, das ihre erste Glitzer-Prinzessinnen-Gesichtsmaske ausprobiert und beim Auftragen völlig versagt hatte.

Daan fuhr unbeirrt fort, bedeckte zuerst meinen Hals und dann meine Schultern mit Farbe. Je weiter nach unten er kam, desto mehr konnte ich beobachten, was er da tat.

»Nicht.« Mit einer Hand berührte er mein Kinn und drückte es wieder nach oben – eine Sekunde, nach dem ich auf die Idee gekommen war, den Kopf zu neigen, um ihm besser zusehen zu können. »Dein Hals wirft sonst Falten.«

Jetzt fühlte ich mich wie eine alte Frau.

Er machte vor meinem BH nicht Halt. Ohne zu zögern, überpinselte er dessen Träger und arbeitete sich immer weiter nach unten bis zu den Körbchen. Die Härchen an meinen Unterarmen, bei denen er noch nicht angekommen war, stellten sich auf, als er auch diesen Teil des Stoffs großzügig mit Farbe bepinselte.

Etwas in mir hatte fest damit gerechnet, dass sich Daan anders verhalten würde als sonst, jetzt, wo ich nur in Unterwäsche vor ihm stand. Aber während er meinen Körper mit goldener Farbe bemalte, haftete sein Blick keine Sekunde zu lange an den verschiedenen Stellen. Er war ein Profi – und ich nicht genug, um ihn das vergessen zu lassen.

Ich unterdrückte ein Seufzen. Ich zog mich schon wieder selbst runter. Das war ich von mir gewohnt. Aber in Daans Nähe boten sich mir viel zu viele Gelegenheiten, um genau das zu tun.

Dass er meinen Bauch erreicht hatte, registrierte ich erst, als die Borsten des Pinsels über meine überraschend sensible Haut strichen. »O Gott!«, quietschte ich und machte einen halben Schritt rückwärts. »Das kitzelt!«

Ratlos sah Daan zu mir hinauf. »*Das* kitzelt? Was wirst du dann erst sagen, wenn ich bei deinen Achseln angekommen bin?«

Ich riss die Augen auf. »M-meine Achseln?« Unangenehm berührt straffte ich die Schultern. »Musst du denn wirklich überall hin?«

»Wenn ich sichergehen will, dass auf dem Foto keine Fehler zu sehen sind, ja.« Damit machte er weiter, und ich spannte meinen Bauch mit aller Kraft an, um dem kitzeligen Gefühl zu widerstehen, das mich wieder zurückweichen lassen wollte.

»Kann man das nicht einfach im Nachhinein retuschieren oder so?«

»Im Nachhinein retuschieren?«, fragte Daan scharf. »Arbeite ich für eine Modezeitschrift?«

Ich schnaubte. »Würde mich inzwischen auch nicht mehr wundern.«

Die Bodypainting-Session verging überraschend schnell. Daan brauchte nur wenige, gezielte Pinselstriche, um große Teile meiner Haut einzufärben – sowohl vorne als auch hinten. Sogar der Part mit den Achseln ging genauso schnell vorbei, wie er begonnen hatte. Nach unten hin endete Daan kurz vor meinen Knöcheln, und ich war froh, dass er nicht darauf bestand, jeden meiner Zehenzwischenräume einzeln zu bemalen.

Gleichzeitig bekam ich es einmal mehr mit der Angst zu tun. Er hatte so große Erwartungen an dieses Shooting – aber ich nicht die geringste Kompetenz, diese zu erfüllen. Ich würde ihn enttäuschen.

»Okay, das war die Grobarbeit«, schloss er schließlich und packte den seltsamen Rasierpinsel endlich weg – nur, um ihn gegen ein langes, dünnes Modell und einen Schwamm einzutauschen.

Wo ich den Teil mit dem Bauch schon schlimm gefunden hatte, offenbarte sich mir jetzt die Paradedisziplin im Bemalen-Lassen: Mit dem Pinsel erreichte Daan jede noch so kleine Ecke, Kante oder Falte in meinem Gesicht und füllte sie mit Farbe aus. Vor allem, als er bei den Augen ankam, musste ich all meine Selbstbeherrschung zusammennehmen, um sie nicht im falschen Moment zu schließen oder zusammenzukneifen. Mit dem Schwamm besserte er außerdem größere Flächen nach.

Ich wiederum wusste irgendwann nicht mehr, wo ich hinschauen sollte. Die ganze Zeit über war mir Daan so unglaublich nah, und weil ich eine Niete darin war, Blickkontakt zu halten, versuchte ich, meine Aufmerksamkeit durch die Gegend schweifen zu lassen – nur, dass meine Gegend bestehend aus meinem Bett, dem vollbepackten Schreibtisch, einem Kleiderschrank aus Eichenholz und der Badezimmertür nicht besonders viel hergab. Doch wann immer ich Daan fixierte und er auch nur für einen Sekundenbruchteil dasselbe tat, kam ich mir ertappt vor.

Irgendwann ließ er von mir ab und machte einen langen Schritt zurück. Er starrte mich so konzentriert an, dass der seltsame Drang in mir aufstieg, etwas zu sagen oder zu tun, obwohl das genau die beiden Dinge waren, die ich jetzt wahrscheinlich nicht machen sollte.

»Also gut«, seufzte er schließlich wie nach einem langen Arbeitstag. »Die Grundierung ist fertig.«

Ein Zucken ging durch meine rechte Braue. »Ich dachte, das davor war die Grundierung.«

»Die Farbe ist aufgetragen«, erklärte er und trat zu dem Tisch, um seine Utensilien neu zu ordnen. »Jetzt muss ich mich noch um die Konturen kümmern.« Er sah zu mir. »Vertragen deine Augen Eyeliner?«

»Bestimmt«, antwortete ich verblüfft, als er tatsächlich einen gewöhnlichen, kommerziellen Eyeliner aus seinen Werkzeugen hervorzog.

»Gut«, murmelte er. »Wenn du davon nämlich rote Augen bekommst, war alles umsonst.«

Ich schluckte. »Bloß keinen Druck.«

Er überbrückte die Distanz zu mir, schraubte die Kappe des Eyeliners ab, und –

Verwundert zuckte ich zurück, als er tatsächlich Anstalten machte, mich zu schminken. Abwehrend hob ich die goldenen Hände. »Ich kann das gerne auch selbst machen. Ich bin fast jeden Tag –«

»Nein«, antwortete er entschieden. »Du würdest es nicht so machen, wie ich es will.«

Seine Direktheit überraschte mich einmal mehr, aber ich erhob kein Widerwort. Ich steckte schon zu tief in der Sache drin, um jetzt noch eine Diskussion anzuzetteln. Nachdem er meine Achseln bemalt hatte, war das hier auch nicht mehr so wild.

In den nächsten Minuten folgte ich nur Daans kurzen Befehlen, die Augen zu öffnen, zu schließen oder nach oben zu schauen, und stellte einmal mehr fest, dass dieser Mann voller Geheimnisse war. Er war Fotograf, er war Künstler, und offensichtlich war er auch Visagist. Entweder das, oder mich würde der Schlag treffen, sobald ich in den Spiegel sah.

Nachdem er mit dem Eyeliner fertig war, war ich das aber noch lange nicht. Er kam mit einer zweiten Palette an, die nach Theaterschminke oder Puderlidschatten aussah, und begann mit einem dritten Pinsel, die wichtigsten Konturen meines Gesichts nachzufahren: Die helle Farbe für Stellen wie die Wangenknochen, das Nasenbein und das Kinn, die dunklere für alle Bereiche, die in deren Schatten standen. Als wäre das noch nicht genug, hob er schließlich sogar meine Schlüsselbeine hervor.

Während er arbeitete, war seine Stirn stets leicht gerunzelt und sein Blick hellwach. Inzwischen verstand ich, warum er nicht gewollt hatte, dass ich selbst Hand anlegte. Er wollte die Kontrolle, weil das hier sein Kunstwerk war. *Ich* war sein Kunstwerk.

Das war der Moment, in dem sich etwas in mir zu regen begann. In dem ich eine ungeahnte Energie verspürte, die sonst nur eine frische Blumenlieferung am Morgen in mir auslösen konnte.

Ich fühlte mich nicht wie das Mauerblümchen, das ihren Titel so ernst genommen hatte, dass sie Floristin geworden war. Ich fühlte mich besonders. Wichtig. Überwältigend. Ich fühlte mich wie eine Göttin.

Ich bemerkte, dass ich lächelte, als Daan erstaunt den Pinsel von meinem Gesicht nahm. Die andere Hand hatte er in meinen Nacken gelegt, damit ich mich nicht unnötig bewegte – mich genau da haben konnte, wo er mich wollte und brauchte. »Was ist?«, hob er argwöhnisch an.

»Ach.« Ich kicherte. »Ich frage mich nur, ob ich auch so aussehe, wenn ich bei der Arbeit bin.«

Er verengte die Augen. »Wie sehe ich denn aus?«, fragte er mit einem Tonfall, der durchscheinen ließ, dass er auf die nächste Stichelei von mir wartete.

Doch da konnte er lange warten. »So leidenschaftlich.«

Seine Miene wurde weich. »Ich kann nicht für alle anderen Tage sprechen«, murmelte er, während er vorsichtig dort weitermachte, wo er aufgehört hatte, »aber als du am Strauß für meine Schwester gearbeitet hast, habe ich genau das in dir gesehen.«

Eine wohlige Wärme erfüllte mich von innen, und zum ersten Mal, seit er mit seinem ganzen Equipment den Raum betreten hatte, konnte ich mich wirklich entspannen. Mich entspannen und die Aussicht genießen, die sich mir bot: Daans Blick, der einzig und allein auf mich gerichtet war, der einfach alles von mir in sich aufsaugte, seine Lippen leicht geteilt, als würde er all seine Sinne auf mich fokussieren. Als wäre ich alles, was in diesen Sekunden von Bedeutung für ihn war.

Umso mehr fühlte es sich an, als würde ich aus einem Traum gerissen werden, als er sich von mir löste. Er sagte kein Wort, sondern betrachtete mich von Kopf bis Fuß, mit einem fast schon zerstreuten Gesichtsausdruck. Plötzlich hob er die Hand, als wollte er den Pinsel noch einmal ansetzen, erstarrte dann jedoch und entschied sich dagegen. »Okay«, würgte er förmlich hervor. »Das … sollte so passen.«

Ich runzelte die Stirn. »Sicher?« Ich blickte an mir herab und sah nichts als Gold, gemischt mit Nuancen aus Grau, Weiß und Braun.

»Wenn du so fragst …« Langsam wog er den Kopf hin und her, den Blick nach wie vor auf meinen Körper gerichtet, mit einem Gesichtsausdruck, mit dem mich noch nie zuvor ein Mann angesehen hatte. Nur, dass er nicht mich ansah, sondern das Kunstwerk, das er auf mir erschaffen hatte. »Absolut sicher werde ich mir nie sein.« Als Letztes befreite er meine Haare, kämmte ein paar Strähnen davon mit den Fingern und zupfte sie dann zurecht, sodass sie mir locker über die Schultern fielen.

Er wandte sich um und scannte den Sonnenuntergang. »Jetzt ist es perfekt.« Damit griff er ein letztes Mal in seine Tasche, und ich sah zum ersten Mal seine Kamera – ein ziemlich klobiges Ding, auf das er bereits ein längliches Objektiv geschraubt hatte. »Lass uns gehen.«

Mein Herz machte einen Satz. »Sind denn auch wirklich schon alle weg?«

»Das werden wir sehen.« Im Vorbeigehen nahm er meine Hand und zog mich einfach mit sich.

»W-warte!« Ich stemmte mich etwas gegen seinen Griff, aber zu halbherzig, um tatsächlich etwas zu bewirken. »Ich hab mich noch gar nicht selbst gesehen.«

»Das sollst du auch nicht.«

Verständnislos starrte ich seine Rückseite an, während er die Tür öffnete und mich auf den Gang zog. »U-und sollte ich mir nicht vielleicht erst mal ein paar Beispiele anschauen?«, fragte ich verzweifelt. »Referenzen? Fotos von richtigen Models?«

Abrupt blieb Daan stehen und wirbelte zu mir herum. Mit einer ruckartigen Bewegung zog er mich enger an sich und blickte mir tief in die Augen. »Wer sagt, dass du ein falsches Modell bist?«, fragte er mit rauer Stimme. »Wie kommst du darauf, dass du für irgendetwas falsch sein könntest, wenn du doch genau richtig bist?«

Die Inbrunst, die in seinen Worten lag, nahm mir jeglichen Wind aus den Segeln. Mein Mund klappte zu, und meine Unsicherheit wurde jäh von einem ganz anderen Gefühl gedämpft: Vertrauen. Grenzenlosem Vertrauen in Daan, seine Vision und sein Können darin, diese zum Leben zu erwecken. »Okay, überzeugt.« Ich lächelte. »Lass uns loslegen.«

Als Daan trotz der Anspannung, die ihm ins Gesicht geschrieben stand, mein Lächeln erwiderte, fühlte ich mich einfach nur beflügelt.

Ich fühlte mich beflügelt und wie eine Frau in Unterwäsche und von Kopf bis Fuß mit Bodypainting bedeckt, die durch ein Anwesen schlich, in dem sie sich normalerweise keine einzige Nacht hätte leisten können, von der ständigen Angst begleitet, irgendjemand – oder Kaatje! – könnte hinter der nächsten Ecke hervorspringen und sie auf frischer Tat ertappen.

Aber irgendwie wäre es mir das sogar wert. Schließlich war ich nicht allein des Geldes wegen hierhergekommen. Sondern wegen des Mannes, der noch immer wie selbstverständlich meine Hand hielt und mich geradezu vorsichtig die Haupttreppe nach unten führte, als befürchtete er, ich würde in tausend Scherben zerfallen, wenn ich auch nur mit dem kleinen Zeh umknickte.

Vielleicht war er aber nur um sein Kunstwerk besorgt.

»Siehst du? Niemand mehr da.« Die Tatsache, dass er raunte, widersprach seinen Worten irgendwie, doch er hatte recht – weit und breit war keine Menschenseele mehr zu sehen. »Die heiße

Phase beginnt erst morgen oder übermorgen«, fuhr er fort. »Spätestens in vier Tagen, wenn das Brautpaar anreist.«

»Sie kommen schon einen Tag vor der Hochzeit an?«, fragte ich verwundert.

»Selbstverständlich. Für diverse Shootings – und natürlich, um nach dem Rechten zu sehen«, fügte er schmunzelnd hinzu, woraufhin ich die Augen verdrehte.

Ich fühlte mich nicht nackt, obwohl ich nur einen BH und einen Slip trug – die Farbe kam mir wie eine zweite Haut vor. Das änderte aber nichts daran, dass ich bei den kühlen Temperaturen im Schloss leicht fröstelte – und sich die Härchen an meinem Körper erleichtert aufstellten, als wir nach draußen ins warme Abendlicht traten.

Der Himmel erstrahlte in der Ferne in dunklem Rot, und je näher er uns kam, desto mehr verwandelte sich seine Farbe in dasselbe kräftige Gold wie das auf meiner Haut.

Daans Griff um meine Hand versteifte sich etwas, und ich fragte mich, ob er nervös war, während er mich geradewegs in Richtung von einem der beiden Tulpenfelder führte. »Die roten«, erklärte er knapp, als wir uns an den verschiedenfarbigen Reihen hindurchbewegten. »Versuch, dich so hineinzulegen, dass du nur von den roten umgeben bist.«

Meine Augen weiteten sich. »Reinlegen?«, wiederholte ich verdattert. »In die Blumen?«

Daan stutzte und blieb mit mir am Rand des Felds stehen. »Wohin denn sonst?«

»A-aber –« Als er meine Hand losließ, hob ich sie und deutete überfordert auf das Feld. »Dann knicken die ganzen Tulpen doch um!«

Unbewegt starrte er mich an. »Sie werden es überleben.«

Mein Magen verkrampfte sich. »Und was, wenn nicht?« War die eine Botschaft, die mir während der letzten Tage immer wieder um die Ohren gehauen geworden war, nicht genau die gewesen, dass alles an der Hochzeit perfekt zu sein hatte? War ich nicht diejenige gewesen, die unschuldige Blümchen dem sicheren Tod ausgeliefert hatte, indem ich sie an Kaatje verpetzt hatte? Und jetzt sollte ich einen ganzen Haufen Tulpen unter meinem eigenen Körpergewicht begraben?

Andererseits … hatten wir nun ziemlich viel Zeit und Mühe in die Bemalung gesteckt. Und es wäre doch ein Jammer, wenn alles umsonst gewesen sein sollte.

Ich schluckte. »Ich werde langsam das Gefühl nicht los, dass du mich nur deshalb als Floristin empfohlen hast«, murmelte ich, als ich an Daan vorbeiging und einen nackten Fuß inmitten des Tulpenfelds setzte.

»Hast du so wenig Vertrauen in deine floristischen Fähigkeiten?«, gab er amüsiert zurück, während ich mich nach dem ersten Schritt am ganzen Körper verspannte in der festen Erwartung, gleich von etwas gebissen, gestochen oder durchbohrt zu werden. Doch nichts passierte.

»O mein Gott«, verließ es meine Lippen, als ich meine Beine abwechselnd voranbewegte, tunlichst darauf bedacht, zwischen den Pflanzen hindurch und nicht geradewegs auf sie drauf zu treten – was natürlich keinen Unterschied mehr machen würde, wenn ich mich in sie hineinfallen ließ. »Ist das schon weit genug?«

Daan räusperte sich, und als ich mich zu ihm umdrehte, war ich genau zwei Schritte weit gekommen. Oh.

»Okay, okay!« Schnell wandte ich mich wieder um, nahm all meinen Mut zusammen und machte noch zwei weitere ins Beet hinein. Hinter mir ertönte ein leises Rascheln, und ich riet, dass Daan mir folgte.

»Das müsste reichen«, gab er mir schließlich Entwarnung, und ich blieb erleichtert stehen.

»Okay, also …« Unsicher sah ich von ihm zu dem Meer aus Rot zu meinen Füßen. »Hast du irgendwelche Vorlieben?« Ich stockte, als ich meine eigenen Worte hörte. »Ich meine, Lieblingsposen!« Auf einmal klang sogar das irgendwie pervers, und ich konnte Daan ansehen, dass er sich um eine gefasste Miene bemühte. »Ich meine, wie soll ich –«

»Leg dich einfach hin«, unterbrach er mich galant, und ich war froh, dass ich ab sofort den Mund halten konnte.

Ich drehte mich ihm vollends zu, warf aber immer wieder nervöse Blicke über meine Schulter, als ich langsam in die Hocke ging. Halbherzig bog ich die langen Tulpenstiele etwas zur Seite, ehe ich meinen Po zu Boden gleiten ließ und sofort ein Kitzeln und Kratzen von den Pflanzenteilen spürte, die mein Slip nicht abschirmen konnte. Als ich schließlich saß, fühlte sich der Rest auf einmal viel einfacher an. Augenblicke später lag ich auf dem Rücken, zum Glück ohne von der untergehenden Sonne geblendet zu werden, und stattdessen mit dem Blick auf jemandem, an dem ich mich nicht sattsehen konnte.

Ich glaubte, in letzter Sekunde noch den Rest eines sanften Lächelns auf Daans Lippen zu erspähen, ehe er seine professionelle Miene aufsetzte. »Also gut.« Er hielt sich die Kamera vors Gesicht, und ich beeilte mich, ihm ein Lächeln zu schenken, um auf dem ersten Foto nicht völlig bescheuert auszusehen, ahnte jedoch, dass ich dabei völlig bescheuert aussah. Bevor ich das erste Klicken, Blitzen, Zischen oder was auch immer ich vom Fotoapparat zu erwarten hatte, hätte erahnen können, hatte Daan das Teil wieder gesenkt. »Da passt etwas nicht.«

Ein ungutes Gefühl machte sich in mir breit. »An der Farbe?«, fragte ich zaghaft und blickte an mir herab. Hatte ich es etwa jetzt schon geschafft, sie zu verschmieren? Oder hatte er die falsche Nuance getroffen und würde mich gleich dazu zwingen, mich abzuschminken, damit er von vorne anfangen konnte?

Augenblick mal. Wie bekam man diese Farbe überhaupt ab?

»Nein. Warte hier.« Das war alles, was er zu mir sagte, ehe er aus dem Feld stapfte – und dann noch viel weiter, geradewegs zurück in Richtung Schloss.

Ich riss die Augen auf. »Hey!« Schnell setzte ich mich aufrecht hin. »Wohin gehst du denn jetzt?«

»Ich muss was holen«, rief er mir halbherzig zu und ließ mich allein und verwirrt im Tulpenfeld zurück.

So war ich noch nie sitzengelassen worden. Ich zog die Beine an und versuchte es mir auf dem Feld bequem zu machen, doch schon nach ein paar Sekunden wurde ich das Gefühl nicht los, dass es auf meinem Körper zu krabbeln begann. Ich beobachtete Daan dabei, wie er die Distanz zum Anwesen überbrückte – und dann darin verschwand. Was in aller Welt hatte er denn vergessen? Brauchte er für das Foto mehr als mich und seine Kamera?

Vielleicht hat er ja noch eine Würgeschlange dabei, die er mir um den Hals legen wollte.

Nicht, dass ich das wirklich glaubte, aber allmählich wünschte ich mir, er hätte mich zumindest ein kleines bisschen in seine Vision eingeweiht. Oder mich auch nur in den Spiegel schauen lassen. Wenn ich nicht mal wusste, wie ich aussah, wie sollte ich dann entscheiden, wie ich mich auf den Fotos geben wollte?

Nach ein paar Sekunden registrierte ich eine Bewegung am Eingang und reckte das Kinn – nur, um einen Mann das Anwesen verlassen zu sehen. Einen rothaarigen Mann, der allerdings nicht Daan war.

Verdammt!, dröhnte mein eigener Fluch in meinem Hinterkopf, und ich widerstand dem Drang, mich rücklings in die Tulpen zu werfen. Es war also doch noch jemand hier! Und dieser Jemand marschierte gerade über den Vorplatz, wo neben meinem Auto noch ein paar weitere standen – Autos, die so unregelmäßig kamen, gingen und über Nacht geparkt wurden, dass ich längst den Überblick verloren hatte, welches wem gehörte. Und wenn dieser Jemand in sein Auto stieg, wäre es nur noch eine Frage von Sekunden, bis er geradewegs hier vorbeikäme.

Ich dachte nicht länger darüber nach: Stattdessen tat ich genau das, was ich noch vor ein paar Sekunden zu affig gefunden hätte, und ließ mich rücklings zurück in die Blumen gleiten in der irren Hoffnung, ich würde wie ein Chamäleon in ihnen untergehen und nicht mehr zu sehen sein.

Das Resultat: Das Auto passierte mich mit brummendem Motor. Ich traute mich nicht, den Kopf zu heben und nachzusehen, ob ich vom Fahrersitz aus entgeisterte Blicke erntete.

Die Außentore öffneten und schlossen sich, und ich stieß einen tiefen Seufzer aus. Fehlte nur noch, von einer Feuerameise angepinkelt zu werden.

Als Daan endlich zurückkehrte, hatte er zu meiner Überraschung einen Hocker dabei. Einen stinknormalen Hocker, wie ihn kleine Menschen benutzten, um höhergelegene Küchenschränke zu erreichen. Oder großgewachsene Männer wie er, wenn sie den perfekten Winkel finden wollen, in dem sie die

Kamera auf das Model ausrichteten, um das Foto zu schießen, das sie vor ihrem inneren Auge schon längst vollendet hatten.

Während er den Hocker in unmittelbarer Nähe zu meinen Füßen aufstellte, räusperte ich mich verlegen. »Irgendwelche Regieanweisungen?«, fragte ich zaghaft.

»Sei einfach du selbst«, half er mir rein gar nicht weiter und hantierte mit seiner Kamera. »Bereit?«

»Keine Ahnung«, gab ich zurück. »Wie fühlt es sich an, wenn man bereit ist?«

Daan lachte nur und stieg auf den Hocker. »Dann geht es jetzt los – diesmal wirklich.« Von diesem Moment an blickte er mich nur noch durch das Objektiv seiner Kamera an, welches sofort in Bewegung kam. Daan zoomte heran, was mich irritierte: Warum besorgte er sich einen Hocker, befand sich damit weiter von mir weg als zuvor und zoomte dann doch wieder?

Ich beschloss, ihn einfach seine Arbeit machen zu lassen und mich auf meine zu konzentrieren – nicht, dass ich mich darin besser ausgekannt hätte. Ich straffte die Schultern, um etwas gerader zu liegen, und blickte unsicher zu ihm. »Wie viel von mir ist im Bild?«

»Es geht etwa bis zu den Knien«, antwortete er. »Aber ich bin mir noch nicht ganz sicher, ob ich das so will.«

»O-okay.« Ich konnte nicht lange in seine Richtung blicken, weil ich befürchtete, dämlich aus der Wäsche zu schauen. »Sagst du mir Bescheid, wenn du es herausgefunden hast?«

Daan schenkte mir ein tiefes »Hm«. Wieder bewegte sich das Objektiv, und ich sah, wie er seine Lippen befeuchtete. »Dreh dich bitte etwas auf die Seite. Nur ein ganz kleines bisschen.«

Ich bewegte mich ein ganz kleines bisschen, was natürlich viel zu viel war. Es brauchte etwas an Hin und Her, bis ich meinen Kopf und Oberkörper so ausgerichtet hatte, wie Daan es sich vorgestellt hatte.

»Soll ich ... schon lächeln oder so?«

»Du musst nicht lächeln, wenn du dich nicht danach fühlst«, entgegnete er. »Sei einfach du selbst. Verkörpere das, wofür du dich hältst.«

Ich stieß ein trockenes Schnauben aus. »Ich glaube nicht, dass du das willst.«

»Und wie ich das will«, bekräftigte er zu meiner Überraschung. »Andernfalls wären wir nicht hier.«

Auf einmal war da dieser seltsame Druck, der auf mir lastete und mich unruhig werden ließ. Die nächsten Minuten verbrachte ich damit, meine Position in Millimeterschritten zu verändern: Mal zog ich ein Knie an, mal drehte ich den Kopf in eine etwas andere Richtung, senkte, neigte ihn. Mal legte ich einen Arm auf meinen Bauch, mal behielt ich beide Hände neben meinem Körper ... So lange, bis ich nicht mehr wusste, welche Posen ich schon ausprobiert hatte. Und so lange, bis mir auffiel, dass von Daan keinerlei Feedback kam.

Stirnrunzelnd sah ich zu ihm hinauf. »Hast du überhaupt schon ein Foto gemacht?«, fragte ich verwirrt.

»Nein.«

Ein Zucken ging durch mein Augenlid. »Kein einziges? Nicht mal zum Test?« Wofür machte ich das alles hier überhaupt?

»Es passt noch nicht«, beharrte er, und ich bildete mir ein, einen Hauch von Ungeduld in seiner Stimme zu hören. Und da ich das Einzige an der ganzen Situation war, das nicht *passen* konnte, nahm ich es irgendwie persönlich.

Ich schluckte und richtete mich halbwegs auf. »Was ist?«, krächzte ich. »Bin ich … nicht gut genug?« Allein diese Frage auszusprechen, beschwor ein solches Brennen in meiner Brust herauf, dass es mir die Kehle zuschnürte.

Langsam senkte Daan die Kamera und sah mir tief in die Augen. Sofort schämte ich mich für meine Frage. Ich musste wie ein kleines Kind klingen. Wahrscheinlich dachte er gerade darüber nach, wie er mir am besten mitteilen konnte, dass das Shooting gelaufen war, weil er mit so wenig Professionalität einfach nicht arbeiten konnte.

Daan ließ sich Zeit mit seiner Antwort, und mit jeder Sekunde, die verstrich, wuchs meine Anspannung ins Unermessliche, bis ich schließlich selbst den Mund öffnete, um etwas zu sagen. Was es war, wusste ich im Nachhinein nicht mehr, weil er mir doch noch zuvorkam: »Gerade eben«, sprach er bedächtig, »bist du das Lamm.« Während seine Lippen diese Worte formen, loderte ein Feuer in seinen Augen, dessen Funken auf mich überzuspringen drohten. »Ich will die Löwin.«

Seine Worte trafen mich an einer unverhofften Stelle. Die Stelle, von der ich erwartet hätte, dass es dort am meisten wehtat. Aber das stimmte nicht. Es war, als hätte ein Sonnenstrahl einen kleinen Knoten erreicht, der sich als Knospe entpuppte und binnen Sekundenbruchteilen zu einer zarten Blüte heranwuchs.

Ich will die Löwin.

Auf einmal fühlte ich mich von einer ungeahnten Kraft durchströmt.

Ich will.

Er war der Löwenzahn, aber ich war eine Löwin. Das war es, was er in mir sah. Und jetzt kannte ich auch den Grund, weshalb er nicht gewollt hatte, dass ich einen Blick in den Spiegel warf: Weil es bei diesem Shooting nicht darum ging, wie ich aussah. Sondern darum, wie ich mich fühlte. Daan verlangte von mir, dass ich mein Innerstes nach außen kehrte. Etwas, das mich normalerweise beim bloßen Gedanken daran zum Erröten gebracht hätte. Aber jetzt war alles anders. Ich war mehr als bereit, mich für ihn zu öffnen. So, wie er sich mir letzte Nacht geöffnet hatte.

Langsam ließ ich mich wieder zu Boden sinken. *Die Löwin.*

Vorsichtig zog ich ein Bein an, nur ein ganz kleines bisschen, sodass sich mein Fuß auf Höhe des gegenüberliegenden Knöchels befand und auf dem Foto hoffentlich nicht zu sehen war. Ich neigte den Kopf etwas, drehte ihn ein kleines bisschen zur Seite, hielt den Blick aber die ganze Zeit über auf Daan gerichtet, der seine Kamera wieder vor sein Gesicht hob. Eine Anspannung zeichnete sich an seinem Kiefer ab, die nahtlos auf mich überging. Auf einmal war er nicht der Einzige, der all seine Leidenschaft in die Suche nach dem einen, perfekten Moment lenkte. Wir waren ein Team.

Langsam hob ich eine Hand, war mir aber noch nicht sicher, wo und wie ich sie platzieren wollte. Also ließ ich sie über meinen Körper hinweggleiten. Meine Fingerspitzen fuhren in einer hauchdünnen Berührung über meinen nackten Bauch, über meine Brust, über mein Schlüsselbein und verharrten schließlich kurz unter meinem Hals. Meine Lippen hatten sich von selbst leicht geteilt, und einem seltsamen Impuls nach wollte ich meinen Mund schließen – ließ es dann aber sein. Alles war genau so, wie es sein sollte.

Also machte sich die andere Hand auf Reisen. Wieder fuhr ich mit ihr über meinen Oberkörper, und da ich Daans Augen nicht sehen konnte, stellte ich mir einfach vor, wie er jede meiner Regungen verfolgte. Dank der Farbe fühlte ich mich nicht annähernd so unbekleidet, wie ich war, doch jetzt, wo ich begann, mit meinen Formen zu spielen, konnte ich nicht anders, als mir auszumalen, dass Daan jede Sekunde davon genoss.

Das erweckte es zum Leben: Das Selbstbewusstsein, das einer Löwin würdig war. Einer starken, mutigen Löwin, die wusste, was sie wollte, und nicht davor zurückschreckte, darum zu kämpfen.

Meine zweite Hand fand ihren Platz: Ich legte den Arm neben meinem Kopf ab, angewinkelt, sodass meine Finger beinahe meine Schläfe berührten. Nur noch ein kleines Stück –

Das Geräusch des Auslösers kam so unvermittelt, dass ich erschrocken zusammenzuckte. Ich hatte schon fast vergessen, dass wir hier eigentlich eine Foto-Session geplant hatten, so ruhig, wie sich Daan verhalten hatte.

»Ja«, schnurrte er plötzlich und nahm die Kamera ein kleines Stück herunter, um den Bildschirm in Augenschein zu nehmen. Sekundenbruchteile später glättete sich seine Miene – und dann sah ich es: Denselben Gesichtsausdruck, den meine Kunden aufsetzten, wann immer sie den perfekten Strauß für ihre Liebsten gefunden hatten. In dem Moment, in dem die Blumen zu einem Spiegelbild ihrer eigenen Gefühle wurden.

Daan strahlte, wie ich ihn noch nie zuvor gesehen hatte. »Ja! Das ist es!« Ein gelöstes Lachen verließ seine Lippen. »Das ist ... genau das, was ich gebraucht habe.«

Ich würde es nie laut aussprechen, aber als die puren Endorphine in meinem Innersten explodierten und mich vom Kopf bis zu den Zehenspitzen mit Glückseligkeit erfüllten, dachte ich genau dasselbe.

»Okay.« Leichtfüßig sprang Daan von seinem Hocker und riss ihn mit einer Hand mit sich. Fast so, als wäre er fertig. Nach einem einzigen Bild. »Das war's. Gut gemacht.«

»W-willst du –« Ich stockte, als er sich schon zum Gehen wandte. »Warte!« Schnell rappelte ich mich auf. »Willst du nicht noch ein paar mehr machen?«

»Nein, warum?«, antwortete er locker. »Ich habe doch, was ich wollte.«

»Was?!« Unbeholfen kam ich auf die Füße und stolperte hinter ihm her. Durch das Beet zurück zum Weg zu rennen, fiel mir deutlich leichter, als es vorhin zu betreten, und ich hatte ihn schon nach wenigen Schritten eingeholt. »Du hast nur ein einziges Foto geschossen, und das war's jetzt für dich?«

»Das war's für mich«, bestätigte er ruhig.

Meine Schultern sackten herab. »Aber was, wenn es doch nicht so gut ist? Wenn mir irgendwo ein Haar absteht? Oder ich was zwischen den Zähnen habe?« Er retuschierte Bilder ja nicht mal! »Willst du nicht noch zur Sicherheit –«

Stirnrunzelnd drehte er sich zu mir um. »Wenn du auf der Suche nach einer bestimmten Sorte Schokolade bist, kaufst du dann die, die du willst, oder holst du dir noch zehn weitere, auf die du gar keine Lust hast?«

Ich legte die Stirn in Falten. »Na ja, bei Schokolade …« Meine Gedanken drohten abzuschweifen, und ich schüttelte den Kopf. »Darf ich es sehen?«

Wie als Abwehrreaktion hängte sich Daan das Band des Fotoapparats um den Hals. »Nein.«

Meine Mundwinkel sackten herab. »Wie jetzt?«

»Nein, es ist noch nicht so weit.« Sein Blick zuckte nur kurz zu mir. »Du darfst es noch nicht sehen.«

Frustriert blies ich die Wangen auf. »Also willst du es doch bearbeiten?«

»Ja – aber nicht am Computer, falls du darauf hinauswillst.«

Ich rümpfte die Nase. »Wie denn dann? Komm schon!« Ich streckte eine Hand in Richtung Kamera aus –

Und Daan drückte sie einfach weg. »Noch nicht.«

»Das kann doch nicht dein Ernst sein!«, fauchte ich vielleicht eine Spur zu verärgert. »Ich darf mich nicht im Spiegel sehen, ich darf mich nicht auf dem Foto sehen – ich habe auch Rechte!«

»Hast du«, entgegnete er bestimmt. »Im Austausch für das Foto habe ich dir eine Unterkunft im Schloss gesichert.« Triumphierend blickte er mich an. »Das war der Deal. Und nichts anderes.«

Ich glaubte keine Sekunde lang, dass er allen Ernstes vorhatte, mir mein eigenes Foto vorzuenthalten wie eine enttäuschte Heidi Klum. Wahrscheinlich spielte er nur mit mir, und er würde mir das Bild in einer ruhigen Minute zeigen. Oder wenn das Licht besser war. Oder die Dunkelheit. Oder die Luft. Die Mondstellung?

Verdammt, würde ich dieses Foto jemals zu Gesicht bekommen?

Ich hatte etwas gemeinsam mit Daan erschaffen, und jetzt wollte er es kaltblütig an sich reißen. Das würde ich nicht auf mir sitzen lassen.

14. Verenigde

5 Tage bis zur Hochzeit

Ich gab Daan die Chance, mir das Foto freiwillig zu zeigen. So lange, bis wir zurück in meinem Zimmer waren. Dort angekommen, zog er artig seine Schuhe aus und ließ sie neben der Tür stehen, als wollte er keine Blumenerde im Raum verteilen. Die Kamera legte er lediglich auf meinem Tisch ab. Dann drehte er sich zu mir um. »Die Farbe geht ganz einfach ab. Warmes Wasser und etwas Duschgel sollten reichen.«

Ich verschränkte die Arme. »Kann ich jetzt das Foto anschauen?«

»Nein.« Er holte Luft, um weiterzusprechen: »Falls du einen Duschschwamm hast, kann der auch helfen –«

»Ich will das Foto sehen.«

»Ich habe Nein gesagt.« Und seinem Tonfall nach blieb es auch dabei.

Ich reckte das Kinn. »Ich habe auch Rechte an diesem Bild, weißt du? Du darfst nichts damit machen, wenn ich es dir nicht erlaube. Und wenn ich es gelöscht haben will, musst du das tun.«

»Muss ich nicht«, entgegnete Daan.

Ich stampfte mit dem Fuß auf. »Natürlich musst du!«

»Das Urheberrecht sagt was anderes.« Ich konnte ihm ansehen, dass er ungeduldig mit mir wurde. Aber das war ja wohl seine eigene Schuld. Er brauchte mir das Bild doch nur eine Sekunde lang zeigen! Als befürchtete er, ich könnte es für furchtbar befinden und selbst löschen oder so.

In diesem Moment kam mir eine Idee. Eine Idee, die das Lamm in mir niemals gehabt hätte und die von diesem auch aufs Äußerste verurteilt wurde. Aber daran war Daan ebenfalls schuld: Denn er hatte eigenhändig die Löwin aus mir herausgeholt.

Manchmal war Daan ein Buch mit sieben Siegeln für mich. Doch eine Sache, die immer gleich geblieben war, war Folgendes gewesen: Er hatte stets die Kontrolle gehabt. Als er das *Schneeweißchen* betreten hatte, war er derjenige gewesen, der seinen Strauß zusammengestellt hatte. Er hatte den Kaufpreis festgelegt. Er hatte entschieden, dass wir Wein tranken und wohin wir fuhren. Er hatte dafür gesorgt, dass ich hier arbeitete. Und das eine Mal, dass es nicht nach ihm gegangen war – als ich ihn dazu gezwungen hatte, sich von mir zum Hotel fahren zu lassen –, hatte ich nur zu deutlich gespürt, wie sehr ihn das störte.

Daan liebte es, die Kontrolle zu haben. Und damit lieferte er mir die perfekte Vorlage, ihn endlich aus der Reserve zu locken. Ihm zu zeigen, dass ich den

Spieß umdrehen konnte. Dass ich vielleicht doch anders war als all die anderen Menschen, die sein Leben betreten und binnen Sekundenbruchteilen wieder verlassen hatten.

Ich wollte einen bleibenden Eindruck bei ihm hinterlassen, damit er mich in Erinnerung behielt. Und in diesem Moment war mir dafür jedes Mittel recht.

Daan wandte sich zu meinem Bett um und hob den Bademantel auf, den ich dort achtlos hingeworfen hatte. »Falls du irgendetwas brauchen solltest –«

Ich nutzte den Augenblick, in dem er unachtsam war, und machte einen Satz in Richtung Schreibtisch. Hastig riss ich die Kamera herunter.

»Marie!«, donnerte er so plötzlich, dass ich zusammenzuckte.

Einem gehetzten Impuls nach wirbelte ich herum und stürzte von ihm weg – geradewegs durch die Tür des angrenzenden Badezimmers.

»Marie!«, grollte er wieder und stapfte schnellen Schrittes hinter mir her.

»Das hast du davon!«, quietschte ich und drückte die Tür geräuschvoll hinter mir zu. In einer abgehackten Bewegung schloss ich ab – in dem Moment, in dem die Klinke heruntergedrückt wurde.

»Mach jetzt bloß keine Dummheiten!«, warnte mich Daan und stachelte mich damit nur noch mehr an.

Kurzerhand schaltete ich die Kamera an, die aber leider keine Geräusche von sich gab und drückte wahllos auf ein paar Knöpfe. Eigentlich hatte ich die Galerie öffnen wollen, doch stattdessen landete ich nur in irgendwelchen Profi-Fotografen-Einstellungen, mit denen ich nichts anfangen konnte. Wohlwissend, dass ich den perfekten Schein schon hergestellt hatte, schloss ich die Augen und genoss das Gefühl der Macht, die ich in diesem Moment hatte. »Ich hab's jetzt gelöscht.«

Von einer Sekunde auf die andere brach eine Totenstille über den angrenzenden Raum herein. Ein Kichern stahl sich meine Kehle hinauf, doch ich schluckte es herunter, ehe es mich verraten konnte. Ein Buch mit sieben Siegeln war er vielleicht – aber ich hatte längst herausgefunden, wie ich ihn verärgern konnte. Weil ich besonders war. Eine Löwin.

»Und?«, fragte ich scharf. »Was sagst du jetzt?«

Absolut nichts. Kein Laut drang von der anderen Seite an meine Ohren.

Ich runzelte die Stirn. So machte mein Streich keinen Spaß.

Ich hob die Lider und wandte mich um. Vorsichtig sperrte ich die Tür auf und öffnete sie.

Daan stand einen langen Schritt von mir entfernt. Während ich im ersten Augenblick befürchtete, er könnte sich auf mich stürzen, blieb er, wo er war, und starrte mir mit der finstersten Miene entgegen, die ich jemals an ihm gesehen hatte – dem absoluten Gegenteil des Sonnenstrahlens, das er mir draußen geschenkt hatte.

Mein Magen krampfte sich zusammen. Ich hatte jetzt schon ein schlechtes Gewissen.

Daan atmete schwer, und seine Miene sprach von Enttäuschung und unterdrücktem Ärger. In einer abgehackten Bewegung hielt er eine Hand auf. »Gib sie her.«

Ich versuchte, mir nichts anmerken zu lassen, und händigte ihm die Kamera aus. »Du hättest es mich einfach sehen lassen sollen«, schob ich hinterher, um meinen Streich auf die Spitze zu treiben. »Aber wenn ich es nicht darf, darf es auch sonst niemand.«

Seine Hand versteifte sich abrupt um die Kamera. Mit vor Wut funkensprühenden Augen fixierte er mich, und ein harter Zug bildete sich um seinen Kiefer. »Hast du auch nur die geringste Ahnung –« Wie von selbst hatte sich seine zweite Hand um den Apparat gelegt und vermutlich die Galerie geöffnet. Es musste reiner Zufall sein, dass sein Blick genau in dem Moment zum Bildschirm zuckte, in dem das Foto von mir aufleuchtete.

Sofort stockte er. Seine Miene geriet ins Wanken – und wurde dann ausdruckslos.

Ich prustete leicht, als mein Bluff aufflog. »Was denkst du eigentlich von mir?«

Daan antwortete nicht. Er rang sichtlich um seine Selbstbeherrschung – dann schaltete er die Kamera aus. Ohne mich auch nur anzusehen, schritt er an mir vorbei und kehrte zu seiner Tasche zurück, die nach wie vor auf meiner Matratze lag. Mit steifen Bewegungen, als wäre da immer noch viel unterdrückte Wut in ihm, verstaute er das Gerät darin.

Auch wenn das Lamm in mir auf Abstand gehen wollte, trat ich hinter ihn. »Was denn, Daan?«, fragte ich hoch erhobenen Hauptes. »Du wolltest doch die Löwin. Oder etwa nicht?«

Langsam wandte er sich zu mir um, und plötzlich hatte sich etwas verändert. Etwas an ihm, nämlich das Feuer, das in seinen Augen loderte und nun einen ganz anderen Ursprung hatte. Und zwischen uns, nämlich die Funken, die wie wild hin und her sprangen und die Spannung der letzten Tage endgültig zur Entladung brachte.

»Und wie ich sie will«, war alles, was Daans Lippen verließ, ehe er mich packte und grob zu sich zog. Seine Hand fand meinen Hinterkopf, und von einer Sekunde auf die andere wurde mir klar, dass ich nicht der einzige Löwe im Raum war. Gefangen in seinem Griff, war ich dem Raubtier schutzlos ausgeliefert, als er sich zu mir herabbeugte und seine Lippen auf meine presste.

Es war, als würde mich ein Orkan von den Füßen reißen und durch Raum und Zeit schleudern. Erschrocken sog ich die Luft ein, doch das tat der Sache keinen Abbruch. Fordernd zog mich Daan enger an sich heran, sodass ich gar nicht anders konnte, als die Arme um seinen Hals zu schlingen und mich an ihn zu lehnen. Der Geruch der Körperfarbe, der Tulpen und der Frühlingssonne drang in meine Nase, und ich wurde von einer wohligen Wärme umgeben.

Nichts an unserem Kuss war sanft – dafür hatte ich mit meiner Aktion gesorgt. Daans Finger wickelten mehrere meiner Haarsträhnen geradezu beiläufig um sich und zogen dann an ihnen, um meinen Kopf in den Nacken zu zwingen. Ich keuchte leicht, meine Lippen teilten sich ein klein wenig mehr, gerade weit genug, damit mich seine Zungenspitze erobern konnte.

Ich wusste kaum, wie mir geschah. Da war dieser eine Teil von mir, der gar nicht begreifen konnte, dass mich Daan van Beek wirklich küsste. Dass er auch nur das geringste Bedürfnis dazu hatte. Dass ich vielleicht doch mehr sein sollte als die unscheinbare Floristin, die er als sein Model für ein einziges Foto auserkoren hatte. Dass doch mehr hinter all dem steckte.

Aber dann war da auch noch der andere Teil meiner selbst, der die ganze Zeit über auf nichts anderes gewartet hatte. Sogar am Anfang, als ich fest davon überzeugt gewesen war, dass er eine Freundin hatte.

Durch die Farbe hatte ich zwischenzeitlich vergessen können, dass ich nur Unterwäsche trug, doch nun traf mich die Erkenntnis wie ein Schlag – spätestens, als mich Daan unverhofft an den Hüften packte. Er riss mich hoch und setzte mich in einer halben Drehung auf der Tischplatte ab. Sofort beugte er sich wieder enger über mich, ließ seine Hände über meine nackten, goldenen Oberschenkel gleiten, strich über meinen Oberkörper, und das mit einer Mischung aus Vorsicht und Inbrunst wie ein blinder Kunstkenner, der ein neues Objekt allein mit der Kraft seiner Hände identifizieren wollte.

Genau das wollte ich auch. Und mein Ungehorsam von gerade eben hatte mir gezeigt, dass ich besser dran war, wenn ich mir alles, was ich wollte, selbst holte. Die Kontrolle an mich riss. Notfalls auch über ihn.

Normalerweise sah mir so etwas überhaupt nicht ähnlich. Nichts davon. Aber nach allem, was passiert war, wurde ich das drängende Gefühl nicht los, dass das hier eine einmalige Chance war. Eine Gelegenheit, die ich auf keinen Fall verpassen wollte.

Ich ließ ihn los, einfach nur, um den unteren Saum seines Shirts zu packen – und mein Herz schlug höher, als sich Daan bereitwillig von mir löste und die Arme in die Luft hob, damit ich es ihm vom Körper streifen konnte. Umso mehr, als er mich an den Schenkeln mit einem Ruck enger an sich zog, um uns erneut mit einem Kuss zu vereinen.

Ich fackelte nicht lange, ließ meine Hände über seine nackten Schultern, seinen Oberkörper gleiten, wollte das Gefühl von ihm mit jeder Faser in mich aufnehmen – und warf dieses Vorhaben über Bord, als meine Fingerspitzen an seinem Gürtel ankamen. Bevor sich irgendjemand von uns es anders überlegen konnte, hatte ich ihn geöffnet. Einen Knopf und einen Reißverschluss später zog ich ihm die Hose von den Hüften, und er hinderte mich nicht daran.

Stattdessen zog er mit den Zähnen an meiner Unterlippe, wie zu einem stillen Protest, dass der

Kampf zwischen uns längst nicht entschieden war. Er, der sonst so sanfte Typ, der mir jetzt eine ganz andere Seite von sich präsentierte.

Ehe ich mir einen Gegenangriff überlegen konnte, ließ er seine Hände in meinen Rücken gleiten – und seine Lippen über mein Gesicht. Er war gerade so bei meinem Wangenknochen, bei meinem Hals angekommen, als sich der Verschluss löste. Noch während er meine Schulter mit kurzen, hungrigen Küssen bedachte, streifte er mir die Träger herunter. In dem Moment, in dem der Stoff vollends meinen Körper verließ und meine unbemalte Brust freigab, bedeckte Daan sie mit einer Hand und seinem Mund, als dürfte die Außenwelt sie auf keinen Fall zu Gesicht bekommen.

Ein Seufzen entwich meinen Lippen, und ich grub eine Hand in sein Haar. Mit der anderen musste ich mich auf der Tischplatte abstützen, weil ich sonst hoffnungslos eingeknickt wäre. Ich wollte nicht aufgeben, ihn das Ruder an sich reißen und einmal mehr die Kontrolle erlangen lassen. Aber genau darauf lief es hinaus, als er mich mit wenigen gezielten Berührungen und Bewegungen an einen Ort brachte, dessen Schönheit sogar die eines Tulpenfelds hoffnungslos überstieg.

Als mich Daan auf die Beine zog, nahm ich es kaum mehr wahr. Gierig schlang ich die Arme um ihn und küsste ihn auf den Mund, wollte mehr von ihm spüren, von ihm schmecken, wollte ihn fühlen, und zwar auf jede erdenkliche Weise. Und genau das tat ich, als er geradezu beiläufig die Ränder meines Slips umfasste und ihn herunterzog. Wo seine Fingerspitzen auf meine Haut trafen, hinterließen sie eine kribbelnde Spur, die meine Knie weich werden ließ.

Umso besser, als er mich umdrehte und langsam nach unten drückte, bis zuerst mein Po und schließlich mein Rücken und meine Schultern die Matratze berührten. Als ich mich ihm in einem letzten Versuch entgegenreckte, zwang er mit einem vehementen Kuss auch meinen Hinterkopf auf das Bett – genau wie meine Handgelenke, die er im nächsten Moment gepackt hatte. Er fixierte sie links und rechts von mir und hielt sie so fest, dass sie zu pulsieren begannen, so wie mein sensibler Körper, den er einmal mehr mit Küssen bedeckte.

Ich dachte an das erste Mal, dass wir uns gesehen hatten. An die Blicke, die er mir geschenkt hatte und die ich nie hatte deuten können. An die Dinge, die er zu mir gesagt hatte. Die Komplimente, die er mir gemacht hatte. Ich hatte stets mein Bestes gegeben, zu glauben, dass ich sie falsch verstand. Dass er nur höflich, freundschaftlich war. Dabei hatte mir Daan von Anfang an gesagt, was er von mir hielt. Und das zeigte er mir nun mit jeder Berührung, mit jeder Bewegung. Auch dann noch, als ich kurz darauf meine Arme losriss und ihn um seine Boxershorts erleichterte. Auch dann noch, als er sich ganz dicht über mir niederließ, bis sich unsere Körper an schier jeder erdenklichen Stelle berührten. Und vor allem dann, als er rechtmäßig vereinte, was schon immer zusammengehört hatte: Den Löwenzahn und die Margeriten, die ich vor vielen Tagen zu einem Strauß gebunden hatte.

15. Madeliefjes

5 Tage bis zur Hochzeit

Ich fühlte mich, als hätte ich einen Filmriss. Nichts von dem, was in den letzten Tagen geschehen war, spielte noch eine Rolle. Ich konnte mich nicht einmal mehr daran erinnern, wie ich heute Morgen aufgestanden war. Auch das Shooting lag wie in weiter Ferne. Das Einzige, was in meinem Geist wirklich präsent war, war Daan, der über mir kauerte und energische Küsse auf meinem Körper verteilte: Er bewegte sich gezielt über meine Wange, meinen Kieferknochen, meinen Hals und hinab zu meiner Schulter. Mit einem Arm stützte er sich neben mir ab, mit der anderen Hand strich er über meine Haut, fast so, als hätte er noch immer nicht genug von mir.

Ich war nach wie vor außer Atem, konnte nichts weiter tun, als meine Hand in seinen Haaren zu versenken, die Augen zu schließen und das unglaubliche Prickeln zu genießen, das er in mir auslöste.

Daan wanderte wieder aufwärts und drückte mir einen sanften Kuss auf die Lippen. Dann löste er sich von mir, nur ein kleines bisschen, sodass seine herabhängenden Haare mein Gesicht kitzelten. »Was dagegen, wenn ich deine Dusche benutze?«

Ich musste lächeln. »Nein, natürlich nicht.« Einem mutigen Impuls nach hob ich den Kopf und küsste ihn nochmal. Es war nur eine kurze, flüchtige Begegnung, die aber beinahe mehr Endorphine in mir auslöste als alles andere zuvor.

Sie ließen es mich sogar verkraften, dass Daans Präsenz über mir verschwand. Ich lauschte ihm, wie er seine Sachen zusammensuchte und dann ins Badezimmer schlüpfte. Ich fragte mich, ob er viel Farbe von mir abbekommen hatte, aber als ich mich auf dem Bett umsah, ließ nichts an der strahlend weißen Bettwäsche vermuten, dass sich eine von Kopf bis Fuß mit Farbe bemalte Frau darin gewälzt hatte. Einerseits war ich erleichtert, andererseits bekam ich es mit der Angst zu tun, dass ich dieses Zeug niemals abwaschen könnte.

Die Farbe. Mein Blick zuckte zum Fotoapparat, der noch immer auf dem Tisch wartete. Ich war so sehr darauf konzentriert gewesen, Daan rasend zu machen, dass ich mich gar nicht mehr ans Wesentliche erinnert hatte: Das Foto von mir, das ich unbedingt sehen wollte. Jetzt, wo er das Wasser andrehte, bot sich mir die perfekte Chance.

Ich wickelte mich in eine der dünnen Decken und schälte mich aus dem Bett. Ich fühlte mich kraftlos, aber auf eine schöne Weise, als ich die Distanz zum Tisch überbrückte, die Kamera nahm – und mich dann sofort auf die Bettkante setzte, weil meine Knie weich wurden. Einerseits wegen dem, was zwischen Daan und mir passiert war, andererseits wegen dem, was ich gleich sehen würde.

Oder nicht sehen würde. Mein Unterbewusstsein spann sich schon wieder die wildesten Theorien zusammen, unter anderem die, dass Daan in Wirklichkeit kein einziges Foto geschossen hatte. Weil ich nicht würdig gewesen war – oder weil es sich bei der ganzen Aktion um ein Sozialexperiment gehandelt hatte.

Somit hatte ich absolut keine Erwartungen, als ich die Kamera anschaltete und die Fotogalerie öffnete.

Was ich dort erblickte, warf mich völlig aus der Bahn. Das Foto war einfach atemberaubend. Obwohl es nicht bearbeitet war, sah es aus wie die reine Perfektion. Ich lag auf dem Rücken, den Kopf angewinkelt, die Arme genau so positioniert, wie ich es in Erinnerung hatte, und doch erkannte ich mich selbst kaum wieder. Hätte mir Daan weismachen wollen, dass es sich dabei um eine andere Frau in einem identischen Shooting handelte, ich hätte es ihm geglaubt. Und das, obwohl mich meine dunklen Haare und meine braunen Augen mühelos verrieten.

Es lag nicht an der goldenen Farbe, die meinen ganzen Körper bedeckte, mit einzelnen Licht- und Schattenelementen, die Daan in feinsäuberlicher Kleinstarbeit an den passenden Stellen angebracht hatte, oder am Eyeliner, mit dem er meinen Kleopatra-Look vervollständigte. Es war der Ausdruck in meinem Gesicht, meine leicht geteilten Lippen, das Feuer, das in meinen Augen brannte, bei dem es mir so vorkam, als wäre ich ein völlig anderer Mensch geworden.

Oder als hätte ich in dieser einen Sekunde einen Teil meiner selbst offenbart, der schon immer in mir gesteckt hatte.

Dieses Foto hatte noch keine Bearbeitungssoftware gesehen und würde es nie. Das musste es auch nicht. Dafür reichte das Spiel aus Licht und Farben, das die Schönheit von Blumen beeinflusste. In diesem Bild war ich selbst eine Blume.

Ich war wie gebannt vom Anblick dieses Fotos, dass ich nur am Rande meines Bewusstseins registrierte, dass Daan das Bad verließ. Er hatte sich vollständig angezogen, seine Haare schimmerten noch feucht. »Ich wollte nicht, dass du es schon siehst«, sagte er ohne jeden Ärger in der Stimme.

Ich konnte meinen Blick nicht vom Resultat unserer Zusammenarbeit losreißen. Als ich schließlich meine ganze Kraft aufwendete, um Daan zu fixieren, wurde ich von einem seltsamen Gefühlscocktail durchströmt, den ich kaum identifizieren konnte: Freude, Verliebtheit, aber auch Dankbarkeit und ein grenzenloses Vertrauen. »Das sieht wunderschön aus.«

»Nicht *das*«, widersprach mir Daan sanft und nahm mir die Kamera aus den Händen. »Du.« Dabei sah er nicht einmal das noch immer geöffnete Bild an, sondern einzig und allein mich, ohne Filter, ohne schmeichelhaften Lichteinfall, wahrscheinlich völlig zerzaust und verschwitzt.

Meine Wangen begannen zu kribbeln, und ich wandte verlegen den Blick ab. »Ich hätte es wirklich nicht gedacht«, seufzte ich, »aber der ganze Aufwand hat sich gelohnt.«

»Noch ist es nicht vorbei«, entgegnete Daan und schaltete die Kamera aus. »Ein wichtiger Schritt fehlt noch.«

Ich stand auf. »Beinhaltet dieser Schritt, dass ich mir die ganze Farbe mit Gewalt vom Körper schrubbe?«

»Hoffentlich«, antwortete er belustigt. »Wir wollen doch nicht, dass du dem Brautpaar am Freitag die Show stiehlst.«

Es war so salopp daher gesagt, dass ich das Kompliment in seinen Worten erst erkannte, als ich mich bereits unter die Dusche gestellt hatte. Lauwarmes Wasser perlte meinen Körper hinab und erfrischte mich von innen wie von außen. Die Farbe ließ sich überraschend leicht entfernen, floss nur so von meiner Haut, als hätte sie auf die erstbeste Gelegenheit gewartet.

Ich glaubte, Daan zu hören, wie er im Schlafzimmer herumräumte – wahrscheinlich war er gerade damit beschäftigt, seinen ganzen Künstlerkram zusammenzupacken. Als wollte er gehen. Dabei musste er das doch gar nicht.

Nach und nach ließ ich alles, was seit unserer ersten Begegnung geschehen war, Revue passieren, und sah so manches davon in neuem Licht. Er war in den Laden gekommen, nicht um Blumen für seine Angebetete zu kaufen, sondern für seine Schwester, um sich dafür zu entschuldigen, nicht so oft zu Hause gewesen zu sein. Er hatte mich auf seinem Bakfiets entführt, nicht weil er Mitleid mit mir gehabt hatte, den Valentinstag ohne Date durchleben zu müssen – sondern weil er Zeit mit mir hatte verbringen wollen. Er hatte mir diesen Job verschafft, nicht weil er von meinem Können überzeugt war (okay, das hoffentlich schon!), sondern weil er gehofft hatte, mich wiederzusehen. Deshalb war er in der letzten Zeit ständig hier gewesen, obwohl seine Arbeit erst in zwei Tagen beginnen würde. Das waren keine Zufälle gewesen. Er hatte meine Nähe gesucht.

Sogar dann noch, als ich erfahren hatte, dass das hier nicht seine Hochzeit war, und auch, als er mir eröffnet hatte, dass er Single war, war ein Teil von mir immer fest davon überzeugt gewesen, dass er nur ein netter, zuvorkommender, direkter Kerl war, der alles, was er tat, platonisch meinte. Ich hatte es geschafft, die ganze Zeit über so wenig Selbstbewusstsein an den Tag zu legen, dass ich kaum einen Gedanken daran verschwendet hatte, dass es ihm vielleicht um mehr gehen könnte. Genau wie mir.

Wir hatten schon so viel Zeit miteinander verbracht. Es hatte so viele Gelegenheiten gegeben, den ersten Schritt zu machen und ihn zu küssen. Zu besiegeln, was sich die ganze Zeit über angebahnt hatte. Was heute geschehen war, war längst überfällig gewesen. Aber überfällig bedeutete immerhin nicht zu spät. Wir hatten noch ein paar Tage bis zur Hochzeit, und an alles, was danach wäre, wollte ich gar nicht denken. Schließlich blieb uns unendlich viel Zeit bis dahin …

Das glaubte ich zumindest, so lange, bis ich ohne einen Fleck Goldfarbe am Körper und mit frischen Klamotten aus dem Badezimmer kam und – niemanden vorfand. Daan war nicht mehr da. Er hatte sein ganzes Zeug mitgenommen und war verschwunden.

Unsicher drehte ich mich im Kreis. Ich hatte ihn nicht für den Typen gehalten, der mit einer Frau schlief und dann abhaute. Wobei das ja überhaupt nicht stimmte – sein Zimmer befand sich schließlich unmittelbar gegenüber von meinem. Möglicherweise hatte er nur seine Sachen verstauen wollen.

Ich ging davon aus, dass wir heute Abend noch zusammen essen würden, so wie wir es gestern getan hatten. Deshalb schlüpfte ich in meine Schuhe, checkte nochmal meine Haare im Spiegel und verließ dann mein Zimmer. Nur wenige Schritte trennten mich von seinem, und ich fühlte mich, als würde ich schweben, als ich die Hand hob und anklopfte.

Nichts passierte.

Ich runzelte die Stirn und klopfte nochmal, lauter diesmal. »Daan?«

Ich meinte, den Hauch eines Geräuschs auf der anderen Seite der Tür zu hören, war mir im nächsten Moment aber nicht sicher, ob ich ihn mir nicht nur eingebildet hatte. Abgesehen davon herrschte auf dem Gang Totenstille.

Mein Mund wurde trocken. »Bist du da?«

Nichts.

Mein Blick wanderte zur Türklinke. Ich könnte sie herunterdrücken. Einfach hineinspazieren und mich selbst davon überzeugen, ob er dort war oder nicht.

Aber das tat ich nicht. Ich wagte es nicht. Denn wo ich gerade zu neuem Selbstbewusstsein gefunden hatte, stiegen jäh altbekannte Zweifel in mir auf, die mich davon abhielten, die Wahrheit herauszufinden: Weil es einmal mehr zwei Optionen gab, wie das hier enden könnte. Und ich mich so sehr vor der zweiten fürchtete, dass ich das Risiko nicht in Kauf nehmen wollte.

Dort, wo bis gerade eben noch die puren Glücksgefühle gewohnt hatten, breitete sich plötzlich eine gähnende Leere in mir aus. Alles, was wir gehabt hatten, drohte mit einem Mal in sich zusammenzufallen wie ein instabiles Kartenhaus bei einem Erdbeben.

Ich war mir absolut sicher, dass Daan da war. Er wollte nur nicht mit mir reden.

16. Vedeeld

5 Tage bis zur Hochzeit

So wundervoll der erste Teil des Abends gewesen war, so furchtbar fühlte sich die zweite Hälfte an. Daan ließ sich nicht blicken und nichts von sich hören. Er war wie vom Erdboden verschluckt – oder hatte sich in seinem Zimmer verschanzt und nicht die geringste Lust, mich zu sehen. Ich verstand nicht, was vorgefallen war. Hatte ich irgendetwas getan, um ihn zu kränken? Ihn zu verletzen? Oder arbeitete er da drinnen vielleicht nur? Schließlich hatte er gesagt, das Bild sei noch nicht fertig. Womöglich befand er sich in einem Tunnel, in dem er zu konzentriert war, um etwas anderes wahrzunehmen.

Oder es lag an mir.

Ich wiederum wusste den restlichen Abend über nichts mit mir anzufangen. Ich bestellte mir eine Pizza über einen App-Lieferservice, der erst nach drei Stunden eintraf, als ich schon halb verhungert war. In der Finsternis und mit einem großen Pizzakarton bewaffnet stieg ich die Treppenstufen wieder nach oben, bog in den Gang ein, in dem sich unsere Zimmer befanden – und blieb unschlüssig stehen. Ob er was zu essen hatte? Oder vielleicht hatte er ja auch Lust auf Vier-Käse-Pizza …

Ich rang mit mir, klopfte dann aber nochmal bei Daan. Nichts passierte, und ich fühlte mich auf einmal so affig, so erbärmlich, dass ich es kein weiteres Mal versuchte, sondern schnell auf mein Zimmer verschwand. Die Pizza aß ich am Ende nur zur Hälfte, weil mir die Sache mit Daan wie ein Stein im Magen lag.

Meine Gedanken und Grübeleien verfolgten mich bis in meine Träume. Bereute er es, mit mir geschlafen zu haben? Hatte ich die Anzeichen doch von Anfang an richtig interpretiert und er hatte mich nur als Bekannte gesehen? Hatte er das Gefühl, eine Grenze überschritten zu haben?

Je mehr ich darüber nachdachte, desto verzweifelter wurde ich. Vielleicht war er verwirrt und wusste nicht, was er davon halten sollte. Aber das änderte nichts daran, dass ich mich schon längst entschieden hatte. Und dass es verdammt wehtun würde, wenn er zu einem anderen Schluss käme.

Die ganze Nacht über schlief ich extrem unruhig. Meine Träume waren durchzogen von Erinnerungen an den vergangenen Abend – den guten wie den schlechten. Einmal schreckte ich in einer seltsamen Anwandlung aus dem Schlaf hoch und war der festen Überzeugung, dass Daan entführt worden war, während ich unter der Dusche gestanden hatte. Ich brauchte geschlagene zehn Minuten, in denen ich mit wie wild klopfendem Herzen an die Decke starr-

te, um mir selbst einzubläuen, dass das überhaupt nicht möglich war.

Das zeigte sich mir spätestens am nächsten Morgen, als ich das Anwesen verließ, um auf die Ankunft von Kaatje zu warten. Ich hatte Angst, dass sie keine Ahnung von meinem Schlafquartier im Schloss hatte, und gab daher mein Bestes, jeden Morgen so zu tun, als wäre ich auch gerade eben erst mit meinem Auto hier angekommen.

Auf dem Innenhof begegnete ich allerdings nicht der Wedding Plannerin, sondern Daan. Daan, der sich in diesem Augenblick auf sein Bakfiets schwang.

Mein Herz machte einen Satz. *Er ist nicht entführt worden!*, war der erste, unglaublich dämliche Gedanke, der durch meinen Kopf zuckte. Ehe ich auch nur eine Sekunde darüber nachdenken konnte, öffnete ich den Mund: »Hey!«

Daan hatte schon so halb in die Pedale getreten, bremste jedoch sofort wieder und sah sich nach mir um. Seine Miene erhellte sich leicht – aber nicht annähernd so sehr, wie ich es mir gewünscht hätte. »Guten Morgen, Marie.«

Als ich die Distanz zu ihm überbrückte, schlug mir mein Herz bis zum Hals. Ich konnte mir nicht erklären, warum: Ich kannte Daan und er mich. Er hatte mich halbnackt fotografiert. Wir hatten uns geküsst – und mehr. Es gab nichts, wovor ich mich fürchten sollte. Und doch hatte ich unglaubliche Angst.

»Wo willst du denn hin?«, fragte ich zaghaft, als ich neben ihm zum Stehen kam. Die Tatsache, dass seine große Tasche in der Wanne des Bakfiets lag, ließ mich bereits wissen, dass er nicht nur kurz Brötchen holen fahren würde.

»Ich muss noch ein paar Sachen vorbereiten«, erklärte er sachlich. »Übermorgen ist das erste Brautshooting, und ich werde ein paar Sonderwünsche erfüllen müssen.«

»Oh.« Unbeholfen verschränkte ich die Arme vor meiner Brust und versuchte, nicht darüber nachzudenken, wie viele Shootings es geben sollte. »Wann wirst du wieder zurück sein?«

Daan zuckte nicht mit der Wimper. »Übermorgen.«

Meine Augen weiteten sich leicht, und ich bereute es, die Kontrolle über meine Gesichtszüge zu verlieren. »Oh.« Ein ziehendes Brennen machte sich in meiner Brust breit, und ich biss mir auf die Unterlippe. »Also, ähm ...« Ich wollte diese Frage nicht stellen, aber auf einmal fühlte sich die Ungewissheit wie eine größere Qual an als das Schlimmste, was Daan darauf antworten könnte. »Ist alles in Ordnung?«

Er runzelte die Stirn. »Natürlich. Was sollte nicht in Ordnung sein?«

Ich schüttelte den Kopf. »Ich meine ... zwischen uns.« Ich stockte, als sich ein Ausdruck in seine Miene mischte, den ich nicht deuten konnte. Und der mir noch größere Angst machte als ohnehin schon. »Was ...« Ich holte tief Luft und überwand mich. »Was ist das zwischen uns überhaupt, Daan?«

Dann passierte etwas, das mir seine Antwort verriet, bevor er auch nur die Lippen geteilt hatte: Er sah weg. Daan, der nie ein Problem damit gehabt hatte, Blickkontakt zu halten, schaffte es in diesem einen Moment nicht, in dem ich ihm die alles entscheidende Frage stellte. Stattdessen betrachtete er das Tulpenfeld, das auf einmal nicht mehr annähernd so schön aussah wie gestern Abend. Und zwar nicht, weil ich einige Blumen darin plattgelegen hatte.

Daan ließ sich Zeit mit einer Erwiderung, und doch traf mich diese genauso unvorbereitet und schmerzhaft wie ein Pistolenschuss: »Muss man dieser Sache denn unbedingt einen Namen geben?«

Es war nur ein einziger Satz, eine einzige, rhetorische Frage, die in der Lage war, mein Innerstes in Fetzen zu reißen. Ich war mit einem Haufen Zweifeln aufgestanden, hatte jedoch meine letzte Hoffnung gebündelt und in meinem Herzen bis an diesen Fleck getragen. Ich hatte einfach alles davon gegeben – nur um mit nichts zurückgelassen zu werden.

Muss man dieser Sache denn unbedingt einen Namen geben?

Was keinen Namen hatte, hatte keine Bedeutung. Und allein mit dieser Frage offenbarte mir Daan mehr von sich selbst, als ich ertragen konnte.

Meine Augen begannen zu brennen, und meine Verzweiflung höhlte mich von innen aus. »Nein«, sagte ich abgehackt und verfluchte mich selbst dafür, dass meine Stimme jetzt schon erstickt klang. »Nein, muss man nicht.« Abrupt drehte ich mich weg und schritt in Richtung des Anwesens zurück.

Weg von Daan. Nicht wie eine Löwin, sondern wie ein Lamm auf der Flucht vor einem Raubtier.

»Marie!«

Ein lautes Scheppern ertönte in meinem Rücken, und ich wirbelte überrascht herum. Daan war von seinem Bakfiets gesprungen und mir nachgekommen, ohne den Ständer herunterzuklappen. Das ganze Rad war zur Seite hin umgekippt, aber er sah sich nicht einmal danach um. Stattdessen blieb er erst stehen, als er direkt vor mir angekommen war, und legte mir behutsam beide Hände auf die Schultern.

»Es tut mir leid«, sagte er zu meiner Überraschung, und sein grüner Blick wurde so durchdringend, dass ich im Erdboden versinken wollte. »Seit ich dich zum ersten Mal gesehen habe, wollte ich in deiner Nähe sein. Alles, was ich getan habe, habe ich getan, um bei dir sein zu dürfen.«

Meine Augen wurden groß. »Was?« Sogar das Kribbeln, das in meiner Magengrube aufstieg, fühlte sich kalt und schmerzhaft an. Weil ich wusste, dass das noch nicht alles war.

Daan rang nach Worten. Aber dann ließ er es einfach raus: »Das war falsch. Weil nichts mit mir für die Ewigkeit bestimmt sein kann.«

Ich zog die Brauen zusammen und versuchte, seine Aussage zu verarbeiten. Langsam schüttelte ich den Kopf. »Was willst du mir damit sagen?«

Er schluckte. »In den letzten zehn Jahren war ich die meiste Zeit allein«, erklärte er. »Auch wenn ich von Millionen von Menschen umgeben war. Und daran wird sich in Zukunft nichts ändern. Ich habe keine Wurzeln, Marie. Vielleicht werde ich nie mehr welche haben. Deshalb ...« Nur für einen Sekundenbruchteil wandte er den Blick ab, doch dann fixierte er mich wieder, als wäre es ihm wichtig, dass ich verstand, was gleich kam: »Deshalb dürfen wir uns, was das betrifft, nichts vormachen.«

Neben der Kälte meiner Verzweiflung mischte sich noch ein anderes Gefühl dazu: Ein hitziges Feuer des Ärgers. Mein Mund war ganz trocken, als ich fragte: »Weißt du eigentlich, wie unglaublich egoistisch du gerade klingst?«

Er schenkte mir ein trauriges Lächeln. »Das weiß ich. Das war schon immer mein Problem, schätze ich.« Sein Tonfall verriet mir, worauf seine Worte anspielten: Auf seine Entscheidung, als mittelloser Künstler um die Welt zu reisen, während seine Familie darum kämpfte, über die Runden zu kommen. »Und ich weiß auch, dass kein Blumenstrauß der Welt das jemals wiedergutmachen wird.« Seine Hände glitten langsam, fast schon kraftlos von meinen Schultern. Daan schenkte mir einen letzten Blick, ehe er sich abwandte und zu seinem Bakfiets zurückkehrte.

Ich hielt ihn nicht auf, sagte kein Wort mehr, ging aber auch nicht. Stattdessen sah ich ihm dabei zu, wie er sein Rad aufstellte, seine herausgefallene Tasche in die Wanne warf und binnen Sekunden den Vorhof verließ. Wie er zwischen den Tulpenfeldern hindurchfuhr und schließlich durch das große Haupttor verschwand.

Er hatte mich nicht einmal zum Abschied geküsst, weder auf die Wangen noch sonst wohin. Aber das, was mich am meisten schmerzte – das, was mir doch noch Tränen in die Augen trieb –, war die Tatsache, dass er recht hatte. Mit allem, was er sagte.

Daan war ein Löwenzahn. Und schon bald würde er zur Pusteblume werden und sich in alle Winde zerstreuen. Weil er keine Wurzeln hatte – ganz im Gegensatz zu mir. Vielleicht waren wir in einem Strauß vereint worden, aber selbst bei guter Pflege war dessen Lebenszeit begrenzt. Bald würden die Blumen ihre Köpfe hängenlassen oder nach und nach vertrocknen, bis sie ein geradezu fragiles Gebilde abgaben, das durch eine einzelne Berührung dem Tode geweiht wäre.

Genau das war die Beziehung zwischen Daan und mir. Es hätte nie funktionieren können. Das hatten wir beide von Anfang an gewusst. Und es war an der Zeit, dass wir uns daran erinnerten.

Wie angekündigt, kehrte Daan nicht zurück. Einen ganzen Tag lang arbeitete ich für Kaatje, ohne ihn zu Gesicht zu bekommen, und fühlte mich plötzlich leer. Ich hatte mir von Anfang an etwas anderes einreden wollen, aber inzwischen war es ein unumstößlicher Fakt, dass Daan der Hauptgrund gewesen war, weshalb ich den Job angenommen hatte.

Er hatte meine Nähe ebenso sehr gesucht wie ich seine. Die Erklärung, warum es nicht früher zu einem Kuss gekommen war, war schlichtweg die, dass es in ihm genauso ausgesehen hatte wie in mir: Er hatte mehr gewollt, war aber die ganze Zeit über von der Gewissheit begleitet worden, dass es keine Zukunft hätte.

Wir waren wie Tag und Nacht, doch tief in uns drin waren wir gar nicht mal so verschieden.

Gefangen in einer Welt aus *was hätte sein können* und *was nun niemals werden würde*, waren der nächste Tag und die nächste Nacht kalt und grau für mich. Ich ertappte mich immer wieder dabei, wie ich die Ohren spitzte und auf Geräusche im Gang lauschte – vergeblich. Er kam nicht zurück. Nachdem alles zwischen uns ausgesprochen war, musste er nur noch für seine Pflichten als Hochzeitsfotograf hier sein.

Und ich als Floristin. Und dazu gehörte es auch, dass ich am nächsten Morgen nach Hause fuhr. In meine Heimat. Zu meinem Laden, meiner Großmutter, meiner Leidenschaft. Und doch fühlte ich mich zerrissen, als ich die Grenze überquerte. Ein Teil von mir wollte nicht gehen, weil es sich so anfühlte, als würde ich aufgeben. Als würde ich Daan aufgeben – obwohl da nichts mehr war, das ich festhalten konnte. Das hatte er mir klargemacht.

Ein anderer Teil wollte nie wieder in die Niederlande zurückkehren. Ihm nicht mehr unter die Augen treten. Wollte sich einigeln, seinen Kummer in Fernsehen und Schokoladeneis ertränken und versuchen, weiterzumachen wie bisher: Mit meinem Leben, aus dem ich in den letzten Wochen kurz geflüchtet war, in das ich aber rechtmäßig gehörte.

Zu Hause angekommen, wurde ich erschlagen von der Arbeit, die sich Gerlind in den letzten Tagen gemacht hatte. Einfach alles von Kaatjes Liste fand sich in unserem kleinen Pausenraum – von Tisch- und Stuhldekorationen über einen Rundbogen bis hin zu feinsäuberlich gesteckten Braut- und Wurfsträußen, die allesamt aus verschieden gewichteten Kombinationen von Löwenzahn und Margeriten bestanden.

Im ersten Augenblick war ich einfach nur baff angesichts der unglaublichen Schönheit der Hochzeitsfloristik. Doch dann kam mir wieder in den Sinn, warum ich mich überhaupt für diese Zusammenstellung aus Blumen entschieden hatte, und es gab mir endgültig den Rest.

»Ich will dir doch helfen, Schätzchen«, sagte Gerlind, zehn Minuten, nachdem ich in Tränen ausgebrochen war. »Aber dafür musst du mit mir reden.«

Obwohl es zehn Uhr morgens war und wir damit offiziell geöffnet hatten, hatte sie den Laden geschlossen, kaum dass ich auch nur angefangen hatte, zu schluchzen. Jetzt saßen wir einander gegenüber an unserem Pausentisch, jede von uns mit einer Tasse Kaffee, den sie gemacht hatte, während ich noch damit beschäftigt gewesen war, meine Atmung unter Kontrolle zu bekommen.

»Ist drüben irgendetwas passiert? Ist diese komische Hochzeitsplanerin ausgerastet?« Sie schüttelte den Kopf. »Du bist eine starke Frau, Marie. Du musst solchen Furien die Stirn bieten. Du weißt schließlich selbst, was du drauf hast, und das lässt du dir nicht von irgendwelchen dahergelaufenen –«

»Es geht nicht um Kaatje«, quetschte ich davor, während ein neuer Anflug eines Schluchzens in mir hochstieg. »Sondern um Daan.«

Ein Zucken ging durch Gerlinds Augenlid. »Wer?«

Ich schniefte und trank einen Schluck Kaffee, einfach nur, um Zeit zu schinden. »Der Mann, der hier einen Strauß für seine zukünftige Braut gekauft hat, mich dann in die Niederlande für seine Hochzeit bestellt hat, mir dann aber gesagt hat, dass das weder seine Hochzeit ist, noch dass er eine Freundin hat, in den ich mich verliebt habe, der sich vielleicht auch ein kleines bisschen in mich verliebt hat –« Ich schnappte nach Luft. »Aber mit dem ich nicht zusammen sein kann, weil er ein reisender Künstler-Fotograf ist und am liebsten jeden Tag unter einer anderen Brücke auf diesem verdammten Globus schläft!«

Inzwischen war die Miene meiner Großmutter ausdruckslos geworden. »Sieh an«, kommentierte sie. »Dass du mit Liebeskummer zurückkommen würdest, hatte ich als Letztes erwartet.«

Mein Magen verkrampfte sich, und ich schnaubte verärgert. »Ha ha.« Abrupt stand ich auf und wischte mir übers Gesicht. »Ich sperre jetzt den Laden auf.«

»Nein, du setzt dich wieder hin.« Obwohl ihr Tonfall ruhig und sanft war, schwang darin eine Autorität mit, von der ich nur träumen konnte.

Ich hielt mitten in der Bewegung inne und ließ mich dann wieder auf den Stuhl sinken – umgeben von Löwenzahn und Margeriten, deren Gerüche mir mit jeder Sekunde deutlicher in die Nase stiegen.

»Ihr könnt also nicht zusammen sein, weil er viel reist?«, fasste sich Gerlind eindeutig kürzer. »Wenn du das wirklich glaubst, machst du dir die Dinge ziemlich einfach.«

Ich verschränkte die Arme. »Das waren nicht meine Worte, sondern seine.«

»Und was hast du gesagt, um ihn vom Gegenteil zu überzeugen?«

Erstaunt sah ich auf. »N-nichts. Ich kann schließlich auch nichts daran ändern. Es ist nun mal sein Beruf.«

Bekümmert schüttelte sie den Kopf. »Dir ist aber klar, dass zu einer Beziehung immer zwei gehören, oder?« Sie reckte das Kinn. »Gut, dass dieser Michi von neulich nochmal mit dem Schrecken davongekommen ist.«

Ich stöhnte. »Das war nur ein alter –«

»Marie«, unterbrach sie mich bestimmt. »Ich habe es dir schon so oft gesagt und ich werde es dir immer wieder sagen: Die ganze, weite Welt liegt dir zu Füßen.« Eindringlich starrte sie mich an. »Alles, was du tun musst, ist, die Augen aufzumachen.«

Ich verstand nicht, was Gerlind meinte, vertiefte das Thema aber auch nicht mehr. Sie hatte schon genug um die Ohren und ihr Urlaub stand vor der Tür. Wir würden den Laden abschließen, bis eine von uns beiden zurück wäre.

Wir beluden den Lieferwagen am nächsten Tag, und ich machte mich auf den Weg zurück zum Anwesen, wo die letzten Vorbereitungen in vollem Gange waren. Ich zeigte Kaatje die finale Floristik, die sie nur kurz abnickte, ohne wirklich hingesehen zu haben, weil sie in diesem Moment einen Anruf bekam, bei dem sie sofort auf hundertachtzig hochfuhr und wütend davonrauschte. Mir tat derjenige leid, der gleich einen Kopf kürzer gemacht werden würde. Gleichzeitig war ich aber froh, dass sie meiner Arbeit dadurch weniger Aufmerksamkeit schenkte.

Morgen Nachmittag würde die Hochzeit stattfinden, und es gab noch verdammt viel vorzubereiten. Während Gerlind die Dekoration zusammengestellt hatte, war ich jetzt ganz allein dafür verantwortlich, sie aufzubauen. Beim Rundbogen halfen mir zwei Lackierer dabei, die noch ein paar Möbelstücke umlackiert hatten, nachdem Kaatje beschlossen hatte, dass sich das unschuldige Weiß der Stühle und Tische mit dem cremefarbenen Nach-der-Feier-Partykleid der Braut beißen würde. Was den Rest betraf, war ich auf mich gestellt. Aber das war auch in Ordnung so, denn je mehr ich arbeitete, desto weniger Zeit konnte ich mit Grübeln verbringen.

Jeder der getrockneten Tische und Stühle bekam entweder einen Kranz, ein Dekorationsobjekt in einer kleinen, rundlichen Vase oder ein Blümchen ab, das ich mit einer Schlaufe an den Stühlen befestigte. Bei dreihundert Gästen war das nicht gerade wenig.

Der Rundbogen befand sich draußen im hinteren Garten, in dem die Trauzeremonie stattfinden würde, unmittelbar vor dem Traualtar und mit dem besten Blick auf das Labyrinth und die unzähligen Blumenbeete. Die Brautsträuße, die Einsteckblumen für den Bräutigam und alles, was sich irgendwie als Personendekoration eignete, wurde mir schließlich von Kaatje entrissen, damit sie bis zum letzten Fotoshooting morgen früh *sicher verwahrt* werden konnten.

Wann immer ich den Vorhof betrat, um etwas aus meinem Wagen zu holen, war weder Daan noch sein Bakfiets in Sichtweite. Ich wusste nicht, ob ich erleichtert darüber sein sollte oder ob der Schmerz in meiner Brust doch seine Berechtigung hatte.

Am Abend fühlte es sich falsch an, ohne ihn hier zu übernachten. Als hätte ich mir mein Privileg verspielt. Dabei war ich nicht diejenige von uns gewesen, die den anderen zurückgelassen hatte. Ich buchte mich übers Handy in das Hotel ein, das ich schon beim letzten Mal auserkoren hatte, und erlebte dort die schlimmste Nacht überhaupt – was absolut nichts mit dem Gebäude, dem Personal oder den anderen Gästen zu tun hatte.

Gerlinds Worte gingen mir nicht aus dem Kopf – nicht einmal, nachdem ich in den Schlaf geglitten war. Ich träumte von Türen, hinter denen Daan verschwand und die vor meiner Nase zugeschlagen wurden. Ich träumte von Kaatje, die von Kopf bis Fuß pechschwarz bemalt worden war und mich mit einem brennenden Schwert durch einen weißen Tulpengarten verfolgte, dessen Blüten sich blutrot färbten. Ich träumte von der Braut, die am Altar feststellte, dass sie Gefühle für Daan hatte, und sich dazu entschloss, einfach ihn zu heiraten, auf dass ich ihn niemals haben könnte.

Und ich? Ich stand daneben, lächelte mit Tränen in den Augen und gratulierte den beiden, weil ich mich für sie freute. Weil ich so verdammt schwach war. Weil ich immer geglaubt hatte, mit dem zufrieden zu sein, was ich hatte. Zufrieden sein zu müssen. Niemals nach etwas anderem streben zu dürfen – weil jede Veränderung auch ein Risiko bedeutete.

Ich hatte so große Angst davor gehabt, verletzt zu werden. Doch jetzt realisierte ich, dass ich mich nicht selbst in diese Opferrolle zwängen durfte. Wenn ich verletzt wurde, war das ganz allein mein Fehler: Weil ich immer zu große Angst davor gehabt hatte, für das zu kämpfen, was mir wichtig war. In diesem Fall: Daan.

Das war der Moment, in dem ich begann, zu verstehen. Und von da an machte ich kein Auge mehr zu. Stattdessen griff ich nach meinem Handy, das auf dem Nachttisch lag, und öffnete einmal mehr meinen Browser, um *Daan van Beek* einzugeben. Diesmal schreckte ich nicht davor zurück. Diesmal zögerte ich keine Sekunde lang. Ich rief die Bilderergebnisse auf und tauchte tief in Daans Lebenswelt ein.

Tatsächlich waren da nur ein paar wenige Bilder, die ihn selbst zeigten. Eines musste sein offizielles Porträtfoto von ihm als Künstler sein – eine Schwarz-Weiß-Aufnahme, in der er seine Löwenmähne zu einem Dutt gebunden hatte und ernst in die Kamera blickte. Ansonsten entdeckte ich vereinzelte Fotografien, die im Rahmen von Zeitungsartikeln abgedruckt worden waren, manche davon auf Niederländisch, andere auf Englisch, wieder andere in Sprachen mit anderen Schriftzeichen, die ich nicht zuordnen konnte.

Das war aber nur ein Bruchteil der Ergebnisse. Der Rest davon zeigte mir einfach alles von ihm, obwohl er darauf nicht zu sehen war: Zeigte mir seine Leidenschaft, seine Arbeit, sein Leben. Ich entdeckte Fotos von Wasserfällen, von türkisblauem Meer, von einem kleinen Affen mit unglaublich großen Augen, der eine Hand in Richtung Kamera ausstreckte. Von südasiatisch anmutenden Jungen, die im Matsch Fußball spielten, von Korallenriffen, indischen Gewürzmärkten und so vielem mehr. Was all diese Fotografien vereinte, war Daans unverkennbare Handschrift, die mir vor allem jetzt auffiel, da er auch mich abgelichtet hatte: Es waren die Farben. Auf jedem seiner Bilder befand sich jede Farbe an genau dem Ort, an den sie gehörte, und zwar mit genau der richtigen Intensität, mit dem richtigen Licht und den richtigen Schattierungen, um das Auge des Betrachters auf das Wesentliche zu richten. Auf das, was jedes Bild zwischen den Zeilen beinhaltete und die unterschiedlichsten Gefühle in mir heraufbeschwor.

Es war, als würde ich geradewegs in Daans Seele blicken. Und so bunt und lebhaft und aufregend die Bilder auch waren, die er mit der Welt teilte, zeigten sie mir doch vor allem eines: Wie unglaublich einsam er sein musste. Er war es schon seit so langer Zeit. So lange, dass er inzwischen glaubte, er hätte es nicht verdient, dass sich jemals etwas daran änderte.

Wenn man die Fakten betrachtete, war es wirklich unwahrscheinlich, dass ausgerechnet ich diejenige sein könnte, die in sein Leben trat, um dort zu bleiben. Ich, die ihr Heimatdorf nur verlassen hatte, wenn es unbedingt notwendig gewesen war. Die nicht einmal in den Urlaub fuhr. Deren Oma ein aufregenderes Sozialleben hatte als sie. Die so fest in ihrem Leben verwurzelt war, dass man ihr alle Gliedmaßen ausreißen müsste, um sie daraus zu entfernen.

Und das war die zweite Seite, von der Gerlind gesprochen hatte. Das Problem war nicht, dass Daan viel unterwegs war. Das Problem war, dass er viel unterwegs war *und* ich fest in Deutschland verankert. Beides davon waren unsere eigenen, freien Entscheidungen. Aber das Besondere an solchen Entscheidungen war, dass man sie überdenken konnte.

Die Frage war nur, ob einer von uns das wirklich wollte. Und wenn es nach Daan ging, war diese Frage längst beantwortet.

Damit blieb nur noch ich.

17. Bloemen schilderen

0 Tage bis zur Hochzeit

Der nächste Morgen fühlte sich an wie ein Film, der im Schnelldurchlauf abgespielt wurde. Nicht zuletzt, als ich auf das Anwesen fuhr und die unzähligen Menschen erblickte, die wie ein wildgewordener Ameisenhaufen umherhuschten, als gäbe es kein Morgen mehr. Man könnte meinen, nachdem die Vorbereitungen schon vor zwei Wochen begonnen hatten, würde sich die Situation entspannen, aber weit gefehlt: Die meisten Handwerker waren zwar bereits fertig, dafür begann die Arbeit für viele andere Berufsgruppen erst. Allen voran für das Gastronomiepersonal, das schon vor ein paar Tagen ein Testkochen und -essen veranstaltet hatte und für das nun der Ernst der Lage begann.

Ich hatte gestern zum Glück alles vorbereitet, weshalb ich jetzt nur nochmal die Dekoration im Festsaal inspizierte und mich schließlich auf den Weg in den hinteren Garten machte, um die dortige Blumendeko zu überprüfen. Abgesehen davon gab es für mich heute nichts mehr zu tun außer Blumennotdienst zu spielen. Ich hatte immer noch keine Ahnung, was Kaatje damit gemeint hatte, und hoffte, es auch nicht herausfinden zu müssen. Gerlind hatte mir geistesgegenwärtig ein paar Ersatzblumen mitgegeben für den Fall, dass an einem der Sträuße oder Dekorationen etwas nachgebessert werden musste. Ich befürchtete aber, dass die mir bei all den Sonderwünschen, die ich hier in den letzten Tagen mitbekommen hatte, auch nicht weiterhelfen würden, sollte Kaatje oder der Braut tatsächlich noch etwas einfallen.

Ein Teil von mir war konstant auf der Suche nach Daan, ein anderer fürchtete sich davor, ihm zu begegnen, weil ich nicht wusste, wie unser nächstes Gespräch ausgehen würde. Weil ich mit mir selbst immer noch nicht im Reinen war. Umso zerrissener fühlte ich mich, als ich ihn draußen im Garten erblickte.

Es war so weit alles für die Hochzeit vorbereitet: Neben dem Altar und dem Rundbogen waren mit cremefarbenen Hussen bedeckte Stühle für gut und gerne hundert Gäste aufgestellt worden, zwei Luftballons an denen befestigt, die für das Brautpaar gedacht waren. Zusätzlich hatte man dort zwei große Musikboxen positioniert, durch die bestimmt ein kitschiger Standardhochzeitssong laufen würde. Ich tippte auf Elvis Presley oder Christina Perri.

Ich bekam keine Gelegenheit, den Anblick der Hochzeitskulisse in mich aufzusaugen, weil sofort ein flammendroter Haarschopf all meine Aufmerk-samkeit auf sich zog. Doch Daan war nicht allein.

Er stand hinter dem Traualtar und beugte sich gemeinsam mit einer rotblonden Frau im weißen Brautkleid über seine Kamera. Das letzte Shooting musste vorbei sein.

Mein Herz machte einen Satz, als ich ihn entdeck-te, doch beim Anblick der Braut wurde mir mulmig zumute. Das war sicher kein guter Augenblick. Ich sollte nicht hier sein.

»*Nee!*«, stieß die Frau in diesem Moment hervor und riss ihren Blick mit schierer Gewalt von der Kamera fort. »*Dat kan niet, Daan!*« Sie warf die Hände in die Luft, und allein durch ihre Mimik und Gestik konnte ich ihre Worte sogar dann entschlüsseln, wenn ich sie nicht frei übersetzen konnte. »*Het is niet perfect. Alles moet perfect zijn!*«

Daan schnaubte belustigt. »*Wat bedoel je met* niet perfect? *Je ziet er prachtig uit.*«

»*Niet prachtig genoeg!*«, schleuderte sie ihm förmlich entgegen. Sie schnappte nach Luft. »*Kun je die nog laten aanpassen?*«

Er schüttelte den Kopf. »*Ik bewerk geen foto's. Dat weet je.*«

Wütend stapfte die Frau mit dem Fuß auf. »*Je moet! Je staat verdomme bij me in het krijt!*«

Sie drohte mich mit ihrem Ärger anzustecken, nur dass meiner ganz bestimmt nicht auf Daan gerichtet wäre – und doch zuckte ich zusammen, als die Braut plötzlich in meine Richtung sah.

»*He jij! Kom hier!*« Es klang nicht wie eine Bitte, sondern wie ein Befehl.

In dem Moment, in dem Daans Blick auf meinen traf, fühlte ich mich wie betäubt. Ich musste all meine Willenskraft aufbringen, um die Distanz zu ihnen zu überbrücken. »Hi«, sagte ich mit rauer Kehle und wünschte mir, ich wäre abgehauen, als ich noch die Chance dazu gehabt hatte.

»*Kijk hiernaar!*«, tönte die Braut und riss Daan die Kamera aus der Hand, um mir das Bild hinzuhalten, das sie geschossen hatten. »*Dat ziet er vreselijk uit, niet? Gewoon verschrikkelijk!*«

Ich hatte keinen Peil mehr, was diese Frau sagte, aber ich konnte heraushören, dass sie nicht zufrieden mit den Fotos war. Und wahrscheinlich machte sie Daan dafür gerade mehr zur Schnecke, als ich es je von Kaatje hätte erwarten können.

Auf dem Foto, das sie mir zeigte, erkannte ich sie und einen Mann im Anzug mit dunklen Haaren und frisch gestutztem Bart. Er hielt sie in den Armen, sie hatte die Hände auf seine Brust gelegt und strahlte ihn von unten herab an. Die Morgensonne beschien ihre Gesichter und tauchte die Szenerie in einen romantischen Schein.

Ich biss die Zähne zusammen. Was war ihr gottverdammtes Problem? Ein Teil von mir hatte bis zuletzt gehofft, dass Kaatje der einzige Drache war, der auf diesem Schloss herumbrüllte – aber leider gingen gewisse Strömungen offenbar doch von der Braut aus.

Ich gab ihr die einzige Antwort, zu der ich in der Lage war: »Sie sehen wunderschön aus. Und selbst wenn nicht«, fügte ich gereizt hinzu, »gibt es keinen Grund, so mit ihm zu reden. Sie haben ihn wahrscheinlich nicht gebucht, weil er so günstig ist. Sondern weil Sie seine Arbeit schätzen.« Ich schnaubte, wollte eigentlich aufhören zu reden, konnte es aber nicht. »Er ist hierhergekommen, um den schönsten Tag Ihres Lebens festzuhalten, obwohl er nicht einmal Hochzeitsfotograf ist! Und das jetzt nur, um sich so von Ihnen anschnauzen zu lassen. Meiner Meinung nach sollten Sie einen Gang runterfahren und einfach mal dankbar sein.«

Mein Mund klappte zu, und ein schwarzes Loch breitete sich in mir aus, als mir klar wurde, was ich gerade gesagt hatte. Und dass ich das niemals hätte sagen dürfen.

Die Augen der Braut und die von Daan weiteten sich in einem so gleichen Tempo, dass sich die beiden auf einmal unwirklich ähnlich sahen. Ihre Lippen teilten sich leicht, dann sah sie hilfesuchend zu ihm. »*Wat zei ze?*«

Daan blickte auf sie herab, und zu meiner Überraschung schenkte er ihr ein weiches Lächeln. »*Alles komt goed, Anika.*«

Erst als er ihr einen Kuss auf die Stirn hauchte, fiel es mir wie Schuppen von den Augen. »Anika?«, wiederholte ich, und ein eiskalter Schauer lief mir über den Rücken. »Das ist −«

»Darf ich vorstellen?« Daan legte ihr eine Hand auf die Schulter. »Die Braut. Anika. Der einzige Mensch, für den ich Hochzeitsfotograf spielen würde.«

Meine Gesichtszüge entgleisten, während ich in denen von Daan und Anika immer mehr Gemeinsamkeiten erkannte. Ihre Haare. Ihre Augen. Ihre ganzen gottverdammten Gesichter.

Seine Schwester. Die Braut war seine Schwester.

»Anika. *Dit is Marie, je bloemist.*«

Die exzentrische Braut, über die ich mehr als einmal einen abfälligen Kommentar abgelassen hatte, weil ihre Vorstellungen von dieser Hochzeit absolut abgehoben waren. Daans Schwester. Er hatte nie auch nur ein Wort darüber verloren.

In Anikas Miene veränderte sich etwas – aber nicht auf die Weise, die ich erwartet hatte. Anstatt die Stirn zu runzeln oder die Augen zu verengen oder die Lippen zu schürzen, strahlte sie übers ganze Gesicht. »*Ben jij de bloemist?*«, quiekte sie plötzlich vergnügt. »*Je bent geweldig!*« Ehe ich mich versah, war sie mir um den Hals gefallen. »*Dank je, dank je, dank je! De bloemen zijn zo mooi!*«

Ich verstand nur die Hälfte von dem, was sie sagte, und noch weniger von dem, was sie tat. Unbeholfen erwiderte ich die Umarmung und würgte ein krächzendes »Gern geschehen« heraus. Gleichzeitig stieg mir das Blut in den Kopf. Peinlich berührt blickte ich zu Daan, der mich nur mit einem weichen Lächeln ansah. »Warum hast du nichts gesagt?«, hauchte ich, während sich Anika von mir löste und etwas fragend zwischen uns hin- und hersah.

Ohne das geringste schlechte Gewissen zuckte er die Achseln. »Weil ich es mag, wenn du kein Blatt vor den Mund nimmst.« Galant nahm er seiner Schwester die Kamera aus der Hand. »*Ik zal hier nog eens naar kijken.*«

Sie lächelte ihn an. »*Dank je.*«

Und damit zog sich Daan einfach aus der Affäre und ließ mich mit seiner Schwester allein. Ich fluchte innerlich, vor allem, als mich Anika geradezu erwartungsvoll anblickte. Was sollte ich denn jetzt tun?

Es stellte sich heraus, dass ich gar nichts tun musste: Ihr Mund öffnete sich, und sie rang ein paar Sekunden lang mit sich, bevor sie schließlich doch noch sprach: »Deine Blumen sind sehr schön.« Sie hatte einen viel stärkeren Akzent als Daan, aber ich verstand sie trotzdem hervorragend.

Ich zwang mich zu einem Lächeln. »Danke.« Ich räusperte mich. »Ich hatte Angst, dass sie dir vielleicht zu speziell sein könnten.«

»Speziell?« Anika kicherte. »Sieh mich an!« Sie deutete an ihrem strahlend weißen Hochzeitskleid hinab, bei dem ich erst jetzt erkannte, dass es in regelmäßigen Abständen mit unzähligen glitzernden Steinen versehen worden war. Ich glaubte keine Sekunde daran, dass sie fake waren. »Ich *bin* speziell!«

Ungläubig sah ich mich um. »Ich ...« Ich konnte immer noch nicht verarbeiten, dass hier tatsächlich jemand aus Daans Familie heiratete. Andererseits war das wirklich der einzig logische Grund, weshalb er auf so einer Feier auch nur erscheinen würde.

»Du und Daan, ihr seid ziemlich verschieden, was?«

Anika runzelte die Stirn, als müsste sie etwas in ihrem geistigen Wörterbuch nachschlagen, doch dann glätteten sich ihre Gesichtszüge. »Oh, du meinst ...« Sie gestikulierte mit den Händen, schüttelte aber schließlich den Kopf. »Ich bin eigentlich auch *niet ... zo.*« Sie zupfte an meinem Handgelenk, ehe sie sich umwandte und in Richtung des Labyrinths schritt, und ich hielt mich an ihrer Seite. »Wir hatten *niet veel geld*, als wir *kinderen waren.* Es war hart. Und dann ging Daan weg.« Sie schlug die Augen nieder. »Das war noch harter.« Sie rang nach Luft, als wäre es unglaublich anstrengend für sie, deutsch zu sprechen. »*Ik nam het hem lange tijd kwalijk*«, sprach sie und untermauerte die Botschaft mit wilden Gestiken, und der Kontext half mir weiter, sie zu verstehen. »*Maar toen ... ontmoette ik Hassan.*«

Meine Brauen schossen in die Höhe. »Der Bräutigam?«

»Ja!« Erleichtert seufzte sie, und wir betraten das kleine Labyrinth. »Bräutigam. Ich arbeitete in sein Betrieb«, erklärte sie, und ich bildete mir ein, dass ihr Lächeln immer dann, wenn ich wissend nickte, etwas breiter wurde. Als würde sie sich über jeden kleinen Erfolg in der Verständigung freuen. Sie war überhaupt nicht so, wie ich sie bis vor fünf Minuten eingeschätzt hatte. »Es ist ein groß Betrieb. Wir trafen uns nur … *toevallig*. Aber …« Sie zuckte die Achseln. »… sofort verliebt.« Sie ließ den Blick über unsere Umgebung schweifen. »Jetzt ziehe ich mit ihm nach Dubai. Übermorgen beginnt es.«

Ich riss die Augen auf. »Nach Dubai?!«

»Nach Dubai«, erklärte sie mit unverhohlenem Stolz. »Es wird sehr spannend.«

Ich suchte ihre Miene nach dem geringsten Anflug von Zweifel ab, fand jedoch keinen. »Das … ist ganz schön weit weg. Eine ziemliche Abwechslung für dich.« Ich erinnerte mich an das, was Daan über seine Familie erzählt hatte. »Eure Mutter …«

Anika nickte, als wüsste sie, worauf ich hinauswollte, geriet dann jedoch ins Stocken. Wir hatten gerade so die Bank erreicht, auf der ich neulich mit Daan gesessen hatte, als sie plötzlich eine Hand ausstreckte. »*Mobieltje.*«

Genau wie meine Großmutter besaß sie eine solche Autorität, dass ich gar nicht daran dachte, ihr den Wunsch auszuschlagen. Ich zog mein Handy aus meiner Jackentasche, entsperrte es und hielt es ihr hin.

Anika setzte sich auf die Bank, sodass ich es ihr nachmachte. Sie schenkte dem Lilienbeet nur einen kurzen Blick und explodierte zu meiner Überraschung nicht in einer Rauchwolke aus Hass und Ärger. Es kümmerte sie schlichtweg nicht.

Stattdessen öffnete sie den Browser und schließlich eine Website für Übersetzungen. Sie tippte auf eine Mikrofon-Taste und begann, so furchtbar schnell auf Niederländisch zu sprechen, dass ich keine Chance hatte, etwas davon zu verstehen – doch dann breitete sich eine gebrochene, aber nicht ganz schlechte Übersetzung auf dem Bildschirm vor uns aus:

Ich weiss. Es war nicht einfach. Unsere Mutter hat uns so viel gegeben. Wir sind alles schuldig. Als Daan ging, verstand ich nicht. Ich war sauer auf ihn, weil er uns verlassen hatte. Aber jetzt verstehe ich ihn. Er ist seiner Leidenschaft gefolgt. seine Träume. Und Hassan ist mein Traum.

Während ich die Zeilen las, die das Programm generiert hatte, schien Anika jede Regung in meinem Gesicht zu verfolgen. Deshalb entging ihr wahrscheinlich auch nicht, wie sich meine Augen weiteten, als ich mich Wort für Wort etwas mehr in ihr wiedererkannte.

Eigentlich wollte ich nicht gehen. Ich wollte meine Mutter nicht allein lassen. Aber ... sie hat mich dazu gebracht. Sie will, dass ich glücklich bin. Nur dann kann sie wirklich glücklich sein. Sie hat es mir mein ganzes Leben lang erzählt, aber ich habe achtundzwanzig Jahre gebraucht, um ihr zu glauben.

Mir fehlten die Worte. Das erinnerte mich an Gerlind und mich. Und an Daan und mich. *Er ist mein Traum.* Konnte man das nicht genau so sagen? Dass er der Traum war, den ich nie zu träumen gewagt hatte? Er mit all seinen Facetten, mit seinen spontanen Ausbrüchen, den kleinen Entführungen und den winzigen Gesten, die mir so viel bedeuteten?

Eine seltsame Gewissheit legte sich wie ein schweres Gewicht auf meine Schultern, und ich war froh, als Anika fortfuhr – auf Niederländisch, sodass ich kurz warten musste, bis ich die zweite Übersetzung lesen konnte. Sie lautete:

Ich weiß, dass ich nur glücklich sein kann, wenn ich bei Hassan bin. Mein Leben in Dubai wird anders sein als alles, was ich je gekannt habe. Aber er ist es mir wert.

Wie auf Befehl begannen meine Augen zu brennen. Es war der Moment, in dem Anika einen Pfeil direkt in mein Herz abschoss. Dort, wo es am meisten wehtat. Dort, wo es am meisten half. Ohne es auch nur zu ahnen, hatte sie genau das ausgesprochen, was ich unbedingt hatte hören müssen – weil ich meine innere Stimme selbst nicht verstanden hatte.

»Ich ...« Ich befeuchtete meine Lippen. Mit einem Mal wurde mir klar, welche Blume ich in Anika sah: Die Margerite, die ich in ihre Hochzeitsdekoration geflochten hatte, ohne sie zu kennen. Die, die ich, das kleine Gänseblümchen, für einen kurzen Augenblick geworden war, als ich die Löwin aus mir herausgeholt hatte. Die ich unbedingt sein wollte, bevor ich hoffnungslos verwelkte.

»Ich freue mich für dich.« Während ich redete, konnte ich kaum bei der Sache bleiben. Meine neu erweckten Gedanken kreisten einzig und allein um Anikas Bruder. »Du solltest dir nicht so sehr den Kopf über die Feier zerbrechen. Ich weiß, dass sie großartig werden wird.«

Anika lächelte. »Vielleicht. Ich will einfach mein Bestes geben. Um Hassan glücklich zu machen. So, wie er mich glücklich macht.«

Mein Mund wurde trocken, und die Schwere, die sich auf meine Schultern gelegt hatte, bekam plötzlich Flügel. Flügel, die wie wild schlugen, sie aber doch nicht vom Fleck bewegen konnten. Es gab nur einen, der dafür sorgen könnte.

»Hey!« Anika stand auf und gab mir mein Handy zurück. »Lass uns zum Festsaal gehen. Ich habe die Dekoration noch nicht gesehen.«

Ich fühlte mich mit *Dekoration* überhaupt nicht angesprochen, so abwesend war ich inzwischen. Während wir zum Anwesen zurückkehrten und mir Anika in gebrochenem Deutsch erzählte, wie sie Hassan genau kennengelernt hatte, wurde mir so heiß, wie es einem nur werden konnte, wenn man am Abgrund seines bisherigen Lebens stand. Es war eine bodenlose Schwärze, und man wusste nicht, ob dort unten das schönste Quellwasser oder ein dornenbesetzter Steinboden auf einen wartete. Man fände es erst heraus, wenn man all seinen Mut zusammennahm und sprang – oder der Schlucht den Rücken kehrte und so weitermachte wie bisher.

Ich hatte das Gefühl, dass ich keine der beiden Optionen hatte.

Der Festsaal war ein Gemisch aus Weiß, Creme und Gelb. Angetrieben durch den Löwenzahn und die Margeriten, die ich überall verteilt hatte, war auch ziemlich viel Grün zu sehen, aber Anika schien sich kein bisschen daran zu stören. Inzwischen wurde ich das Gefühl nicht los, dass in Wirklichkeit doch Kaatje der Quell allen Übels gewesen war.

Zum Glück war diese gerade weit und breit nicht zu entdecken – auch wenn ich sie schon wieder in der Ferne herumschreien hörte. Wer mir stattdessen ins Auge fiel, war niemand Geringeres als der Bruder der Braut.

Und was er gerade machte, ließ meine Kinnlade herunterklappen. »Was –«

Im ersten Augenblick sah es so aus, als würde er die Dekoration auf den Tischen und an den Stühlen zurechtrücken. Aber weit gefehlt: Anstatt die Arrangements zu verschönern, zupfte er einzelne Blumen aus ihnen heraus. Genau wie an dem Tag, an dem er das *Schneeweißchen* gestürmt hatte.

Meine Schultern sackten herab. »Was zur Hölle glaubst du, was du da tust?« Energisch stapfte ich auf ihn zu, und er wirbelte alarmiert zu uns herum. »Hast du aus dem letzten Mal nicht gelernt?«

Abwehrend hob er beide Hände – in einer davon hielt er bereits ein kleines Bündel Löwenzahn. »Ich nehme nur ein paar!«, beschwor er mich. »Und ich nehme aus jedem nur eine einzige heraus. Dann fällt es nicht auf!«

»*Mir* fällt es auf!«, fauchte ich. »Was willst du denn jetzt wieder damit?« Ich deutete in Richtung Anika. »Soll das ein spontanes Hochzeitsgeschenk werden?«

»Daan.« Anika trat neben mich und zog eine strenge Miene. »*Waarom maak je gaten in mijn decoratie?*«

»Das sind doch keine Löcher«, entgegnete Daan abschätzig – und blinzelte, als ihm scheinbar auffiel, dass er die falsche Sprache benutzt hatte. Ein Anflug des Triumphs stieg in mir auf. Hatte ich so einen Einfluss auf ihn?

»Keine Sorge!« Ich legte Anika eine Hand auf die Schulter und befürchtete, dass gleich die gestresste Braut mit ihr durchgehen würde. »Ich hab noch –« Ich stockte und konnte kaum glauben, dass ich das sagen würde. »… Ersatzblumen im Wagen.« Offenbar konnten florale Notfälle bereits auftreten, bevor die eigentliche Hochzeit begann.

Daans Augen wurden groß. »Ersatzblumen?« Er grinste bis über beide Ohren. »Warum sagst du das denn nicht gleich? Die nehme ich!«

Ein Zucken ging durch mein Augenlid. »Die sind aber nicht für dich!«

»Gib sie ihm!«, beschwor mich Anika. »Lieber die als die hier!«

Sie hatte recht. Argwöhnisch betrachtete ich das Bündel aus Blumen in Daans Hand. Dann bedeutete ich ihm, mir zu folgen. Wir ließen Anika im Festsaal zurück, die hektisch damit begann, die Tischdeko zu richten, die Daan gerade malträtiert hatte. Ich brachte den Störenfried nach draußen, der offenbar entgegen seinem Versprechen nicht damit angefangen hatte, Fotos zu retuschieren – hätte mich auch gewundert.

»Willst du mir zufällig sagen, was du diesmal mit diesen ganzen Blumen vorhast?«

»Das siehst du, wenn es so weit ist«, gab Daan wieder den Geheimnistuerischen und überholte mich beinahe, als wir schon fast beim Wagen angekommen waren.

Ich öffnete die Türen der Ladefläche, und er sprang hinter mir hinein bis zu der Wanne, in der ich eine Handvoll Schnittblumen aller Arten, wie wir sie in der Dekoration verewigt hatten, zwischengelagert hatte: Mit etwas Wasser und an einer Position, auf der sie durch die Frontscheibe mit etwas Sonnenlicht beschienen wurden.

»Wie viele –«

»Danke!«, wartete Daan erst gar nicht ab, sondern riss alles an Löwenzahn heraus, das er zu greifen bekam. Damit hüpfte er aus dem Wagen.

»H-hey!«, beschwerte ich mich und hechtete hinter ihm her. »Die brauche ich vielleicht noch!«

»Nicht so dringend wie ich«, entgegnete er über die Schulter und beschleunigte seinen Schritt.

Kopfschüttelnd heftete ich mich an seine Fersen. »Das wird deine Schwester aber sicher anders sehen!«

»Glaub mir.« Er lächelte leicht. »Sobald sie den ersten Schritt in Richtung Altar gemacht hat, wird sie nichts anderes mehr wahrnehmen.«

Ich räusperte mich. »Das wird aber noch ein paar Stunden dauern!«

»Dann hoffen wir mal, dass es so lange keine floralen Notfälle gibt.«

Ich stöhnte. »Du *bist* gerade ein floraler Notfall!«

Er lachte. »So was Schönes hat noch nie jemand zu mir gesagt.«

Der Klang seines Lachens erinnerte mich daran, dass ich heute nicht mehr vorgehabt hatte, mich mit ihm zu zanken. Im Gegenteil. Unwillkürlich verlangsamte ich meinen Schritt. »Daan, da wäre noch etwas, worüber ich mit dir –«

»Später!«, antwortete er knapp über die Schulter und marschierte einfach weiter. »Keine Zeit!«

»A-aber –« Mein Mund klappte zu, als er im Schloss verschwand, ohne einen Blick zurückzuwerfen. Und ich stand da, die gerade noch fest entschlossen gewesen war, in die Schlucht zu springen – und die jetzt ins Wanken geriet. Er hatte nicht einmal mit mir reden wollen. Was auch immer er mit diesen Blumen tun wollte, war wichtiger als ich. Das waren seine Prioritäten.

Vielleicht hatte ich die Situation doch falsch eingeschätzt.

»Wo ist er?«, grollte Kaatje, als sie zum fünften Mal in den Festsaal stapfte. »Die Zeremonie soll gleich beginnen!«

Mir wurde heiß und kalt zugleich. Sie war schon seit zwanzig Minuten auf der Suche nach Daan, und jedes Mal, wenn sie hier vorbeikam, sah sie etwas mehr so aus, als würde sie gleich den nächstbesten

Kopf dafür rollen lassen. Ich hatte mich mit allen anderen Angestellten, die nicht für die Trauzeremonie gebraucht wurden, im Festsaal eingefunden, damit wir draußen nicht im Weg standen oder *die Stimmung ruinierten* (Kaatjes Worte). Auch wenn wir keine offiziellen Hochzeitsgäste waren, hatten wir uns in Schale geworfen, ich in ein schlichtes, dunkelblaues Kleid, das ich an meiner Schulabschlussfeier angehabt hatte und das mir immer noch hervorragend passte.

Ich hatte Daan zuletzt gesehen, als er mit meinen Blumen abgedampft war, und das war schon mehrere Stunden her. Ich hatte keine Ahnung, warum er sich solche Zeit damit ließ. Was so wichtig war, dass er nicht nur nicht mit mir sprach, sondern auch seine Schwester im Stich ließ.

Ich wusste es nicht. Dafür aber hatte ich zumindest eine Idee, wo er stecken könnte.

Ich weihte Kaatje nicht ein. Vorsichtshalber wartete ich, bis der Drache wieder ausgeflogen war, ehe ich mich auf den Weg machte – die Treppen nach oben und durch den Gang bis vor die Tür, an die ich neulich vergeblich geklopft hatte. Ein mulmiges Gefühl stieg in mir auf, als ich einmal mehr die Hand hob. Er hatte mich vorhin abgewimmelt. Warum sollte er jetzt mit mir reden wollen?

Weil er deine Blumen geklaut hat und dir verdammt nochmal eine Erklärung schuldig ist!, fuhr ich mich selbst an und klopfte schließlich an die Tür. »Daan?«

»Oh!«, ertönte es sofort auf der anderen Seite. »Augenblick bitte!«

Ich stutzte. Er klang so, als würde ich ihn gerade bei einer Runde Sudoku stören. »Alles in –«

Schwungvoll wurde die Tür vor mir aufgerissen. Daan trug einen Anzug und hatte sich die Haare zu einem ordentlichen Dutt gebunden. Doch anstatt rauszukommen, ergriff er meine Hand. »Komm rein!« Damit zog er mich nach drinnen – und hielt mir mit der anderen die Augen zu.

»D-Daan!«, stieß ich hervor. »Was ist denn los?«

Die Tür schloss sich mit einem so lauten Knall, als hätte er sie zugekickt. »Hier entlang.« Schnell führte er mich drei Schritte durch das Zimmer, und ehe ich realisieren konnte, dass es hier stark nach Farbe roch, hatte er seine Hand auch schon heruntergenommen und gab den Blick auf eine waschechte Staffelei frei, die er mitten im Raum aufgebaut hatte.

Meine Gesichtszüge entgleisten. »Was –«

Ich sah mich selbst. Genauer gesagt mein Alter Ego, das von Kopf bis Fuß mit Gold bemalt worden war. Doch etwas war anders als auf dem Foto: Während ich auf diesem von den Tulpen umgeben gewesen war, in die ich mich gelegt hatte, befand sich auf der Staffelei nur mein Körper – als hätte Daan den Rest davon weggeschnitten.

»Es war noch nicht perfekt«, murmelte er. »Aber jetzt ist es das.«

Natürlich waren die Tulpen nicht ersatzlos verschwunden. Stattdessen war ich umgeben von einem

Gewirr aus Weiß, Gelb und Grün. Aus dem Augenwinkel sah ich die kleinen Tiegel, die Daan auf den Schreibtisch gestellt hatte, und plötzlich dämmerte mir, warum er all diese Blumen gebraucht hatte.

»Du hast aus den Pflanzen Farbe gewonnen?«, fragte ich ungläubig. »In den paar Stunden?«

»Was? Ach, das«, winkte er ab. »Nein, die Blumen dafür hab ich schon gestern Abend zusammengesucht.«

Ich riss die Augen auf. »*Was?!*«

»Ist jetzt auch schon zu spät, um sich darüber aufzuregen, oder?« Vorsichtig sah er von mir zur Staffelei und wieder zurück. »Wie findest du es?«

Während er die Farbe in abstrakter Manier mit einem Pinsel aufgetragen hatte, war das noch nicht alles: Nur der obere Teil war von einem Gelb, das er aus dem Löwenzahn gewonnen haben musste. Löwenzahn, den er schon gestern aus meiner Dekoration gerupft hatte.

Außerdem umgab es die Ränder meines Körpers wie einen heiligen Schein. Der Rest der Leinwand war beinahe ausnahmslos in Rot und stellenweise in Grün gehalten. Ein Rot, das dem der Tulpen ähnelte, in denen ich gelegen hatte – und mit dem Daan diese nachgezeichnet hatte, nicht auf realistische Weise, sondern mit seinem ganz eigenen Stil, mit dem er sich selbst in jeder seiner Kreationen verwirklichte.

»Woher ist das Rot – Oh«, leuchtete es mir plötzlich ein. Das Blumenmaterial dafür wuchs schließlich im wahrsten Sinne des Wortes vor der Tür.

Die Farbe war aber noch nicht alles: Abgerundet wurde das Bild von echten Pflanzen, die Daan an der Leinwand angebracht hatte. Am Himmel erkannte ich winzige Fetzen von Löwenzahn- und Margeritenblüten, am Boden hielten echte Tulpen für ihre gemalten Schwestern her.

Endlich wusste ich, was Mixed Media Art wirklich bedeutete. Daan war kein Fotograf, sondern ein Künstler. Auf dieser Leinwand verband er Fotorealismus mit Expressionismus, Sehnsucht mit Hoffnung, Licht mit Liebe. Es war ein Werk voller Gegensätze, die sich aber wundervoll ergänzten. Von denen man als Außenstehender nie gedacht hätte, dass sie zusammengehörten – doch das taten sie sehr wohl. Man musste ihnen nur eine Chance geben.

Mein Herz erbebte in meiner Brust, als ich den letzten Beweis vor mir erkannte, dass das hier einfach nur richtig sein konnte.

»Marie?« Daan trat von einem Fuß auf den anderen. »Bist du ... enttäuscht?«

»Nein.« Ich konnte kaum den Blick von der Leinwand reißen. »Nein, überhaupt nicht.« Als ich seinem begegnete, musste ich lächeln. Ich hatte ihn noch nie so unsicher, fast schon schüchtern erlebt. Er war nervös. Und angesichts der Tatsache, dass er gerade drauf und dran war, die Hochzeit seiner Schwester zu verpassen, nur um mir das hier zu zeigen, bedeutete mir mehr, als er sich vorstellen konnte. »Es ist wunderschön, Daan.«

Erleichtert ließ er die Schultern hängen. »Danke.« Er wirkte aber nicht so, als würde er sich wieder wohl in seiner Haut fühlen. »Es fehlt allerdings noch etwas.« Er nahm einen Pinsel und einen der Tiegel in die Hände – und hielt sie mir hin. »Du musst dich auch darauf verewigen.«

Abrupt lehnte ich mich in die andere Richtung. »Ich?« Heftig schüttelte ich den Kopf. »Ich bin völlig unbegabt im Malen!«

»Deiner Meinung nach warst du auch unbegabt im Modeln«, entgegnete er energisch. »Und jetzt sieh dich an.«

Meine Wangen begannen vor Scham zu prickeln. »Das hier ist was anderes«, beharrte ich. »Es ist perfekt so, wie es ist. Wenn ich damit anfange, darin herumzuschmieren –«

»... wird es nie das werden, was es sein könnte«, schloss er und drückte mir den Pinsel in die Hand. »Bitte, Marie.«

Ich geriet ins Stocken. Der flehentliche Ausdruck in seinen Augen beraubte mich all meiner Sinne. »O-okay«, lenkte ich ein, bevor ich auch nur eine Sekunde darüber nachdenken konnte, und rückte den Pinsel in meiner Hand zurecht: Es war ein langes, dünnes Exemplar, mit dem man bestimmt nicht viel kaputtmachen konnte. Oder?

Ich atmete tief durch und starrte die Leinwand an. »Okay. Aber nur ganz klein in der Ecke.« Ich wartete nicht auf seine Genehmigung, sondern tauchte den Pinsel in die rote Farbe und näherte ihn vorsichtig der Leinwand. Mein Blick zuckte immer wieder zu Daans gemalten Tulpen. Ich gab mein Bestes, sie mir zum Vorbild zu nehmen, während ich die Spitze des Pinsels über die Leinwand zog, und dabei die ziehende Gewissheit in meinem Hinterkopf zu ignorieren, dass ich gerade alles kaputtmachte.

Am Ende kam sogar etwas dabei heraus: Nämlich ein rotes, etwas unförmiges Ei. Das war's.

Ich stöhnte. »Ich hab's dir doch gesagt. Das ist einfach nur –«

Daan schien mir gar nicht zuzuhören. Er drückte mich etwas zur Seite, selbst einen Pinsel in der Hand, der so fein aussah, als bestünde er nur aus einer einzelnen Borste. Einen Tiegel mit gelber Farbe bei sich, zog er die Spitze mit mehreren gezielten Bewegungen über die Blüte, bis diese urplötzlich so etwas wie eine Form bekam: Höhen, Tiefen, eine Struktur. Und das alles binnen weniger Sekunden, kreiert aus dem Osterei, das ich fabriziert hatte.

»Wow«, hauchte ich. »Du bist unglaublich.«

»Das«, sagte er und richtete sich auf, »ist wie unsere gemeinsame Unterschrift.« Er nickte langsam. »Die Kennzeichnung aller am Werk Beteiligten.« Er legte sein Equipment weg und nahm mir Pinsel und Tiegel aus der Hand, um sie abzustellen. »Eigentlich hatte ich mich damit selbst beschenken wollen. Damit ich eine Erinnerung an dich habe.«

Seine Worte erfüllten mich mit einer lauschigen Wärme und zugleich mit einer beißenden Kälte. Ich wusste, worauf er hinauswollte.

»Dann ist mir eingefallen, dass ich so ein großes Ding unmöglich mitnehmen kann. Und auch nirgends unterbringen.« Er zog die Schultern hoch. »Ich hab ja nicht mal einen festen Wohnsitz. Also ...« Er sah zur Leinwand, als könnte er nur noch der fotografierten Marie in die Augen blicken. »Wenn du es willst, gehört es dir. Als Erinnerung an mich.« Obwohl seine Stimme vollkommen ruhig war, konnte ich eine gewisse Schwere in ihr hören. Es war dieselbe, die schon seit mehreren Stunden auf mir lastete.

Das war meine Chance. Die eine, ultimative Chance, in den Abgrund zu springen. Und ich wagte es. Ich wollte es so sehr. Denn zum ersten Mal, seit ich denken konnte, machte mir die Finsternis dort unten keine Angst mehr.

»Weißt du«, hob ich beiläufig an. »Ich fürchte, ich werde in nächster Zeit keinen Platz dafür haben. Weil ich auch keinen festen Wohnsitz haben werde.«

Irritiert wandte er sich mir zu. »Wie bitte?«

»Weißt du noch, als du mir von der Herkunft der Tulpen erzählt hast?« Lässig verschränkte ich die Arme. »Ich hab mich entschieden, ihren Weg zurückzuverfolgen. Durch die Niederlande, die Türkei, wo auch immer.« Ich zuckte die Achseln. »Als Dienstreise, sozusagen. Hey!« Ich legte den Kopf schief. »Musstest du nicht zufällig auch in diese Richtung?«

Daan hatte in den letzten Sekunden immer mehr die Kontrolle über seine Gesichtszüge verloren. Sein Mund öffnete sich, doch er konnte zunächst nur den

Kopf schütteln. »Warum ... Warum solltest du so etwas tun wollen?«

Ich ergriff seine Hände. »Warum in aller Welt denn nicht?« Ich lächelte zu ihm hinauf. »Ich bin doch schon hier, oder etwa nicht?«

Daan starrte mich mit einer solchen Intensität an, als suchte er nach der geringsten Regung in meiner Miene, die ihm verraten könnte, dass ich ihn gerade auf den Arm nahm. »Aber ... das willst du nicht.«

»Und diesmal«, entgegnete ich, »bist du derjenige von uns beiden, der etwas nicht zu entscheiden hat.«

»Du hast ein Leben«, bläute er mir ein. »Du hast deinen Laden. Deinen Job. Deine Familie. Du –«

»Und das alles werde ich immer noch haben, wenn ich mit dir komme«, entgegnete ich. »Nur, dass ich dann auch dich haben werde.« Ich drückte seine Hände. »Das ist doch kein schlechter Deal, oder?«

Er schluckte, und ich konnte ihm ansehen, dass seine Unsicherheit neue Ausmaße annahm. »Das ist ein ganz anderes Leben, Marie. Ich weiß an einem Tag nicht, wie der nächste sein wird. Wen ich treffen werde. Wo ich sein werde. Wo ich schlafen werde. Was passieren wird –«

»Ich weiß, was du denkst«, unterbrach ich ihn sanft. »Dass das wahrscheinlich überhaupt nicht mein Ding sein wird. Aber das kannst du nicht wissen.« Ich lachte leise. »Das kann nicht mal ich selbst wissen! Weil ich es noch nie versucht habe. Genauso, wie du noch nie versucht hast ...« Ich stockte, als mir klar wurde, dass ich mich gerade auf unsicheres Terrain bewegte. Aber jetzt gab es kein Zurück mehr. »… jemanden in dein Leben zu lassen«, flüsterte ich. »Vielleicht ist es an der Zeit, dass wir beide über unseren Schatten springen.«

Daans Miene des Unglaubens geriet ins Bröckeln. Ich konnte schwören, dass er so kurz davor war, sich zu freuen. Seiner Erleichterung freien Lauf zu lassen. Aber da schien noch eine Sache zu sein, die ihn davon abhielt: »Was wird deine Großmutter dazu sagen?«

Gelöst lächelte ich. »Die wird drei Kreuze machen, wenn sie endlich wieder ihre Ruhe hat.« Und genau wie Daans und Anikas Mutter wollte sie einfach nur, dass ich glücklich war. Ich wiederum wurde das Gefühl nicht los, dass dieser Mann der Schlüssel dazu sein könnte. Ein Gefühl, das mit jeder Sekunde stärker wurde.

Doch plötzlich stieg die Sorge in mir auf, dass sich dieser Schlüssel nicht drehen lassen wollte. Dass Daan drauf und dran war, einmal mehr die Tür zwischen uns zu schließen.

»Was sagst du dazu?« Ich zögerte. »Oder … siehst du das anders?« Jetzt stieg dieselbe Unsicherheit in mir auf, die ihn schon vor Minuten befallen hatte. »Siehst du etwas anderes in *mir*?«

Als Daan meine Hände losließ, wurde die Schlucht mit einem Ruck weiter aufgerissen, sodass ihre Schwärze alles war, was ich noch erblicken konnte. Doch dann legte er sie stattdessen auf meine Wangen, damit ich gar keine andere Wahl hatte, als tief in seine vertrauten, grünen Augen zu schauen. »Was ich in dir sehe«, raunte er, »ist etwas, das man auf keinem Foto dieser Welt einfangen könnte.« Zärtlich strichen seine Daumen über meine Wangen und erinnerten mich an jeden einzelnen Blick, den er mir jemals geschenkt hatte. »Deshalb kann ich nicht anders, als dich immer weiter anzusehen. Und wenn du mir sagst, dass ich die Chance bekommen könnte, genau das für die nächsten Stunden, Tage, Wochen, Monate zu tun ...« Ein gelöstes Lächeln umspielte seine Lippen. »... dann wäre ich der glücklichste Mann auf Erden.«

Das letzte Eis, das meine Unsicherheit, meine Sorgen, meine Verzweiflung in mir heraufbeschworen hatten, wurde von Daans Worten jäh zum Schmelzen gebracht.

Die Hochzeit rief. Womöglich gab es unten den nächsten floralen Notfall, um den ich mich kümmern müsste.

Gerlind wartete auf mein Update. Vielleicht wusste sie ja bereits, wie dieses lauten würde: Dass ich auf unbestimmte Zeit Urlaub bräuchte. Weil ihr Rat nach all den Jahren endlich gefruchtet hatte.

Aber nichts von alldem spielte eine Rolle, jetzt, wo es nur Daan und mich gab, den Löwenzahn und die Margerite, zum ersten Mal rechtmäßig und ohne jegliche Zweifel vereint.

Ich legte leicht den Kopf schief. »Das bedeutet, du hast noch einen Platz auf deinem Bakfiets frei?«, fragte ich zaghaft.

Daan lachte leise. »Für dich jederzeit.« Als er sich zu mir herunterbeugte und ich mich auf die Zehenspitzen stellte, war es Schicksal, dass unsere Lippen aufeinandertrafen. Selbst wenn alles andere Zufall gewesen war. Alles, was uns bis an diesen Punkt geführt hatte. Ob Löwenzahn und Margeriten zusammengehörten, lag im Auge des Betrachters, doch zum Glück spielte der Betrachter für uns keine Rolle. Denn wir waren die Künstler unseres eigenen Lebens, und unser Kuss fühlte sich so unperfekt perfekt an wie dieses unglaubliche Gefühl, das man nur bekommen konnte, wenn man mit Blumen auf eine Leinwand malte.

Ende

Danksagung

Mein aufrichtiger Dank geht an:

Kaja Raff, die mir bei jedem Buch aufs Neue eine enorme Last von den Schultern nimmt.

Franziska Hornhues, die den Niederländisch-Anteil dieses Buchs perfektioniert hat.

Sandra Bräuninger, die sich von mir immer wieder für meine egoistischen Zwecke missbrauchen lässt.

Meine Buchbloggerinnen und Buchblogger, die jeder meiner Veröffentlichungen zum größten Glanz verhelfen.

Alle Leserinnen und Lesern, die meine Bücher für sich entdeckt haben - ganz egal, ob schon vor Jahren oder erst in genau diesem Moment.

Konnte dieses Buch Frühlingsgefühle in dir wecken? Dann heb sie dir gut auf und bewahre sie in deinem Herzen. So kannst du alle Herausforderungen bestehen.

Tot ziens!

Glossar

(in chronologischer Reihenfolge)

Valentijnsdag
Valentinstag

Bloemen
Blumen

Betekenis
Einblick

Bakfiets
Lastenfahrrad

De toren
Der Turm

Leven en laten leven
Leben und leben lassen

Kans
Chance

Is dat zo moeilijk?
Ist das so schwer?

Zou je dat alsjeblieft kunnen laten?
Könntest du das bitte lassen?

Niet zo!
Nicht so!

Waar ben je afgestudeerd?
Wo hast du deinen Abschluss gemacht?

Ik heb niet gestudeerd.
Ich habe nicht studiert.

Ik snap het!
Das sehe ich!

Het kasteel
Das Schloss

Verdwijnt!
Verschwindet!

Paardebloem
Löwenzahn

De fotograaf
Der Fotograf

Vooruitzichten
Ausblick

Visie
Vision

Tulpenveld
Tulpenfeld

Verenigde
Vereint

Madeliefjes
Gänseblümchen

Verdeeld
Entzweit

Nee! Dat kan niet, Daan!
Nein! Das geht nicht, Daan!

Het is niet perfect. Alles moet perfect zijn!
Es ist nicht perfekt. Alles muss perfekt sein!

Wat bedoel je met niet perfect? Je ziet er prachtig uit.
Was meinst du mit nicht perfekt? Du siehst wunderschön aus.

Niet prachtig genoeg!
Nicht wunderschön genug!

Kun je die nog laten aanpassen?
Kannst du das noch anpassen?

Ik bewerk geen foto's. Dat weet je.
Ich bearbeite keine Fotos. Das weißt du.

Je moet! Je staat verdomme bij me in het krijt!
Du musst! Du stehst verdammt nochmal in meiner Schuld!

He jij! Kom hier!
Hey du! Komm her!

Kijk hiernaar!
Schau dir das an!

Dat ziet er vreselijk uit, niet? Gewoon verschrikkelijk!
Das sieht schrecklich aus, oder? Einfach schrecklich!

Wat zei ze?
Was hat sie gesagt?

Alles komt goed, Anika.
Alles wird gut, Anika.

Dit is Marie, je bloemist.
Das ist Marie, eure Floristin.

Ben jij de bloemist?
Bist du die Floristin?

Je bent geweldig!
Du bist großartig!

Dank je, dank je, dank je! De bloemen zijn zo mooi!
Danke danke danke! Die Blumen sind so schön!

Ik zal hier nog eens naar kijken.
Ich schaue mir das nochmal an.

Ik nam het hem lange tijd kwalijk
Ich habe ihm das lange übel genommen.

Maar toen ... ontmoette ik Hassan.
Aber dann ... habe ich Hassan getroffen.

toevallig
zufällig

Mobieltje
Handy

Waarom maak je gaten in mijn decoratie?
Warum machst du Löcher in meine Dekoration?

Bloemen schilderen
Blumen malen

Kleines Blumenlexikon

Hanakotoba (jap.):
Die Sprache der Blumen

Eukalyptus
Schutz

Gänseblümchen
Unschuld, Schönheit

Hyazinthe
Unvernunft, Trauer

Lilie
Reinheit, Unschuld

Löwenzahn
Treue, Glück

Margerite
geheime Liebe, Vertrauen

Narzisse
Selbstliebe, Egoismus,
unerwiderte Liebe

Rose
Liebe, Leidenschaft

Tulpe
Liebe, Romantik

Annie Waye

Annie Waye ist eine junge Autorin mit einer alten Seele. Sie ist auf der ganzen Welt zu Hause und seit jeher der Magie der Bücher verfallen. Sie schreibt, um fremde und vertraute Welten zu erschaffen, sympathischen und  zwiespältigen Charakteren Leben einzuhauchen und Dunkelheit und Stille aus den Herzen der Menschen zu vertreiben. Wenn sie nicht gerade an Romanen arbeitet, veröffentlicht sie Kurzgeschichten und bereist die Welt auf der Suche nach ihrem nächsten Sehnsuchtsort.

Instagram: @anniewaye.author
Newsletter: jetzt abonnieren auf anniewaye.de
Bonuscontent: Auf Patreon (patreon.com/anniewaye_) findest du Hintergrundinfos zum Buch, Bonusinhalte, Deleted Scenes und exklusive Einblicke in das Autorenleben und die kommenden Veröffentlichungen von Annie Waye.

Im Schatten schimmert das Licht

„Verdammt, ich war eine erwachsene Frau! Ich würde nicht wie ein kleines Mädchen vor Jan davonlaufen. Zumindest nicht zweimal hintereinander."

Das neunzehnjährige Dorfmädchen Elli ist ein wahrer Freigeist und hat keine Lust auf ihr neues Leben im spießigen München: Weder auf das Zusammenleben mit ihrer ehrgeizigen Schwester noch auf das schnöde Finanzpraktikum, das diese ihr organisiert hat. Als sie dann auch noch versehentlich in den Schrebergarten von Vorzeigestädter Jan einbricht und dessen Ärger auf sich zieht, ist der München-Horror perfekt – bis sie ihn in ihrer Praktikumsfirma wiedertrifft und von einer ganz anderen Seite kennenlernt, die ihr Herz zum Höherschlagen bringt. Doch Jan hat eine Vorgeschichte, und wenn es nach seinem Umfeld geht, hat Elli in seinem Leben und in seinem Herzen nichts verloren.

Eine Geschichte über Liebe, Vertrauen und Überwindung – lebensnah, mitreißend und mit einer Portion Humor erzählt.

Not Yours To Take

Ava ist jung, zielstrebig und fest entschlossen die Karriereleiter bei der NASA emporzuklettern. Doch ihr neuer Boss ist niemand Geringeres als Trey Ward: der arrogante, attraktive Kerl, der Avas Highschool-Zeit vor Jahren zum Albtraum werden ließ. Erneut bringt seine provokante Art sie regelrecht um den Verstand – aber überraschenderweise auch ihr Herz zum Rasen …

Eine verbotene Liebe am Arbeitsplatz, die vor knisternden Auseinandersetzungen nur so sprüht!

Trust In Us: Nur du und ich

Ist ihre Liebe stärker als die Wahrheit?

Als Caroline den Footballspieler Jeff interviewen soll, hat sie keine großen Erwartungen. Er gilt als introvertiert und scheint keine spannenden Geheimnisse zu haben. Doch als Caroline vor ihm steht, ist da sofort dieses Prickeln zwischen ihnen. Jeff ist tiefgründig, warmherzig und verdammt attraktiv. Hals über Kopf verlieben sich die beiden ineinander.

Kurz darauf kommt Jeffs tiefstes Geheimnis ans Licht. Ein Geheimnis, das ihn zu dem macht, der er ist und den Caroline so bedingungslos liebt. Doch diese Wahrheit gefährdet nicht nur Jeffs Karriere, sondern könnte auch seine und Carolines Liebe zerstören.

Prickelnd heiße College-Football-Romance im sonnigen Los Angeles.

SEASONS OF LOVE